世纪母亲颂

仙风君 著

悠悠赤子心
百年家国情
一封儿子献给母亲最深情的告白
一部中国女性普通而不凡的世纪史诗

作家出版社
全国百佳出版社

图书在版编目（CIP）数据

世纪母亲颂 / 仙风君著. -- 北京：作家出版社，2025.6.

ISBN 978-7-5212-3364-3

Ⅰ. I247.5

中国国家版本馆 CIP 数据核字第 2025ED0931 号

世纪母亲颂

作　　者： 仙风君

责任编辑： 向　萍

封面设计： 李　超

出版发行： 作家出版社有限公司

社　　址： 北京农展馆南里 10 号　　**邮　　编：** 100125

电话传真： 86-10-65067186（发行中心）

86-10-65004079（总编室）

E-mail: zuojia@zuojia. net. cn

http: // www. zuojiachubanshe.com

印　　刷： 河北星强印刷有限公司

成品尺寸： 155×220

字　　数： 205 千

印　　张： 17.75

版　　次： 2025 年 6 月第 1 版

印　　次： 2025 年 6 月第 1 次印刷

ISBN 978-7-5212-3364-3

定　　价： 79.80 元

题记

早在七年前母亲归天不久就有个念想，为其创作一部作品，因为她的一生太值得记录下来。

母亲是生长在旧社会最底层的农村妇女，大字不识，没有文化，就像大海中的一滴水，是那个年代亿万万中国母亲中极其平凡的一位，没有任何传奇或跌宕起伏、惊天动地的故事，而她又是那亿万万平凡母亲中难能可贵的“极不普通”的一位。因为，在那个时局动乱不堪、战火纷飞、暗无天日的时代，她凭借着个人的聪慧、勇敢和刚强，能带领一家老小生存下来实属不易。一次偶然的机会，使母亲早早地接触了“先进人物和先进思想”，并对共产党、毛主席从骨子里充满了感情，于是，她悄悄地做了许多不为人知且永远封存在自己心中的大事、好事。新中国成立后，母亲又本着朴素的阶级感情和博大的母爱为社会和家庭做出了虽看似普通却极不平凡的事……可以说，母亲“这滴水”，映射出了中国女性和母亲们所具备的善良睿智、坚毅刚强等一切美德，我想，把母亲的一生记录下来，不仅是我作为儿子的担当和使命，更是我作为中国源远流长的爱母、爱家、爱国文化的传承者的历史责任和义务……

这是一个真实的故事;
这是一位真实母亲的故事;
这是一个平凡而又非凡的跨世纪母亲的故事;
这是可以映照古老的中华民族为何生生不息的“一滴水”的故事;
这故事就叫——《世纪母亲颂》。

听,
再静静地
静静地听……
远古的天际
传来了最稚嫩的呼叫声:
母亲——!
于是,
大海扬波
大山肃穆!
她,母亲
成了亘古不变的
尊严,
爱的总汇!
千秋万代啊
万代千秋,
最牵颤人心的歌
最拨动人肺的词
哦,
母亲!

目录

殇引

西方天堂极乐难舍人间真情
驾鹤西游骨肉情牵欲走还留

有诗为证：

银发鹤颜忽告要归
病榻弥留久久难圆
神散魂牵灵光再现
灵异奇观惊煞旁观

灵魂和灵异事件是亘古不衰的话题，我那本来就蓄满许许多多传奇故事的“世纪母亲”，在临终之际又演绎出一幕幕与“亘古话题”相关的令人匪夷所思的事儿。我是一个地地道道“生在红旗下，长在毛泽东思想大放光芒的时代”的辩证唯物主义信奉者，我不能解释其中的玄妙的奥秘，却希望把自己所闻所见所历所感的有关母亲的种种，如实记录下来。

“世纪母亲”的精彩传奇故事，就从2012年，老人临终时发生的那些事儿说起吧……

2012年5月26日，这个日子之所以牢牢地印在了我脑海里，不仅因为我九十多岁高龄的老母亲病好出院了，更因为在出院后回家的当天，老母亲莫名其妙地说了一番令家人匪夷所思的话，更奇怪的是，这些话，后来竟都应验了！

那是老母亲出院回家的当天上午，老家来的哥哥嫂嫂等亲友都非常高兴地围在老母亲床前说话。母亲精神状态和情绪特别好，一会儿拉拉这个人的手，一会儿又拍拍那个人的手，像是有说不完的亲情话。说了一会儿，母亲突然说："我累了，要躺会儿，你们也外边去说话吧。"

听母亲说完，家里人都去了外间客厅，我和爱人正要扶着母亲躺下，母亲却笑眯眯地十分亲昵地对我俩说："你们把门关上，娘要给你们夫妻俩说几句心里话。"

我和爱人有些诧异，但还是十分顺从地轻轻地关上了门。心里虽有些疑惑但还是暖洋洋的，毕竟老母亲病好出院，又难得有那么好的心情，想说说心里话，我们由衷地高兴。我和爱人分别坐回老母亲身边，握着母亲的手，好奇并有些期盼地望着母亲。

此时，母亲那平静的神态里透着一种莫名的东西，让我感到有些不安。"成儿和媳妇啊，趁着老娘脑子清醒，我要跟你们交代些事……"母亲依然很平静地说。

我心里不觉一震，那种不安感更加强烈了，下意识地叫了一声："娘，你……"

母亲马上摆了摆手制止道："你听娘说……我跟你们说的这些事呀，你们可要牢牢地记在心里，一定按娘说的去做！"母亲缓了缓情绪，接着说："这一，娘要告诉你们，我本该这次就要走的，你们硬是把我留住了！也许是你们的孝心感动了上天，把我的寿命又延长了下来！……不过啊，今年晚些时候，娘还是要走的，要离开你们寻你爹和那边的亲人去……"

我不由得一惊，立马站起身来，打断母亲的话："娘，你今天咋啦？出院时，医生不是告诉你了吗？你身体完全康复了，什么病都没有，各项指标比我们年轻人还好呢，说你一定会活到一百多岁的！……"我越说越急，脸都涨红了。

爱人也急忙安慰说："就是的！娘，你说的什么啊，别再胡思乱想了，你身体好着呢，医生说了，你的各项身体指标，比四十多岁的年轻人还好呢！"

母亲却若无其事地打断我们的话，说："傻孩子们，别急，听娘继续说。"母亲继续平和地说道："娘知道自己的寿辰，要不是现在的社会好，又在首都大北京，医疗条件这么好，娘哪能活这么久啊。这个岁数已经是多活了，我已经很满足了。"而后转向我爱人说："医生说的那些指标，对'熟透瓜的老人'来说，不顶用！"我刚要插话，母亲拍了拍我的手，示意不让我插话，接着说，"娘今天主要告诉你们并要你们记住的是：过不了多久，娘可能又不行了，到那时我头脑也不清醒了，你们千万不要再把我往医院里送！……就让老娘在家里静静地走。"母亲转向了我，不安且意味深长地说："娘最担心和不放心的就是你，到时候把娘的话给忘了！不能忘啊，千万不要再送老娘去医院折腾，再怎么折腾也拉不回我来了……还有啊，到时你工作可能有变动，更不能因老娘影响你的工作……"

母亲这番莫名其妙的话，很快就被我们淡忘了。因为，总感觉那是母亲刚出院的心理阴影，类似不自觉的呓语罢了。

然而，母亲的话真的应验了。

10月下旬，老母亲在一次较平常的感冒之后，突然间不进食，身体状况迅速转差，有时甚至陷入昏迷状态。

我紧急联系了医院，就在把母亲从床上抬上担架的瞬间，昏迷中的母亲突然间有了意识，伸手抓住我的胳臂，张了张嘴，想说什么没说出来，便用一种近乎“愤怒的目光”瞪着我，并用力摇了摇头，而后又闭上眼睛，昏迷了过去。

我突然想到母亲几个月前出院后叮嘱的话，意识到当时母亲醒来瞬间的欲说未说、“愤怒的目光”、用力地摇头是对我的提醒和暗示，意思是：我叮嘱你的话，你全忘了啊！绝不能把我往医院里送啊！

可我怎么能够呢？！怎么能眼睁睁地看着母亲病成这样而不送医院！不承想，这一次送老母亲去医院后，真的就像母亲说的那样，虽然医院全力进行救治，母亲却最终没能被折腾回来，走了！

2012年母亲生命的最后时光里，与她相伴的那些奇异往事，成了家人常说常新常讨论的怀念话题。

2012年北京的初冬，接连几天刺骨的西北风，已把黄色树叶点缀的金秋美色吹落殆尽，光秃秃的树冠上残留着的几片树叶随风摇曳着。阴霾的天空，已断断续续飘起了雪花儿，路上急匆匆穿梭着的行人，以及各色各样的羽绒服、大衣，帽子、围巾、口罩等冬季装束，宣告着寒冬老人的不请自来，且是怒发冲冠而来！

“寒冷”，似乎在医院不存在，熙熙攘攘且脸上写满庄严、焦虑和不安的人们，都专注于自己的事情上，匆匆穿梭在医院各科大楼、诊室和病房之间。

在医院一隅，呼吸科重疾监护病区显得格外冷清肃静。那是一间狭小干净且布局合理的监护室，洁白的病床上，无知觉的母亲平静地躺在那儿，各种抢救和维持生命用的器件从头到脚插满全身，让人目不忍睹，更让人心生一种心痛和无奈之感。这种对母亲的抢救状态已维持了月余，但病情越来越令人担忧！特别是近几天，越发不好的信息接二连三。护士说："奶奶已连续几天基本上输不进去液体了！"是的，那几根透明的输液管里，已明显看到，液体基本不滴或很长时间才滴下一滴。主管医生善意地提醒我们："老人家各种生命体征都已接近极限，完全靠呼吸机维持着微弱的生命体征。"呼吸科的专家明确告知："老人各种器官已衰竭，换句话说，生命已走到尽头！家人做好处理后事的准备吧！"

令我痛苦和十分纠结的是，此时的我刚到新工作单位不久（这也是母亲给预言到的），工作异常繁忙，而且接近年底，各种会议、活动接二连三。所以，那些日子里，既要应对工作，又焦虑地应对着母亲的病情变化和后事的处理。特别是在母亲弥留之际的几天，我都是在忙完工作之后，几近深夜才能赶到医院，一边陪伴母亲，一边和家人商量老母亲的后事。

那是母亲即将离开我们之前的两天，处理完棘手的工作，深夜十一点半我才匆匆赶到病房。负责监护母亲的护士，见我那么晚还赶过去，不无惊讶和关心地说："叔叔，那么晚你又赶过来了，听说你特忙，工作单位离得又远，真是辛苦你了！奶奶已经没有意识了，不知她还能知道吗？"

我笑了笑，感谢道："是你们辛苦，应该感谢你们！"

小护士微微一笑，接着说："过去呀，你晚上不来，无论多晚奶奶都不入睡，非要等你来才闭眼睛呢。"

小护士说的这些我都清楚，家里帮助照看母亲的亲属小马，曾不止一次地给我说这件事，他还告诉我："有一次，奶奶听说你有任务去外地了，她为了等你，硬是两天两夜没闭眼睛！你家阿姨、几位护士甚至还有医生，我们怎么劝说奶奶都不肯闭眼，就是不入睡，我们心疼得都掉泪了！"是啊，我清楚地记得，那天我外出回来匆匆赶到医院看母亲时，她尽管喉咙里插管说不了话，但激动得泪流满面……唉，那次，老母亲由于几天不睡，再加上太激动，结果一下睡了三天三夜。

想到这些，我不由向小护士微微点点头表示谢意，并劝她去休息会儿。小护士走后，我望着监护仪器上闪动着的血压数字：低压四十，高压六十，心跳轨迹也已微弱得近乎平线，又看了看母亲那苍白无任何表情的脸，心不由一阵阵发紧。我下意识地又摸了摸母亲的手和身体，肢体和手全是凉的啊！再次望向母亲那苍白平静而布满沧桑的面孔，一股热流顿时冲出眼眶，眼泪像断线珠子般涌了出来，口中喃喃自语着："娘，孩儿陪你来了，你能感觉到吗？你真的要抛下我们走吗？……"

话音刚落，就感觉我握着的母亲的手连续动了几下，像是在抓握我，母亲的嘴唇也明显地动了动，像是在跟我说话。我一愣，心突然一紧，站了起来，贴近母亲的脸忍不住连声叫道："娘，你听到我说话了吗？你有感觉了吗？是你的手在抓我吗？要跟我说话吗？……"可无论怎么叫，母亲再没有任何反应，我的脸紧贴着母亲的脸，感觉依然是那样地冰，手也依然是那样地凉。

我的呼叫声惊动了小护士，她匆忙跑过来问："怎么了叔叔？奶奶怎么了？"我转过身来泪眼婆娑地说："没什么，刚才我感觉好像老娘的手在动，在抓握我……哦，或许是一种幻觉吧，你回去休息吧，我再陪一会儿。"小护士望着我，又看了看监护仪和静静躺在那儿的母亲，小声地说道："噢，不。叔叔你也太累了，已经夜里一点多了，你也该回去休息了，明天还要上班，奶奶这边有我们陪护呢。你单位那么多事要操心，奶奶的后事处理还要你操心，你快回去休息会儿吧。"

我感激地向小护士点点头，并说道："谢谢姑娘，那就辛苦你照顾奶奶了，有什么紧急情况，你就打我手机，我的手机是二十四小时开通的。"说完，我转身又亲吻了一下母亲的脸颊，依依不舍地离开了母亲，离开了医院。

在回去的路上，母亲几年前问的一个奇妙的问题不断敲击我的耳鼓："儿啊，娘就想问问，你说人死后会有灵魂吗？这世上真的有神灵吗？"

哦，这个突然泛起的奇妙问题，也是我的困惑啊，自己也曾似当年母亲那样迫切想弄明白这一亘古话题的究竟。于是，刚才发生的那一幕，在自己脑海中飘浮着久久不肯退去……哦，灵魂，人的灵魂是存在的吧？要不为何在母亲已经失去知觉月余了，我深情地呼叫后，她竟然能有感觉呢？哦，灵魂，灵异，是封建迷信，还是客观存在呢？或许有些特定时空的所谓"封建迷信"，是科学不发达时代人类对未解之谜的一种说辞？给有些"封建迷信"正名，叫"未解之谜"或许更好，随着科学技术的发展，许多"亘古之谜"

或将被破解！比如，现在量子力学，不就敲开了许多昔日的“未解之谜”吗？……思绪随着车轮的滚动而飘荡，直到车子戛然而止，浮想才宣告结束，我重被拉回现实，到家了。

第二天上午，接连的会议，一直忙得我到下午一点多钟还没有吃上饭。在去餐厅的路上，我才得以匆匆给在医院陪护母亲的妻子拨打了电话。拨通手机，电话嘀嘀响了两下，就听电话那边传来妻子沙哑且带有责怨的声音：“哎呀，你手机关机，打办公室电话没人接，可把人急坏了啊！告诉你，娘的情况很不好。科室主任带医护人员一早来查房时还在问我呢，说为什么娘都这样了，你还去上班。医生还说，咱这一家人心真宽，老人随时都可能走，也不想着安排后事……”妻子十分焦急地接着说，“医生说了，娘最多撑到下午两三点钟，你安排一下工作，快些赶过来吧！”

挂断妻子的电话，我立马转身给身边的随行人员叮嘱了几句，便匆匆往医院赶去。

一到病房，恰巧赶上呼吸科的专家和医生正对老母亲做最后诊断。诊断完毕，他们走出病房，我也跟了出来，医生和专家们站定后，那位专家很严肃且有些困惑地对我说：“你家老母亲这种现象，很奇特！怎么说呢——”专家不由自主轻轻地摇着头，像是在寻找比较合适的词汇，咂吧了几下嘴后，才开口道，“嗯，这么给你说吧，这老人家生命力顽强得让人难以置信！按说所有维持生命体征的抢救仪器都撤下后生命体征也早消失了，可心脏和血压始终保持着那个微弱的水平不变……这很奇特，我当医生这么多年还没见到过呢！”

我有些不知所措地脱口问道：“专家同志，如何是好呢？”

专家盯了我一会儿，非常诚恳地说："基于老人家这种状况，再这样维持下去已无益。如果等血压和心脏微弱的体征完全消失，再停掉呼吸机，真不知道这种状态还要维持多久。"专家沉思了一下又说，"根据我的经验，停掉呼吸机，这种现象会很快消失。但停不停掉呼吸机，要你们家人拿主意！"

"哦，是这样。"我喃喃答了句，半晌无语。

专家见我呆呆地站在那儿，说了句："你和家人商量商量再找我们吧。"说完转身离开。

这是个大事，我不能擅自做主。于是，把赶来医院的哥哥嫂嫂和有关亲属们叫在一块儿，进行商议后最终决定：再这样维持下去对母亲已毫无意义，不如按专家的意见办，让老人家尽快安心地离开。

我把家庭成员商议的最终决定转告了监护室领导和专家，并提出了一个小的建议：家里还有一位亲属在火车上，赶到医院这里需一个多小时，等他来后见老人一面，再送老人走。监护室领导和专家同意了我们的意见。

等到从老家匆匆赶来的那位亲戚见了我老母亲一面后，下午五点钟，专家和医护人员来到病房，把呼吸机从母亲身上取下，只留下监测血压和心脏的仪器。而后，那位专家叮嘱说："你们做好后事处理准备吧，预计老人家血压和心脏全部停止，最快三到五分钟，最慢也就十分钟吧。"

此时，病房里只有两位准备帮助处理母亲后事和盯着血压、心脏监护仪的护士以及我们家几位亲人。大家都屏息静气地盯着监护仪上的数字和波纹：高压六十，低压四十，心脏的波动虽然微弱，却平和而稳定……监护室里寂静无声，十分钟过去了，十五分钟过去了，大家依然静静地站在那里目不转睛地盯着监护仪上的数字和波纹。又是三十分钟过去了，终于，一位小护士忍不住小声念叨了句：“哎呀，专家和医生们说得不准啊！半个小时过去了，奶奶的血压和心脏，依然如此，没有丝毫变化啊！”

小护士的话音打破了监护室的寂静，另一位小护士和我们不由自主地长嘘了口气，面面相觑没有说话。我紧皱着眉头走了出来，外面的家人见我出来，都围了过来问这问那，我只是摇了摇头没有回答。在病房外我漫无边际地走了一会儿，又回到了监护室，监护仪上的血压数字和心脏波纹依然如故。

负责的主治医生来察看过两次，不久，那位专家和科室主任又带着几位医生来到了监护室。一进监护室，看着监护仪上的数字和波纹，那位专家就惊异地说道：“哎呀呀，这位老人太神奇了，前面一些事就很奇特，现又遇到更奇特的事！像这种情况，取掉呼吸机，一般都在三五分钟，最多十来分钟，血压和心脏生命迹象就会完全消失。看看，血压和心脏那组数字丝毫不动。”说完，他转身问身边的医生和护士：“取掉呼吸机多长时间了？”

医生回答道：“已经两个多小时了。”

专家疑惑不解地连连说道：“无法解释，无法解释！”说着不由自主地摇着头离去。

也许是科里的专家和医生从来没遇到过这种奇特的现象，其间，还引来了一些惊疑和好奇的医务人员来观看。大约又过了半个小时，那位专家再次走进监护室。他站在那儿神情凝重，一会儿观察一下安详地躺在那里的老人，一会儿凝视一下监护仪，依然疑惑不解地自言自语：“这老奶奶真是神奇啊！”像是要缓解下气氛，专家说，“难道老奶奶还有什么挂念的心事不愿意走？还是留恋我们这些医生护士？”

他念叨着，向我苦笑了一下，转身走出去。我也跟了出来，见病房外和走廊间，聚集着许多等待与母亲做最后告别的亲属，这才想到，基于老母亲这种情况，不如先安排他们去吃饭。于是我让家里人带亲属们去吃饭。

我又转身进了监护室，这时，这里只剩下妻子、女儿、女婿和一位护士。

病房里一片肃静。就在我不知所措，望着监护仪静静发呆时，一旁的妻子悄悄地对我说：“刚才专家那句，‘难道老奶奶还有什么挂念的心事？不愿意走？’，你说，有道理吗？”

妻子的一句问话，让我眼前一亮，突然想起了小时候，在农村常常听大人说起的故事：谁谁家老人在弥留之际就是不闭眼，原来是想见他孙子一面，把孙子抱到跟前，老人望了一眼，马上眼睛就闭上了；还有谁谁家老人，在临终前也是死不瞑目，当家人猜出他有牵挂的心事，给他一圆说，他就真的闭了眼，咽下了最后那口气……想到这儿，我心里一颤抖，像是觉悟到了什么，脱口而出：“或许娘真的还有什么挂念的心事，不愿意走呢。”

想到这里，我急忙凑到老母亲耳边，小声地说道：“老娘，家里亲人都来齐了，也都看过你了，你还有什么要交代的吗？如果没有，你就放心地走吧，那边我爹和亲人们还等着你呢。”我的话音刚落，非常神奇的事出现了：只见母亲眼皮动了动。

身边的女儿女婿同时忍不住惊叫道：“爸、妈，你们看到了吗？

我看到奶奶的眼皮动了动啊！”

我眼含着激动的泪花向女儿点点头，接着又对着母亲的耳边轻声道：“娘，我对不起你，没有听你老人家的话，把你送到医院来，让你受苦了，我向你赔罪！……不过你过去叮嘱我的其他话，我都牢牢记在心里了，我一定按照你说的去做，请你放心好了！”说到这儿，只见母亲脸上又有了明显的反应，像是嘴唇接连颤动了几下，要说话似的。监护室里所有人几乎同时“啊”了一声，女儿甚至惊叫道：“快看，奶奶真的有反应了！奶奶的嘴唇在动呢！”

与此同时，小护士更是惊讶：“哎呀呀，你们看，奶奶的心脏波纹有变化了！”

我们的目光立刻齐刷刷地投向监护仪，惊人的一幕出现了，监护仪上始终保持不变的血压指数——高压六十，低压四十——已变为：高压六十七，低压四十三，而那条始终微弱波动的心脏波纹，也出现了较大幅度的波动。盯着监护仪，我们每个人都惊得目瞪口呆！

不知哪来的一股精神力量，我更加有信心地弯下身去，凑到母亲耳边，悄悄地说道：“老娘，还有一件事，我想跟你说，那边除了我爹等亲人，说不定你多少年挂念的那位神秘的女客人，也在等你呢！”

我的话音未落，更大的奇迹出现了，只见母亲幅度较大地点了三下头，而后，两眼眼角里滚下了三滴泪水……

这时，已闻声赶来的医生、护士和在场的所有家人都被这一幕惊呆了，“啊……天啊天啊……奶奶不但点头，还流泪了！这这，这，奶奶又活过来了……”

此时，我女儿紧紧地抓住我的手，惶恐不定地喃喃着：“爸，爸爸，我奶奶怎么还能点头？还流泪了呢？……她，她不是好多天没有知觉了吗？手和身上也全凉了啊？奶奶真的又活过来了吗？”

我没有回答女儿的问话，只是下意识地一把把女儿搂到怀里，随即泪水模糊了双眼……我和在场的人都激动得不知如何是好。

就在这时，忽听小护士再次惊讶地叫道：“哎呀，你们快看，奶奶的血压急剧下降！啊，心电波也……也要停止了啊！”

我们惊异的目光在投向监护仪上的同时，也不约而同地发出诧异、惊慌失措、焦急的呼喊：“啊——？！”旋即，监护室内鸦雀无声。

望着监护仪上那些归零的数字和静静地横躺在那儿拉直的心电波，瞬间我脑袋轰地一片空白，喃喃自语道：“娘全部的心思都了却了啊，真的走了，真的离开我们走了呀，她要去另一个世界，见她想念的亲人和刻骨铭心的女客人去了！”泪水再次模糊双眼。

把老母亲的后事料理好，送进太平间，已是深夜十二点。我迈着沉重的步子慢慢走在医院寂静而空旷的广场上，心像是被彻底掏空了，大脑一片空白，灵魂像是也脱离我而去。哦，灵魂，母亲的灵魂在哪儿？我的灵魂又去哪儿了？去追随母亲的灵魂了吗？一阵寒冷的夜风吹来，我打了个寒战，像是灵魂回归了，又有了清醒的意识。静静地站立在那儿，我仰望着繁星点点的夜空，睁大双眼，不停地在夜空中张望寻觅着……寻觅什么呢？寻觅着那亘古不解的谜，寻觅着母亲小时候反复讲的一些故事。

记得，很小很小的时候，晚上随母亲在田间劳作，母亲偶尔停下手中的活儿，蹲下来，把牵着她衣角的我拉到怀抱里，指着天上的星星说："小三儿呀，娘告诉你，那天上的星星都有主儿，每个人都有一颗属于自己的星星，大官儿有大星星，小官儿有小星星，平民老百姓的星星很小很小，是看不见的。"母亲还说过，"人去世后，魂儿会在他去世的地方上空飘浮三天。三天内，天空中他那颗星星也就会变暗跌落。"

我听不懂母亲说的这些，就常常疑惑地问母亲："娘，你是哪颗星星啊？我爹爹是哪颗星星啊？我哥哥们是哪颗星星啊？我又是哪颗星星呢？"娘听到我的问话，常常亲一下我的额头，叹一口气说："傻孩子，我不是说了吗？咱们平民老百姓的星星很小，看不见的。"母亲马上又补充道："不不，你和哥哥们是哪一颗亮星，娘不知道，但那些亮晶晶的星星里，一定有你们啊！"

后来长大了一些，懂事了一些，记得在一个夏天炎热的晚上，我和母亲坐在草席上在院子里乘凉。那晚月亮特别圆，也特别亮，天上的星星被月光映照得尽管没那么亮，但忽闪忽闪的也特别美。于是，我指着星星问母亲："娘，前两天晚上，我看见一颗明亮的大流星从天上落下来了，是不是有大官儿去世了呢？"

娘点了点头说："或许吧，那么多大官儿，谁去世我们也不知道啊！"

我又问："娘，人死了，三天内自己的星星就掉下来了，那人生下来了，属于他的星星怎么能在天上生出来呢？"

娘听我问了一个很奇怪的问题，半天没有言语，想了会儿，才回答说："那是天老爷管的事，娘也弄不清。"

我接着又指着夜空问："娘，你看天上那一颗颗大星星，一直在那里挂着，从来不往下落，它们又是属于什么大官儿的呢？它不落，那大官儿就一直活着啊？”

娘见我越问越离谱，就敷衍几句道：“娘不是说了吗？天上的事儿，娘怎么能知道那么多呢……好了，你好好读书上学，等你长大啦，天上这些事儿可能就懂了！”

是的，我长大了，天上的星星是怎么回事儿，我也是清楚的。但是，我还是宁愿相信母亲的话：天上的星星对应着每一个人，人去世后，三天内，属于他的那颗星星才会变暗陨落。

我深情地望着夜空，在心里默念着：“娘，哪颗星星是属于你老人家的？哪颗星星正在变暗？哦，娘，你的灵魂现在飘浮到哪儿了？要飘浮三天才去天堂，你会孤单吗？哦，这三晚，我真想眼睛不眨地盯住夜空，看看那颗属于你的星星啊！”就在我沉溺于这幻想之时，爱人的一句话把我唤了回来：“娘已经安息了，我们也回家吧！”

回家？哦，回家，可母亲永远不能跟我们回家了啊！

回家后的我，不成眠的我，回想着母亲一生的不易和点点滴滴，忍不住想写点什么，于是来到书桌前，含着泪，握起笔，写下了这首《母赞》诗：

盘古开天始为源
万事万物总有泉
人初人本源自母
人脉人续母影牵

母爱博大无边际

母情浩海渡无边
母慈丝丝润无声
母似桑蚕蜡烛燃
丝尽烛焚心方安

世纪慈母凡如水
滴滴甘泉映非凡
既为巾帼担娘道
何惧千难与万险
……

搁下笔，心里顿时萌生了一定要把这位“平凡而又非凡的世纪母亲”写出来的念想。因为，她，作为女性长河里的“这滴水”，映射出来的，是近百年沧桑巨变中中国女性和母亲所具备的一切美德：善良、慈爱、睿智、克己、坚韧、刚强……是生生不息人类长河中永远不可或缺的最光芒四射且耀眼的“那滴水”！

第一篇

死神欲抱又留生　童年虽苦明珠荧

有诗为证：

弱女降寒舍
出世命飘摇
最苦两连枝
夭折在童年
双亲欲追往
盲乞送符桃
苦娃寄希望
三命得全保
……

话说1919年伊始，华夏大地依然笼罩在寒冬的冷峻与萧索中，尽管以孙中山、鲁迅等为代表的中国少部分知识分子已觉醒，并在以不同方式寻找救国之路，但谈何容易呀！不久在异国他乡凡尔赛宫举行的巴黎和会，标志着“东方柔弱病态之龙”，已被彻底打趴下，任列强们宰割，腐败无能的清朝政府苟延残喘地寄生着，何谈外交！

也正是以此为导火索，北京大学、高等师范、中国大学等十三所大学的十三位中国先进知识分子代表紧急召开会议并决定：组织各大学学生在天安门前集会，发表宣言，揭露声讨帝国主义国家背公理而逞强权的强盗行径。

于是震惊中外、影响深远的著名的五四运动爆发了！

……

就在这之前，伴随着大革命的序曲，一位羸弱的女婴，在古老的“滕小国”里的一个名不见经传的小乡村——小马厂中一户贫苦的佃农家降生了。

之所以把这个女婴的降生与当时中国的大革命浪潮扯在一块儿，是因为这个女婴将伴随着大革命的浪潮、激烈动荡的时代，和美好的新中国成长、生存，她的一生几乎跨越了整整一个世纪，而她见证了一个国家、一个世纪的更迭变迁。

女婴的诞生地是闻名遐迩的“善国”，这里有着古老的历史，战国时期滕文公执政时按照孟子“政在得民”的主张，法先王、行仁政、施善教，使“绝长补短，将五十里”的“滕小国”“卓然于泗上十二诸侯之上”，“滕小国”因此被誉为“善国”。也就是这个弹丸小国，因为“善”，在那时时烽火连天、处处刀光剑影、国兴国灭如走马灯的时代，竟安详富足地存活了数百年，不能不说这是个历史奇迹。只可惜如今这个向善之邦，除了留下那方热土，还有那个滕小国的“滕”字得以沿用外，很少有历史学家去关注、挖掘和研究其奇特的，或者说了不起的历史。

倒是后来，听说在 1958 年 8 月 9 日，伟大的毛泽东主席乘专列视察调研时路过兖州，他在火车站停留期间接见了滕县县委第一书记王吉德，并询问王吉德滕小国在哪个地方，还问孟子在滕小国的古迹还有没有，等等。由此可见，这个滕小国在历史上、在我们这位伟大的领袖心目中还是很有地位的。

但是，将目光回溯到一个世纪前，这个古老的“善国之邦”，与全中国其他地方一样，身处贫穷落后、饥寒交迫的黑暗年代，并没有给女婴带来善果和福报。与此同时，女婴的诞生，却给这个本就贫苦不堪的佃农之家带来了更多的愁绪和悲苦。卖身给地主当佃户做长工的男主人，以及给地主家做女用人的女主人，拉扯养活着十岁和八岁的两个男孩儿，他们虽已拼尽全力，却也只能勉勉强强提供给孩子半饥半饱的生活。由于营养不良，两个男孩发育已很不正常，面黄肌瘦不说，还比同龄人个头矮了很多，怎么能再增加人口呢，根本养不活啊！所以，当女婴出生后，夫妻俩的第一反应就是：绝不能再留下，要么送人，要么丢弃！送人，谈何容易，都是一样的贫苦人家，自家人都很难养活，谁会再收留一个女婴呢？尽管如此，男人还是寻遍全村，看有无人家可怜这女婴能收留下她，结果自然是无功而返。又拖了几天，他们又让亲戚朋友打听其他村庄有没有人愿意收养，答案同样让人失望。

无奈，路只剩一条：丢弃！

女人先是无论如何都不同意，不舍得！可是，望着嗷嗷待哺的女婴和挤不出几滴奶水的干瘪乳房，又看着身边两个饿得瘦骨伶仃长不成个儿的儿子，泪水早已流干，剩下的只有心中无限悲苦的愁绪和无助无望的伤痛。她不停地喃喃自语："苦命的孩子啊，你为何不选择一个富有的家庭投胎？偏偏投胎在这样一个养活不了你的贫苦家庭啊！你，你不能怪娘心狠啊，我们实在是养活不了你呀，你早早返回去，再寻一个好的人家投胎吧……"

那是一个飘着雪花的茫茫寒夜，男人抱着一个用小破棉袄包裹的女婴，来到村南边一条长满杂草和芦苇的河沟旁。这里本来就是周边几个村埋葬夭折的婴儿和丢弃不愿再养活的婴孩的地方，人们俗称这里为"狼食岗"，顾名思义，就是为狼、狗等野生动物"投食"的地方。

男人首先找到一片杂草和芦苇较少且平整的地方，把周边的杂草踏平，而后，亲吻了一下怀中还在熟睡的女婴，两行热泪涌出了眼眶，他喃喃自语道："我可怜的闺女啊，你千万不要怪爹娘心狠，是你的命太苦了，爹娘实在是养活不了你啊。来世你要再托生，一定一定托生个富人家啊！"说着，便跪倒在地，慢慢地把女婴放在踏平的地上，用准备好的旧烂裹布遮盖在女婴的脸上，然后急忙站起来，转过身，头也不回地就要走。

此时，寒冷刺骨的西北风带着飕飕哨响越刮越大，吹起的雪片儿直扑到男人的脸颊上，钻进脖颈里，他不禁打了个寒战，脚步不由得加快，他本能地想尽快离开这儿，他不敢回头，他怕自己再多待一会儿就会改变主意……真的，他真的害怕。此刻，耳畔的风声一阵紧似一阵，空中狂舞乱撞的雪花越来越急、越来越大，他心中不断涌动着对女婴的怜悯："啊，天那么冷，雪那么大，闺女会不会很快被冻死？或被雪埋掉？"啊，不不不，不能再想这些啊，快些走，快些离开这儿！这是怎么了，今晚这腿怎么那么重啊！男人不由自主地敲打了下腿，刚要再加快步伐，猛然间一个踉跄，枯萎的芦苇差点把他绊倒。而就在这时，他身后突然传来了女婴急促而响亮的哭声，“哇哇哇……”一直沉睡的女婴儿不知怎么就突然间醒了，男人一个激灵，下意识地站稳了身，然后紧闭着双唇艰难地拖着双腿向前迈步，他那正在滴血的破碎的心在给自己下达命令：不能，坚决不能回头！要尽快地离开这个地方！

“哇哇哇……”女婴那撕心裂肺的啼哭声，如同一瓢瓢热油又浇向他那破碎的心，他两手紧抓着胸间的破棉袄，咬着牙，低着头，迈着注满铅般沉重的步子继续前行。他实在不想继续被这让人揪心的哭声折磨，想尽快逃脱，可女婴的哭声越来越大，越来越响亮……在这黑沉寂静的夜晚，女婴的哭声在空中飘浮荡漾，在他头顶上空盘旋，强行灌入他的双耳，且越来越尖厉，直扎他的耳膜，刺入他的脑际，戳向他的心脏。脑袋和心脏越来越痛，越来越难以忍受，脚步越来越慢，越来越沉重。终于，他僵硬地止步了，猛然抱着头蹲在了地上，任凭泪水像断了线的珠子似的扑簌簌地流下。他甚至呜呜地哭出了声，继而号啕大哭，声音是那样凄苦悲凉，是那样撕心裂肺。要知道，这是这位硬汉子从没有过的啊！也许他身上实在是积攒了太多的苦难，体内的泪水早已变成苦水且被心吸干，他已忘记什么叫泪水，什么叫哭泣，可今晚……他不知道为什么自己会这样。此时，一阵紧似一阵的狂风裹着雪花，像是与他过不去，抑或是故意要惩罚他，在这黑洞洞的夜空，在他周围，在他身上、脖子上、脸上，打着转儿，吹着哨儿尽情地狂舞着，肆虐着，鞭打着……

渐渐地，他的哭声小了，他像是瞬间预感到了什么不祥。他听到了，听到了不远处传来一阵急促瘆人的野狗“汪汪汪”的狂吠声！他惊雷般炸醒，脱口喊了声：“啊，不好！野狗！”转身一看，只见不远处几个蓝色幽灵般的光点，正在向女婴慢慢靠近，“呜呜呜呜……”“汪汪汪……”野狗那令人毛骨悚然的低吼声，让他越发清醒起来。

他“啊”地惊叫一声，瞬间头发奓立，浑身冒出一层鸡皮疙瘩。他转身不顾一切地朝号哭不止的女儿的方向跑去。小女儿已哭得嗓子发哑，他跑至跟前，一弯腰就抱起了孩子，随即将自己早已布满泪水的脸紧紧贴在了小女儿的脸上。嘴里不停地喃喃自语着：“苦命的闺女啊，咱们回家，回家。要饿死，咱全家人也要饿死在一起！”

女婴又被男主人趺趺撞撞地抱回了家。见到被抱回来的小女儿，一直守望在大门口披了一身雪花的女主人什么也没有问，激动地一把把女儿抢抱过来，失声痛哭道：“我的苦命闺女，娘舍不得你啊，就知道你会再回到娘怀里来，你你，你终于回来了！”

男女主人给女婴取名为“美美”。美美被勉勉强强养活下来，尽管家里很苦很穷，即使一天两顿饭也是有了上顿没下顿，但两位小哥哥特别喜欢她，宁愿自己饿肚子，也要让小妹妹吃饱。美美长到三岁时，聪明乖巧，很是讨人喜欢，两位哥哥经常带她去挖野菜，捉小虫。家境虽苦，但苦中有乐，日子还过得下去。

但就在这年的初冬，意想不到的一场天灾人祸突然降临到这一带，一种莫名的瘟疫像狂风一样迅猛地席卷着各村各户，短短不到一个月里，各村庄不断传来老人小孩被夺走性命的噩耗。于是大小路上涌满了逃避瘟疫和逃荒的人流。

美美这个五口小家很快也被祸及：美美的小哥哥首先被这场突如其来的瘟疫夺走了鲜活的小生命，一个多月后，染上瘟疾的大哥哥也夭折在美好灿烂的童年。

塌天了，天塌了啊！这些噩耗犹如一个个晴天霹雳，一下把这个穷困潦倒悲苦交加的小家庭击得粉碎，男女主人犹如坠入万丈深渊。哭，已无泪；悲，一心向死！

那天下午，夕阳的余晖还没散尽，顶着凄厉的秋风，美美的父亲刚刚把躺在怀里“走”掉的大儿子掩埋掉，拖着瘦得已不成形的身体歪歪斜斜地走回了家。他推开用树枝条编织的破门，展现在他眼前的一幕让他不寒而栗，他一下子被吓呆了。披头散发的妻子，正慢慢地匍匐着爬向井边，被绳子拴在树上的小女儿挣扎着，吓得不停哭喊：“娘——娘——”

男人突然间明白了这一切，不顾一切地飞奔过去，一下扑在已到井边的妻子后边，死死地拽住她的两条腿，号啕大哭道：“你这是干什么啊！……要走，我们也是一块走啊！如果你还想让闺女留下，至少也要给她找个人家，不能让她饿死在家啊！”

第五天天色刚蒙蒙亮，夫妻俩就早早起来开始收拾。女儿的下家已找好，说好了今天把她送过去。母亲含着泪把美美叫醒，骗她说要带她去走一个亲戚，并精心打扮着她：首先给她穿上小哥哥没有舍得穿的新缝制的半旧蓝格粗布小棉袄、小棉裤，穿上那双过节和串亲戚时才舍得穿的新虎头鞋。然后用小红头绳把她那黄黄的小头发扎成了两个小辫儿。洗过脸后，母亲还用一块小红纸蘸上水，在女儿美美的额头和小脸蛋上，点缀了几个小红点儿。把美美装扮完后，母亲又把家中仅有的小半碗玉米面熬成的粥端给美美，叮嘱她一定要喝饱，路远，别饿着。

男女主人，也各自把自己收拾了一下，舍不得穿的衣服也找出来穿在了身上，那意思已经非常明确，等把小女儿托付给别人后，他们就一块儿追随两个儿子去。他们显得那么平静，彼此间配合默契，心照不宣。他们不像是要把女儿送人，更不像是自己要去赴黄泉，倒像是完成一件平常事儿。赴死，对那些万念俱灰的人来说，不就是一件平常事儿吗？！

就在他们一切准备妥当，就要出门时，随着“吱呀”一声，大门被推开，一位六十多岁手持打狗棍的老者从门口摸摸索索地走进来，这是个盲人。只见此老者，头戴破烂的黑毡帽，留着长长的花白胡须，年龄在六十五岁上下，肩上背着一个破旧的蓝色布包，身穿一件打满补丁的黑色长袍，脸虽然清瘦，但看得出有一种说不出来的气质和庄重，一个讨饭者？可咋看也不像。

没等夫妻俩反应过来，那位“不速之客”已经走到屋门口。没等二人开口，便径直走向屋内的美美，且开口道：“来，小姑娘，让爷爷抱抱你！”

夫妻俩很是惊诧，面面相觑。只见那位“盲客老者”一把抱起美美并坐在凳子上，他一手揽着坐在自己腿上的美美，一手摸摸美美的脸颊，又摸摸美美的额头，还抚摸着她的小手。抚摸完之后，只听他口中念念有词道：“哦，善哉善哉，泰山老母错抱娃，仙女错被送凡家。”

他边念边低头对着美美说：“哦，多好的娃啊，多讨人喜欢的娃啊。”而后抬起头，旁若无人地自言自语道：“可惜呀，可惜生不逢时……”

说到此时，“盲客老者”才转向夫妻俩，说：“你们瞧不到的，你女儿嘴里含着‘金勺子’呢，只是生不逢时……可未来是富贵之命呀！”说着他便站起身来，把美美递给了女主人，接着说：“不要把她丢下。你们要舍她而去，让她一人在世上无亲无靠孤苦伶仃吗？那她一辈子有多痛苦啊！”

说着，他又坐了下来，向惊异得不知所措的夫妻俩说：“哎呀呀，没粮做饭，可否讨碗热水喝？”

一直愣愣地站在一边的男女主人马上反应过来，男人连声“哦哦”着转身就要去厨房烧水，女人则迅速走上前拦住男人：“来，你抱着闺女跟师父说话，我去烧水。”

“盲客老者”闻声制止：“不用忙，我走了，还要去别处讨口饭吃呢。你们过来吧。”随后，从布包里摸索出两块银圆，顺手递给男主人，说：“给孩子做件好衣服，你们家也添补下吃的吧。”说完，便起身向外走去。

一切都是那么突然，一切又都是那么茫然；一切都是那么令人惊异和不可思议，一切又都是那么真实可感。

不速之客的出现和他的举动，不但救下了绝望中的一家三口，还给了他们继续生活下去的信心和希望。从此，夫妻俩全心全意地抚养着女儿美美，生活又得以平静地维持下去。

美美转眼间长大了，越长越俊秀，她乖巧懂事，十分招人喜欢。六七岁之后，已经能帮助父母做一些小家务了，家境好些，地主家与她同龄的孩子们，都已经开始上学读书了。美美知道，上学读书对她家和自己来说简直是去夜空摘星星。父母亲拼死拼活地给地主干活，也只能勉强维持一家三口的生计，哪里有钱供她上学啊！所以，懂事的她从来不向爹娘提出这一奢望。尽管美美不提上学读书的事，内心深处对上学读书的好奇和愿望，却随着年龄的增长犹如滚滚的岩浆越来越激烈澎湃。

上学读书不成，美美就寻找另外的方式听书求知。所以，村里只要有说书或唱戏的，美美就一场不落地挤进去听、去看，而且都是从头到尾听完看完，有时听书场、唱戏场已曲终人散，入迷的美美还呆呆地坐在那儿。几位常来村里的说书匠对美美都很熟悉了，也都特别喜欢她，每次他们都会给她留下最佳位置。有时美美晚到一会儿，说书人还故意说上小段儿拖延时间等着她呢。全村甚至邻边的村里人都知道美美是个铁杆的小书迷和小戏迷啦！

有一次，爹爹带美美去外村赶集。买过东西后，爹爹突然发现美美不在身边，这下可把他吓坏了，到处找也找不到，怎么喊也没有应声。赶集的人快走光了，爹爹的腿由于不停地来回奔波，累得几乎迈不动步子，嗓子也喊哑了。

就在爹爹绝望之时，有位好心的人告诉他，村边戏台旁有一个小姑娘正坐在那儿发愣。爹爹听到这个消息，像发了疯似的跑到村边戏台旁。戏已经结束，戏台上的工作人员正在收拾演出道具，听戏的人早已散去，偌大的戏场上空荡荡的，唯有女儿美美还坐在那儿对着戏台发呆。爹爹急赶几步，一下扑过去抱起女儿，有些失声地责怨道："闺女啊，你怎么不给爹说一声就跑到这儿来了呢？你可把爹爹吓坏了啊！"

正发着愣的美美，听到爹爹的叫声，又见失魂落魄的爹爹一把抱起自己，才意识到自己闯了大祸，她有些害怕地低语道："对不起，爹爹，是我错了，你打我吧！"边说边给爹爹擦拭着挂在脸颊上的泪水。

爹爹没有更多地责怪女儿，只是把女儿抱得更紧了。走出一段路后，爹爹边走边不解地问："美美，演出都结束了，人们都走了，你为什么还坐在那儿发愣呢？"

美美突然皱起小眉头，若有所思地反问道："爹爹，你说，为什么《秦叔宝卖马》这个戏里演出的故事，与我前些天在咱们村看的不一样呢？咱们村演的戏里，那个店主特别坏，不但在卖马钱上坑骗了秦叔宝，还不给他吃的，把他赶出了旅馆；而今天这个戏里面，店主就没那么坏，不但让秦叔宝住在店里，还给他饭吃，对他特别好……爹爹，你说，同一出戏，为什么不一样啊？我们应该相信谁家的呢？"

爹爹看着还沉浸在戏的情节里的小女儿，既疼爱又欢喜，同时还夹杂着一种隐隐的愧疚感，他不由得亲吻了下女儿的额头，没有回答女儿的提问，却喃喃自语道："闺女真是一个读书的料啊，可惜生长在我们这个穷苦家庭，把孩儿误了啊！"

美美明白爸爸说的是什么意思，十分懂事地也在爸爸脸颊上轻吻了一下，会心一笑说："爹爹，我以后不再这么听书看戏入迷了，不再让爹爹和娘担心害怕了，好吗？"

第二篇

世间善恶种埋下
天灾倭寇蹂中华

有诗为证：

花季穷苦战乱起
东土毒蝎华夏舞
骇闻兽性残暴极
同伴命丧倭寇机
民族仇恨种埋下
正气正义伴生涯

20世纪30年代的中期，古老沧桑的华夏大地和生生不息地繁衍在这片土地上的劳苦大众，已被腐败无能、黑暗没落的当权者，乱世杂生的官匪恶霸、土豪劣绅以及外夷侵略者践踏蹂躏得千疮百孔、奄奄一息……但最悲苦凄惨的岁月还没到来。

然而很快，它就悄然而至了，带着无比狰狞的面孔、张着血盆大口、龇着长长的獠牙真的来了！它跨过东海而来。数千年来，华夏子孙曾无数次帮扶过他们，他们则利用谦恭的外表和酷爱偷习“借鉴”的禀性，把许多优良的华夏文化和技能偷习过去并加以光大。于是“小倭国”逐渐富强了，人也越发“浪”起来，对华夏大地有了觊觎之心。从明朝开始，他们不断从海上侵扰华夏大地的沿海居民，愤恨的华夏子民就“赠”他们“倭寇”“日本浪人”“小鬼子”的“光荣称谓”！

来了，“这些极度温和又极度好战，极度恭顺又极度歹毒的浪人”真的来了！这次，他们带着几代人的“狂妄梦想”——占有并征服华夏的宏大野心和阴谋——乘华夏之危而来！

这次，这个“野心可以吞天的恶魔”，不但要用它的血盆大口和恶毒的獠牙吞下华夏，还要咬下半拉地球——它要建立“东亚共荣圈大日本帝国”！

真的，这个“东方恶魔”、华夏的“灾星”，带着极度的疯狂和无比的狼性，真的来了……

不可思议的是，在它到来之前，它那恶魔般的“阴风妖气”，首先在华夏大地上进行了“疯狂的预示和预演”：先是一年少有的大涝灾，紧接着是一年罕见的大旱灾，接踵而至的是有史以来记录难寻的大蝗（虫）灾——据说，蝗（虫）灾过后，不光庄稼被啃光，连树木也被剃光了头，有的家庭养的小猪没来得及躲起来便被蝗虫啃成了白骨，撞死在屋墙和屋门上的蝗虫，足有二三十公分厚，有的屋门被撞死的蝗虫堵塞得都难以推开……三年灾害下来，中原和山东一带，淹死、饿死、冻死的百姓，尸骨遍布田野山岗，多得无法掩埋，也无人掩埋……真正是：千村霹雳人遗失，万户萧瑟鬼唱歌。遍地尸骨无人泣，十里八乡人气绝！

此时，就在倭寇铁蹄践踏东北之时，在其侵略的枪口又瞄向山东之时，十分异常的天气漫卷了鲁中、鲁西南地区……

1937 年年初，接连几天昏暗阴冷的天气后，一日中午时分，天空突然间没了太阳的光亮，天地一片阴暗混沌，分不清哪是天，哪是地，更辨不清东西南北。什么都看不清，宛若死气沉沉的黑夜，却比黑夜更阴森可怕更让人胆战，让所有活着的生命都感到了末日的到来！这种令人窒息胆寒却又无法描绘形容的异常天气，持续了大约一个时辰，突然，从远处、从天地间，传来了瘆人的魔鬼般的吼叫声！紧接着，狂风卷着沙石，遮天盖地横扫而来！瞬间，村里的茅草屋被揭了顶，茅草撒欢儿地加入了树叶、尘土、烂衣、破布等杂物的行列，在天地间无拘无束地腾跃翻舞；一棵棵被剥了皮的树（被饿急的百姓当作美食剥掉的）痛苦地呻吟着，它们终于找到了结束痛苦的途径，索性自发连根拔起跟着狂风而去，几棵根扎得较深较壮实的树被泥土死死抱着不放，硬是被狂风拧了几道弯儿……

罕见的“妖风”卷挟着它要的东西很快就走了，天色随即放亮，昏黄的太阳光下，塌屋断树，一片破败，满目疮痍……

美美家那两间破草房，多亏了爹爹有先见之明，提前用一根根木棒系着绳子牢牢压住房顶的茅草，然后结结实实地捆在大石上，所以房顶只被刮走了三分之一的茅草，但是院内两棵伴随多年的碗口粗的槐树和枣树却在狂风中无力地横倒在墙上，把原本结实的土墙砸出了一个大缺口。“妖风”过后，美美和母亲一边帮爹爹收拾那破败的院落，一边四处捡些茅草，修缮屋顶，忙活了大半天，两间半茅草房总算能挡住一般的风雨，可以住进去了。

爹爹前些天在财主老东家那儿借了五斤粮，昨天只剩下一小把高粱米了。母亲在这高粱米里掺和着树叶和草根熬了一锅稀汤，给爹爹喝了两碗，把剩下的一碗端给美美喝，美美坚决不肯，让母亲喝。让来让去，母女俩只好各喝了半碗。

唉，下一步该怎么活呀！爹爹和母亲不住地叹着气，盘算着如何找活路。爹爹说：“要不，我现在就再厚着脸皮去老东家借点粮，他也不希望我这个老长工饿死吧，饿死了谁给他干活呀！”

母亲说：“人家要是真的不借咋办啊？”

爹爹沉默了一会儿说：“那没有别的法子了，我们只能逃荒要饭去了！”

母亲说：“我也想到这条路了，即使去要饭，也是咱俩去，千万不能让美美去！”

美美噘着小嘴说：“那可不成，我都十二三岁了……”美美刚要继续说些什么，爹爹马上插话道：“兴许老东家会再借些粮食给我们，现在先不说这些。”

爹爹说罢，起身对母亲说：“我现在就去老东家那儿。”

爹爹走后，美美就搀扶着因饥饿和寒冷，身体已明显支撑不住的母亲，回里屋躺着去了。母亲微微睡着后，美美喝了半碗温开水以安抚饥肠辘辘的肚子，便悄悄地走了出来。她本想到村口迎迎爹爹，顺便到田间捡点能吃的树叶草根之类的，可走到街上的石碾前，美美感觉胃有些隐隐作痛，伴着还有点头晕眼花，她知道这是饿得太过，不能再往前走了，就顺势坐在了碾盘上，想歇会儿缓一缓再走。

巨大的妖风过后，村里人都在各自忙着收拾被妖风摧残得破烂不堪的家园，街上空荡荡的。美美在碾盘上歇息片刻，感觉刚才的那些症状好多了。在漫无目的的张望中，她突然发现村口的路上走来一个人，她以为是爹爹借粮回来了，刚要高兴地起身去迎接，可仔细一看，并不是爹爹，便又颓然地坐了下来。

不一会儿，那个行人走近了，美美感觉眼熟，定睛仔细打量起来："咦，那不是常来村里说书的朱爷爷吗？"美美有些惊喜地跳下碾盘，一边情不自禁地叫着"朱爷爷，朱爷爷！"一边迎了上去。

说书的朱爷爷也认出了多年来常追着他听书的美美，快步迎了上来，也有些喜出望外地连连说道："呀，美美姑娘真的是你呀，你可让爷爷找到了！"朱爷爷一边拉着跑过来的美美的手，一边走向石碾盘："前些天我来到村里找过你，没有见到，这次呀，我是专门来找你的！"

"爷爷，好久不见了，真想您呢！您说您是专门来找我的？"美美忽闪着两只乌黑乌黑的杏眼不解地问。这几年连着大灾大难，朱爷爷已经好久没来村里说书了，所以美美见到这位崇敬可亲的说书爷爷，既亲切又惊喜。

爷儿俩边说边坐到了碾盘上。"是啊……"朱爷爷克制了一下情绪，两眼茫然地望着远方，不无伤感地说道，"孩子，今后你再也听不到爷爷给你说书了，爷爷也要远走他乡了啊！"朱爷爷边说边从他那始终背在身上的黄布缝制的布包里，掏出了四本皱巴巴且发黄的书，放在既惊异不舍又不知道说什么好的美美手里，他深情地说："美美，爷爷知道你是最钟情听书的，这四本书啊，就是我经常说的《说唐》《英雄小八义》《大八义》和《聊斋志异》，爷爷今天交给你，你收着，将来呀，找一个识字的夫婿，再念给你听吧。"

美美忍不住失声哭起来："朱爷爷我不要，我不要！您、您为啥要'远走他乡'啊？"

朱爷爷安慰道："好姑娘，爷爷是个说书的，这几年下来，人命不保，谁还有闲心听书啊，不说书爷爷憋呀！"朱爷爷说到这儿缓了缓，接着说，"好姑娘不哭了，你听爷爷给你交代几句话儿。"朱爷爷见美美忍住了哭泣，才说，"美美啊，你还小，爷爷下面说的这些你现在可能听不太明白，但以后会明白的。"朱爷爷抬起那灰蒙蒙的双眼望向远方，不像是给美美说话，倒像是自言自语，更像是在给空中看不到的某人说话，"你看这些年天灾闹腾的……唉，天象有大异，国必有大灾祸！这是几代清朝皇帝昏庸无能造的孽呀！可就苦了咱们这些无辜可怜的老百姓，百姓们可要为他们顶灾祸赎罪了！"朱爷爷说到这里，收回了目光，转向美美，接着说，"爷爷这次是要远走，恐怕我们也难再见到面了。"说着，伸手从包里掏出一个小布包。朱爷爷小心翼翼地打开布包，里面竟然是几枚银币，他郑重地取出其中的两枚，交到美美的手里，深情地说道，"孩子，爷爷知道你家一定断粮断饭了，拿回去帮助你们一家渡过这一大难关吧。"

美美马上把手缩了回来，连连摆手说："爷爷，我可不能要，这是您那么多年说书攒下来的啊，您还要出远门呢，一定会用得着的！"

朱爷爷又把美美的手拉了过来，不容拒绝地把那两枚银币再次塞到她手里："爷爷让你拿着你就拿着吧，救全家的命要紧啊！爷爷孤苦伶仃一个老人，没啥亲人，也没啥牵挂，还有会说书的口艺，放心吧，走到哪里都饿不死的！"朱爷爷说到这里，起身就要走。

"爷爷……"美美泣不成声，一把拉住了朱爷爷的胳膊，朱爷爷回转身来，爱抚地摸着哭成泪人的美美的头，突然像是想到什么似的，伸手从自己的布包里掏出了一卷用布缠裹着的用地瓜粉和地瓜叶摊出来的黑乎乎的煎饼。他取出了其中两个，把剩下的三个又卷好放到包里，说，“来，孩子，这个也拿着吧，差点忘了，快回家给你爹娘垫补垫补。”说完，朱爷爷头也不回地大步走了！

“爷爷，爷爷！……”美美哭喊着追上前，见朱爷爷越走越远才停下脚步，却依然泣不成声地哭喊着，“朱爷爷，爷爷！”

又过了些时日，那是一天下午，美美又去了村里的“说书场”，她不是去听书的，而是悄悄去参加村里一个“兴趣”活动。一到活动场地，美美意外地发现，留在村里的人能来的都来了，能容下百多人的“说书场”已挤满了人。美美越发感到今天村里召集的这件事儿不一般！爹爹来之前不让她跟着，她是自个儿悄悄来的。美美进来后原本躲站在后边，但前边大人们的身影把她的视线全挡住了，她只好不停地往前边移，就在这时，一只大手拉住了她，美美惊奇地抬头一看，是爹爹。她刚要说话，爹爹俯下身子神情严肃地小声说道：“你咋来了啊？好闺女，今天的事儿你不适合听，是一位刚从东北逃回来的叔叔，讲他们家人和村里的人遭日本鬼子杀害的事，太血腥了，你快回去吧！”说着就拉着美美向外走。听话的美美只好很不情愿地随父亲向外走去。

走出会场后，美美对爹爹说：“爹爹，你放心去吧，俺听你的话，回家找娘去。”父亲目送着女儿走出了小院。哪想到，美美见父亲转回后，又悄悄溜了进来，爹爹越不让听，她越是对这位从关东逃难回来的叔叔的事感到好奇。

不一会儿，人群一阵骚动，那位从关东来的叔叔进了会场，美美悄悄从边上溜过，眨着眼睛打量起台上站着的那位“关东叔叔”：中等身材，身板儿宽大，但显得很单薄瘦削；光光圆圆的头已被长出来的茸茸的黑发遮住了头皮；两道张飞似的眉毛，在那又黑又亮的两只大眼睛上方，时不时地挑动着，煞是有神；四方的脸庞叠满了皱褶，整个人显得老相又憔悴，显然是饥饿和营养不良造成的。一件打满补丁的粗布黑色夹袄，被腰上的一条深蓝布带紧紧系裹住；下身穿着什么裤，美美已看不到了……

就在这时，突然听到村里管事的马爷爷喊话道：“乡亲们，父老乡亲们，静一静，我给大家介绍一下，这就是二十多年前从咱们村走出去‘闯关东’的那三位乡亲之一。他叫马旭友，咱们村岁数大的乡亲还能记起他，走的时候他还是十多岁的小娃子呢。”马爷爷见会场上有些好奇的人交头接耳地议论，停顿了一下，又提高嗓门说，“乡亲们静一静，听我接着说，马旭友是前儿晚上回来的，他可不是‘衣锦还乡’‘荣归故里’啊，他是从日本鬼子的枪口和刺刀下捡了条命回来的！”会场里的人们听到这儿一片寂静，马爷爷接着说，“是他那两位一块儿闯关东的兄长用性命掩护他逃出来的啊！”会场发出了一片长嘘声，马爷爷又接着说，“唉唉，悲惨啊，十分悲惨啊！待会儿让马旭友亲个儿讲给大家听！”马爷爷干咳了两声，又说道，“大伙也都听说了，日本鬼子快打到咱们济南府了……所以呀，今天特地召集大家来，让马旭友给大家说说，小日本鬼子占领东北后有多么歹毒残忍，大家心里有个数，日本鬼子真的打过来了，我们该怎么办？！……好了，大家先别吵吵嚷嚷，听马旭友给咱们说一说吧！”

会场肃静极了，大家把目光齐刷刷地投向了那位脸庞铁青、严肃过度的中年人身上。

马旭友很有礼貌地向乡亲们深深地鞠了个躬，然后操着半东北话半山东话的口音，低沉地说：

“亲爱的乡亲们，岁数长一些的叔叔伯伯们可能知道，二十七年前，我十二岁多点，为了寻求活路，跟着我二十一岁的哥哥，还有我们本家的一个与我哥哥同岁的远房的三叔，与其他六个邻村的兄弟结伴闯了关东……一去就是近三十年，我们几个曾约好了的，再积攒点钱，我们就带着老婆孩子回家乡省亲，看望阔别多年的亲人和乡亲们，可、可、可万万没想到，狗娘养的日本人来了……一切全、全没了，全被他们烧杀光了……”马旭友讲不下去了，只见他双手捂着眼，弓着腰，呜呜呜地哭了起来！

场内许多人也跟着抽噎和唏嘘起来，美美似懂非懂地也抹着眼泪，她不由得又往前挤了几步，后面马旭友说的那些，她听明白了，也听懂了。

“二十七年前，我们结伴闯关东的九个同伴，”马旭友说，“现在就剩下我一人了。”他，时而从容时而激愤时而悲壮地讲述了他们那不堪回首的经历——

八个闯关东的同伴中，第一个离开他们的，是比他大三岁的邻村小哥哥，那还是在快到黑龙江的途中，因疾病和饥寒交迫，他永远倒在了半道上……其他几个同伴历尽千难万险，最终来到了黑龙江省牡丹江边上，他们在一个叫穆棱地的荒野小村立住了脚。到后不满三年，他们靠出苦力开荒种地，盖起了各自的毛坯房，有了自己的家。就在他们都张罗着说媳妇要真正成家的时候，两位邻村的大哥哥在一早搭伙去森林砍柴后再也没回来，同伴几人和村里的好心人一起找了许久，可连一点音影儿都没有。一说被野兽吃了，一说被土匪绑架掳走了！剩下六人，格外珍惜彼此的兄弟情谊，相依为命，相互帮衬，团结得像一个人似的。时间久了，他们靠自己的勤劳勇敢、忠诚可靠以及重情重义，不但赢得了当地百姓的信任依赖，还与随后相继而来的山东胶东一带闯关东的老乡朋友，建立了深厚的友谊和感情。其中，姓刘的邻村哥哥还被推举为村里“管事的”——村长。不仅如此，他们各自陆续找到了自己的意中人，结婚生子，建立起了幸福温暖的小家庭。

可好景不长，九一八事变突发，宛若晴天霹雳！不知何故，那位后来还有些“爱国良心”的张学良少帅，下达了荒谬至极的军令：东北军不准抵抗，不准动，把枪放到仓库里，挺着死，杀身成仁，为国牺牲……可怜偌大的东北，在不到半年的时间内就被日军全部占领，从此，东北的父老乡亲掉入了人间地狱！

首先遭到日本侵略军铁蹄践踏的，就是牡丹江马旭友村庄那一带，也正因为如此，那里成了民间最早自发组织抗日游击队的地方。他们村里有两个之前当了“土匪”的村民悄悄回到村里，联合其他几个村的村民，组织了一支民间抗日的小分队，对日本侵略军展开了突袭和抵抗行动。一次日军的小部队路过村庄时，就被抗日小分队打了个伏击，他们打伤和打死了几个小鬼子，捅了大马蜂窝，闯下了大祸！第二天一大早，还没等村里人反应过来躲避，穷凶极恶的一大队日本鬼子就开着装甲车，突然对村子进行了围剿！

那天一大早，已意识到问题严重性的马旭友和远房三叔、哥哥，正聚在马旭友家附近商量如何尽快躲避小日本来村里报复，突然听到装甲车的轰鸣和密集的枪炮声，随即便传来一片凄惨的哭喊声。三人同时惊恐地喊道："不好啦，日本鬼子来了！"马旭友和哥哥本想跑去招呼家人，三叔毫不犹豫地阻止道："来不及了，快跑，我们快向村外庄稼地和树林里跑！"说时迟那时快，三人不顾一切地拼命向村外跑去。

但为时已晚，鬼子已从四面八方向村庄包抄过来，马旭友三人冒着鬼子的枪林弹雨，拼命向一片熟悉的树林跑去。可鬼子很快就发现了他们，一边开枪一边放开狼狗向他们三人紧紧地追来。三叔和哥哥见势不妙，知道很难逃脱日军追捕，怎么办？哥哥边疾跑着边向马旭友喊道："小弟，你猫着腰往枯井那边跑，跳到井里躲起来！我和三叔向另一个方向跑，把鬼子引开掩护你！记着，一定要想办法活下来啊！"

马旭友什么也不想，照大哥说的，猫着腰向他熟悉的那口枯井跑去，见到枯井后毫不犹豫地纵身跳了下去，并迅速用枯井里的烂树叶把自己埋了起来……很快，他就听到哥哥和三叔嘶哑痛苦的号叫声。撕心裂肺的痛苦号叫没持续多久，随后就是一阵激烈的枪声……想必是哥哥和三叔先被几只狼狗活活咬死，没有人性的日军赶过来后，又往他们身上补打了几梭子子弹！

马旭友在枯井里躲了三天三夜，听到外面再也没有什么动静才从枯井里爬了出来。在傍晚太阳快要落山时，他悄悄向村里走去。一进村，眼前的情景就把马旭友吓呆了：美丽的小村庄不见了，看到的是还在冒着余烟的残墙断壁，扑鼻而来的是烧焦的腐臭味，黑漆漆死沉沉的村庄上空，不时传来瘆人的乌鸦的叫声……马旭友丢魂似的呆呆立在那儿，好一会儿，才猛然回过神来，失声道："家，我的家！孩儿他娘，雪儿，冬儿……"他一边叫喊着，一边发疯地向自己家跑去。

“天哪！我的家呢？”是啊，马旭友的家呢？那个马旭友亲手一点一点盖起来的三间整齐漂亮的草屋和那间妻子喜爱的温馨的厨房以及干净的小院呢？那个充满着欢声笑语的温馨小家呢？马旭友扑通一下跪倒在烧焦坍塌、面目全非的家门口：“小雪！小冬！小花！英子！……你们在哪儿？”马旭友冲进院子，扑向冒着余烟的残墙断壁，一边不停地用手拨拉着一堆堆焦黑的灰烬，一边撕心裂肺地叫着：“雪儿，冬儿，花儿，孩儿他娘，你们在哪儿，你们在哪儿啊？”他突然间看到了墙边一摊还没有干枯的黑红血迹，两眼一黑，踉跄几下，跌倒在地……

第二天一早，把他摇喊醒的是几个不相识的兄弟，他们是化装过来的八路军游击队队员。他们告诉马旭友，他那贤惠的爱妻和三个活泼可爱的孩子（分别是八岁、六岁的儿子和三岁的女儿），哥哥和三叔家的亲人，以及全村三百七十多口男女老少（除两个因外出打柴还没赶回村的一老一少、十一个被日军绑走而不知死活的壮汉和马旭友）全都惨死在日本侵略者的枪弹、刺刀和狼狗口中了！

……

马旭友讲到这儿再也讲不下去了，他抱着头蹲在那儿呜呜地哭着！会场内抽泣声不断。美美的泪水把衣襟都打湿了，两个小手紧紧地攥着拳头，手指甲把手掌都掐出了深深的印窝儿，下嘴唇也不自觉地被咬出了一道红红的血印。就在此时，寂静的会场突然有人喊起了口号：“打倒日本侵略军！一定要把小鬼子赶出去！”大家异口同声地跟着呼喊起来。

愤怒的呼喊声把美美也震醒了，她悄悄地哭着溜出了会场。在回家的途中，她怕回到家娘发现她哭泣的痕迹会担心她，便到水坑旁洗了脸，整理了一会儿情绪。进了家门，见母亲正在忙家务，美美只是叫了声“娘”，就埋头帮母亲做起事来。

母亲问：“出去那么久，去哪儿玩了？”

仍沉浸在悲愤情绪中的美美，只是“嗯”了声，却并没有回答母亲的问话。

母亲奇怪地停下手中的活，望着女儿美美，既疑惑又关心地问：“咋啦？谁让我闺女委屈了？”

母亲的一句话，更加让美美心里的悲愤难以自抑，她一下子转过身来，扑在娘的怀里，呜呜地痛哭起来。

这下可把母亲吓坏了，她一边把女儿紧紧搂在怀里，一边不知所措地连连问道：“好闺女，你是咋啦？快告诉娘！”

母亲越问，美美愈发难以控制自己，哭得更甚了。

就在这时，爹爹回来了。爹爹见状，也急忙赶过来询问：“闺女这是咋啦？”

母亲焦急地应道：“我也不知道啊！”

说话间，美美突然间扑向爹爹，紧紧搂着爹爹哭诉道：“爹爹，马旭友一家和他们村里人太惨了！日本人怎么那么狠毒啊！”

听到这儿，爹爹一切都明白了。爹爹爱抚地轻拍着女儿，既嗔怪又心疼地说：“唉，你咋不听爹爹的话呢？爹爹不是告诉你了吗，他讲得太血腥，你还小，又是女孩，不能听的。”

母亲像是听明白了些，焦急地问：“是不是把孩子吓着了？”

美美哭了一会儿，终于把胸中的激愤发泄了出来。见爹爹和母亲对自己担心，她马上抬起头来，抹了一把脸上的泪水，强装镇定地说：“哪能吓住我呀？我是可怜那些被狠毒的日本鬼子无故杀害的马旭友村里的人呢，我恨死了日本鬼子！”

母亲疑惑地问：“那人都说了些什么呀？看把闺女吓的！”

爹爹忙搭话道：“我以后再给你细说，先商量些正经事吧。”

母亲见爹爹表情一下子严肃起来，不再说别的，只是静静地听爹爹说。“马旭友和村里管事的马大爷，在最后还说了些重要的事。他们说，日本人占领了东北三省后，正往南方内地攻打，山东这边肯定也保不住。听说鬼子已占领了青岛，正往济南府攻打呢！东北让日本鬼子作践成那个样子，要是他们真的打过来，我们要提前有个准备啊！”

娘焦急害怕地说：“那我们该怎么办啊？跑又没地方跑，逃又没地方逃。”

爹无奈地摇了摇头说：“上哪儿逃啊！咱们只能听天由命了！”爹爹感觉说这句话不妥，马上又接着说，“不管怎么样，我们也要做些防备的。我想了，要尽快把家里那口老井向旁边掏个洞，危急的时候我们好有个地儿躲躲！”爹爹沉默了一下又补充说，“这是马旭友和村里人的建议。”

娘点了点头，附和道：“也只有这样了。那么大的国家，总会有人管的，我们老百姓只有听天由命了！”

美美马上搭话道：“爹爹，咱等一会儿就挖吧，我帮你一块儿干。”美美说完，又悄悄关心地问爹爹，“爹爹，那个马旭友叔叔咋办呢？”

爹爹回答说：“听说他要联合些人打鬼子呢。那血海深仇，他咋能不报啊！”

村里随着马旭友的到来吵闹了几天，又随着马旭友旋风似的消失像什么事都没发生一样，很快又平静下来。过了一阵子，一天傍晚，爹爹给雇主做过活匆匆赶回家，刚放下肩上的大铁镢头，就对娘说："听说马旭友昨儿晚上又回村了，他告诉村里人，省里那个叫什么韩复榘的'韩大主席'，不知是因为让日本鬼子吓破了胆，还是让日本人买通当了汉奸卖国贼，听说日本鬼子向济南府打来后，竟然偷偷率十万大军逃跑了，结果让鬼子长驱直入，很快就抢占了大半个山东，占领了济南，现在正向泰安和咱这边打来……"

娘吓得哆哆嗦嗦地问："那、那用不了多久就会打到我们这儿来呀，那可怎么好啊？"

爹爹缓了口气说："马旭友说了，村里人这个时候千万不能乱，更不能乱跑乱窜慌了神，他说，'国军'大部队正在徐州和滕县这一带集结呢，据说，要与小日本鬼子在这一带大干一场，说不定就把小日本打败，让他们滚回去了！"

一旁的美美忍不住高兴地拍着手连声说："好好，太好了！一定要把日本鬼子都打死，他们太坏了！"

爹爹和娘同时把目光转向了女儿美美，娘松了口气，叮嘱女儿道："美美啊，这些天里你可不能再乱跑了，就待在家里跟着娘。"

爹爹也接着嘱咐："你娘说得对，这个时期千万不能乱跑。"接着又转向娘说，"马旭友对村里人还说呢，打日本鬼子，人人都有份，到时需要我们爷们儿去支援'国军'，大家都应该积极地去！不过啥时候去，他会来招呼大家。"

娘和美美都赞成地点点头。

打那以后，天天都有日本侵略军的消息传来，一会儿说，日本鬼子攻下泰安、济宁了；一会儿又传日本鬼子已打到兖州和邹县了！果真，不多久就隐隐约约传来了大炮声。村里的人都十分害怕，经常聚集在村头壮胆儿，议论纷纷。

那是一个要降大雪的日子，天气异常阴冷，大风格外狂躁刺骨。尽管天气如此寒冷，午饭后村里人还是陆陆续续来到了村头那片打谷场空地，这是村里人闲时最爱聚集说事的地方。最近，来这里的人更多了，人们聚集得更频繁了。人们对当下时局，特别是对日本侵略军打到哪儿的事儿越来越揪心关注。大家聚在一块儿可以互相壮个胆儿，更重要的是能相互打探一些消息，彼此出出主意想想办法。尽管他们知道这些都不顶用，但还是愿意这样凑在一块儿，就像抱团取暖。村里家家都有人在这儿，谁家都怕在这重大的节骨眼上漏掉了什么消息，后悔莫及。

美美的父亲也早早吃罢饭就来到打谷场，美美饭后则跟着母亲到田地里捡柴草去了。家里积攒下来的做饭取暖的柴草已不多，一有空儿她就跟着母亲去捡点柴草做些添补。不过，近些天里爹爹不让她们走太远，今天她们选的坡地就离村头的打谷场不远，一来，爹爹能看到她们，一旦有什么事，爹爹能马上招呼她们；二来，柴草捡多了，爹爹能帮着给背回家。

打谷场上已稀稀疏疏有了一些人，大多数人正从村里三三两两地走出，往这儿聚集。奇怪的是，早来的还有一些妇女和小孩儿，几个孩子正你追我赶嬉闹着，孩子们天性纯真活泼，真是年少不知愁滋味啊，更不知道，恶魔即将降临到他们头上。

就在这时，人们忽然听到一阵奇特的轰鸣声从远处的天空传来。很快，人们发现天空的东北方向有一群黑乌鸦一样的东西向这边飞来，而随着轰鸣声越来越近，越来越震耳，那些黑乌鸦一样的东西越飞越近，越来越大。“啊，是飞机！”是谁先尖叫了一声，紧接着“飞机，飞机，啊，那么多大飞机！”喊叫声一片。是啊，很少见到飞机的村民们，只知道好奇惊叫，却不知道这些飞机就是日本侵略军的轰炸机，就是在中国肆无忌惮地飞行和轰炸的“魔鬼”！

一切都那么突然，人们还没反应过来，前面几架飞机已飞到头顶上空。就在人们大呼小叫地仰着头指指戳戳时，紧随其后的几架飞机就抛下了一个个黑乎乎的“大包袱”，几个村民还有几个妇女孩子，边高兴地惊叫着“啊，飞机丢东西，丢东西给我们啦！”，边飞也似的冲着快落下来的“黑包袱”跑了过去……这时，突然有人明白过来，大声喊道：“别过去，别过去，那可能是炸弹！”可为时已晚，他的声音被飞机的轰鸣声淹没了，还没等那几个妇女和小孩跑到落地的“黑包袱”近前，就传来一声声震天动地的爆炸声。惨烈的场面顷刻间把所有的人吓呆了：跑在前面的一个年轻人、一个中年妇女和一个少年，一下被炸飞了！

这一幕，也被不远处捡柴草的美美和母亲看到了，母亲当时吓得瘫倒在地，美美赶快搀扶着母亲回到了家。美美也被吓坏了，特别是后来听说被炸死的那个少年是她比较要好的小伙伴时，美美更是心痛得吃不下睡不着，着着实实地病了一大场。从此，一颗对侵略者莫名仇恨的种子，在美美姑娘心底深深地埋下。

很快，战火就烧到了家门口，听说北面不远处，“国军”布防的界河一带已被日本侵略军包围，路上逃难的人络绎不绝。

就在村里人人心惶惶的时候，一日上午，太阳刚偏东南，邻居家的一个伯伯就匆匆叫上爹爹说：“快走，听说马旭友又回村了，让每家的当家人都过去。”爹爹听到后，二话没说，抬腿就跟着那位伯伯走了。

美美和娘焦虑地在家里等待着爹爹回来，直等到太阳偏西了，爹爹才匆匆忙忙赶回了家。娘要给爹爹热饭却被爹爹制止了，爹说：“哪还有心思吃饭呀，你先听我说正事儿吧。”见娘围了过来，爹爹便滔滔不绝地叙说起来。

这次，马旭友是从县城那边赶过来的，人瘦了一圈儿，手上磨出的一个大血泡还在向外渗血水，听他说是帮助“国军”挖战壕磨的。县城里驻守的“国军”，清一色是从很远很远的南方来的，老百姓都叫他们“南蛮子川军”。听说，上面的蒋委员长，急急忙忙地把他们从南方调集过来，就是要跟日本鬼子大打一场！由于他们来得太急，啥都没准备好，出发时个个穿的都是单裤草鞋……“这下可把他们坑苦了，咱们这儿现在可是冰天雪地的大冬天啊！聚集来的部队多，战事又吃紧，部队里官兵穿的吃的用的都供给不上，不少人被冻伤冻病了。这咋行啊？还没跟小日本打仗呢！‘国军’官兵要是都冻伤病倒了，那仗咋打啊？！”周边的父老乡亲看在眼里疼在心里，于是，家家户户都行动起来了，把房子让给“国军”兄弟住，把粮食送给他们吃，甚至连自家的猪羊都宰了犒劳他们；许多家庭把自己的被褥扯掉，给官兵们做成棉衣棉裤，还有的乡亲干脆把自己穿的棉衣棉裤脱了下来送给官兵们穿；爷们儿都去帮着他们挖战壕修工事，妇女们也都发动起来，不分日夜给官兵们缝袜做鞋，小孩子们也组织起来成立了抗日少年队，为国军引路送情报、协助站岗放哨……“据说，乡亲们组织的什么义勇队、救护队、担架队、运输队等，可是帮了‘国军’兄弟的大忙呢！”

爹爹一口气说了那么多，嘴角上都冒出了白沫，母亲把干净的布巾递给父亲擦嘴，听得入迷的美美这才缓过神来，马上给爹爹倒了碗白水，爹爹接过碗一饮而尽，接着说："马旭友还说呢，光靠县城周边乡亲们支援还是不够，他这次回来，就是动员咱们村和周边几个村的乡亲们，也要积极支援'国军'打日本鬼子，他说，'国军'兄弟最急需的还是棉衣棉裤和鞋袜。"

听到这儿，娘马上插话说："我们也帮他们做鞋袜，嗯，就用我的夹袄给他们做鞋袜。"说着，娘就要脱下身上那件跟了她多年且仅有的夹袄。

一旁的女儿美美马上制止道："娘，您身子弱，离不开它的，就先用俺身上这件小夹袄吧。"美美说着就解身上的衣扣。

娘心疼地说："不成，不成，你正是长身体的时候，就这么一件贴身的夹袄，受了凉，病了那怎么得了啊！"

美美不顾劝阻，边解衣扣边向屋里跑去，嘴里还不停地嚷嚷着："就用我这件，就用我这件，我哪有那么金贵呀，我这就把它脱下来！"

娘还要去阻止，爹爹摆了摆手，马上说："算了，这也是孩子的心意。"而后接着说，"我也把我这条棉裤脱下来，你拆洗一下，抓紧把它重新赶做出来，到时让他们连鞋袜一块儿尽快给'国军'送去。"

娘急了："那你穿啥呀？"

爹爹回答道："家里不是还留了一条老爹过去的破棉裤吗？找出来用针线连连，不掉棉花就可以，咱们凑合着穿，咋都好办，不能让那些'国军'兄弟流血打仗还挨冻！"爹见娘没再说什么，就又催促道，“这些得赶紧，说不定我们这些男人，这两三天就要被马旭友召集去帮助‘国军’挖战壕、抬担架什么的。”

母亲连连答道：“嗯嗯，你放心吧，我现在就去做，连夜赶做！”

“还有我呢，娘，我帮你一块儿缝制。”美美接话道，说话间已经把身上那件深蓝色打着几块补丁的粗布小夹袄递了过来。

娘接过带着女儿体温的小夹袄，含着热泪望着懂事的美美，连连点头答道：“那自然那自然。”而后又心疼地问女儿，“冷不冷啊？”

美美笑眯眯地回答说：“不冷的，娘你放心好了。”

爹爹凑上来，慈爱地用那布满了老茧的手抚着女儿的头说：“俺闺女真是长大了，越来越懂事了。”

美美娇嗔地说：“才没长大呢，长大了就像古时候的花木兰顶替爹爹挖战壕去了！”

美美的一句话，让夫妻俩双眼含满了热泪。

此后的第四天一大早，爹爹和村里另外十七八个叔叔伯伯，听说还有周边其他村的近百名乡亲，带着各村乡亲们捐赠的棉衣裤、鞋袜、粮油等物资，以及挖沟的铁锹镐头等工具，就跟着马旭友出发了。

爹爹他们这一“出征”，半个月都没有音信。就在村里和家里的人着急不已时，一天傍晚，爹爹匆匆赶回了家。头发蓬乱、满脸胡须、明显瘦了许多的爹爹一进家就催促娘：“给我弄口吃的，我还要赶紧去村里招呼些事！”

娘很快弄了点吃的端了上来，顺便问爹爹：“你们都回来了吗？还去吗？”

爹爹边吃边说："我们这几个村各派回来一个代表，一是报个平安，最主要的是收集些吃的用的，明天我们就要赶回去！"没等娘插话，爹爹又接着说，"把咱家的粮匀出一多半来，还有腌的那些咸菜疙瘩都带上，前方急需吃的！"

娘说："把粮都给你带上，我和美美在家好凑合。"娘缓了缓，又忍不住小心地问，"天天都能听到炮声，飞机也是飞来飞去的，你们在那里危险吗？咱们这边打赢了吗？"

爹爹长叹了口气，说："唉，咋跟你说呢？各处都打得惨着呢，'国军'兄弟伤亡很惨重，好在我们去的这些乡亲们都在后方帮着干事，没有大危险！"爹爹忍不住夸耀起马旭友来，"这个马旭友还真的是很厉害、很了不起，混得'国军'许多兄弟都熟悉他，几位大长官对他都很信赖，组织乡亲们做的事儿，大都交给他完成！"爹爹还说，"马旭友对我很好、很信任，一些别人不便做的'秘密事'，都交给我去做呢。"

美美和母亲听后，相视一笑，都为爹爹高兴和自豪！

爹爹走后那些天里，随着远处的大炮声、天上的飞机轰鸣声越来越清晰、越来越密集，村里管事的马大爷，让各家都躲藏在自家的地窖里少出来，还告诫各家：为避免引来敌机轰炸，白天不要生火做饭，晚上做饭也不能冒出大烟和火花……

爹爹不在家，美美理所当然就成了家里的"小当家人"。她不但忙着照顾母亲，还成了马大爷的"信使"和"小帮手"，主动帮村里那些男人走后就剩下老幼者的家庭做些事。

近几天里，从县城方向传来的飞机轰鸣声和大炮声更加密集，有时昼夜不停，晚上的炮火把县城方向半个夜空都映得火红。这种令人胆寒惧怕的情形持续了六七天之久，慢慢地枪炮声就稀少了，再往后就听不到了，天上的飞机也很少有了。村里人猜测，这场恶仗定是打完了，可是谁打胜了呢？日本侵略军，还是“国军”？跟着马旭友去出征、帮“国军”的乡亲们也都还没回来，这更让人焦虑，惴惴不安。

这种令人难熬的氛围，终于打破了。一天下午，在村头等待爹爹他们返回的美美和母亲以及众乡亲，看到了跟马旭友一起出征的亲人们，个个疲惫不堪，沉郁沮丧，悲苦着脸，耷拉着脑袋……不用问，从这些人的表情，就能知道这场战斗的结果了。还好，跟着马旭友出去的村里人，除了马旭友外，都悉数回来了！

爹爹回到家沉睡了一天一夜后，才对娘儿俩打开了话匣。平时不爱说话的父亲这一说竟滔滔不绝，整整给妻子和女儿讲述了一个晚上。

跟着马旭友，爹爹亲眼见到、亲耳听到了“国军”在滕县县城针对日军的保卫战，三天三夜啊，真是悲壮、惨不忍睹的殊死战斗！

爹爹说，马旭友告诉他们，日本侵略军先是占领了南京——把南京的几十万老百姓杀死活埋，狗日的日本鬼子对待中国人真比豺狼、毒蝎还狠毒——又回过头来与北面来的日本兵一块儿夹击打山东。他们是想把整个京浦铁路都占领了，好用大火车畅通无阻地给他们运送兵力和武器弹药等，然后控制全中国。“国军”知道了日本侵略军的大阴谋后，“蒋委员长”就调派大军，想在徐州、滕县、台儿庄这一带阻止鬼子们野心得逞，更想与他们在这一带大打一仗，好好教训教训他们，给中国的老百姓出口恶气，给被杀害、作践的同胞报深仇大恨！

爹爹接着说，马旭友把他们带过去时，“国军”还在界河、香城、九山等一带跟小日本鬼子打着呢。日军比“国军”兄弟人数多了几倍，武器又特别精良，又是飞机又是大炮又是“乌龟车”，“国军”兄弟们手里的武器与日本鬼子相比却差远了。可就是这种情况下，“国军”兄弟与日军硬是死战了十多天，最终被日军攻下。界河一带失守，对滕县县城的“国军”威胁很大。滕县县城是“国军”部署与日军大战的重要关口，所以，“国军”长官给爹爹这些民工进行动员讲话时说：“滕县县城绝不能丢，一定要死守！”调集他们这些民工来，就是要在城里城外修筑加固工事。

爹爹介绍说，守卫滕县县城的“国军”就是从南方来的那支英勇无比的“川军弟兄”，大长官叫王炳章，后来才知道他是“大师长”。爹爹还跟着马旭友亲眼瞅见过这位了不起的大英雄王师长呢！爹爹说，这个大长官王炳章，高个儿，长长的脸，额头饱满，不胖不瘦，戴着军帽，穿着褪了色的军服，既英武又气度不凡，完全不像个行伍出身带兵打仗的军人，倒像一位在大戏台上演出的“大师爷”！“别看这个‘国军大长官’长相文质彬彬的，他率领手下的‘国军’兄弟，可是让日本鬼子吃了不少大苦头，尝到了中国人的厉害！”

说到这儿，爹爹沉默了一会儿：“王炳章长官真个是英雄好汉啊，面对那么多强大的日本兵，一点畏缩的意思都没有，部队在退守到滕县县城前，先让‘国军’兄弟把我们这些做支援保障、修工事的乡亲们安排到安全的地方，才给部队下达‘死命令’：要抱定‘有敌无我，有我无敌’的决心，誓与日军血战到底，与滕县县城共存亡！

“马旭友也是好样的！在带着我们撤出来并安顿好后，他挑选了五个自愿跟着他的兄弟返回县城，发誓要和‘国军’兄弟并肩战斗到底！”

“我也报了名，”爹爹很自豪地说，“马旭友开始不让我去，他们临走的时候又让我去了。马旭友说，让我跟着，就是让我见证一下他们是怎么与日本人死拼的，回来好给乡亲们有个交代。马旭友还叮嘱我，跟着他就得听他的，头脑还要灵光些，不能出事，有大的危险就赶快撤回来。”

听到这里，美美和母亲都瞪大了眼睛，大气儿也不敢喘，死盯着爹爹继续往下讲。

那是县城沦陷前最后一天的傍晚，马旭友带着他们五个弟兄，冒着枪林弹雨和不停打向县城的炮火，摸索到了城墙外，在“国军”兄弟和民工兄弟一块儿修筑的战壕处，他们被眼前的场景惊住了：战壕内外、护城河里堆满了“国军”兄弟还有日本鬼子兵的尸体，护城河的水变成了红红的血水……马旭友见此惨状，沉默了好久才说：“你们都回去吧！”爹爹问他：“你怎么办？”马旭友回说：“我要进县城里去，我要帮那里的王炳章师长和‘国军’兄弟，我要和他们战斗到最后！”

大家只好照马旭友说的去做，不过，一位邻村的刘姓小伙子，一再坚持要跟着马旭友，马旭友就带上他，提着大铁镐头去了，爹爹和另外两人则返了回来。

爹爹说到这儿，不由自主地低下头。停止了话音，沉默了好一会儿，他才抬起头，缓缓地继续讲述。他们尽管没有看到疯狂的日本侵略军如何在大炮飞机坦克的配合下与县城内少于他们几成的王炳章师长率领的“国军”兄弟强攻死守、顽强厮杀，但每天从远处看到日军往城内投射的暴雨般的炮弹，以及飞来飞去黑压压的日寇敌机，就能想见死守在县城内的“国军”兄弟有多险多难多惨！

据说，日本侵略军计划半天拿下来的县城，却攻打了三天三夜，而且死伤惨重。

一位从县城逃出来的老乡亲眼目睹了东关城墙大门的战势。那里被日军用大炮和坦克车打开一个缺口，日军几次强攻占领后“国军”又把它攻抢回来，近一天的时间里，日军打进去，“国军”又打出来，尸体堆得比城墙还高。

那个老乡在往外逃时，不巧正遇到了日本军追击王炳章师长和身边十多个“国军”兄弟。老乡为了躲避日军，机巧地跳进了火车站被炸垮的厕所粪池里躲藏起来，恰好王师长他们也躲进不远处被炸塌的一处残墙下。老乡真真切切地看到了王师长和“国军”兄弟与日军拼杀到最后一刻的壮烈场景。

王师长和他的“国军”兄弟与追赶来的日军，猛烈地对射了一会儿后，王师长身边的兄弟又倒下几个，只剩下六七个了，而且明显看出枪里已没有子弹。

围上来的日军猜到他们没有弹药，想活捉王师长和“国军”兄弟，所以也没有开枪，只是一边哇哩哇哩叫着，一边一步步地向王师长他们逼近。这时，就听一个日本翻译官大声叫嚷开：“王师长听着，皇军非常赞赏你，你们只要放下枪，皇军必然重赏重用你！跟着你的其他弟兄，一律不杀！”翻译官话音刚落，只听王师长愤怒地骂了一声：“放你娘的狗屁！”而后大吼一声，“兄弟们，为国捐躯的时候到了，拼死一个是赚的！无论如何不能让他们活捉了，最后一定想着拉响怀里的手雷！”师长话音未落，率先冲上前的像是一个农民兄弟（爹爹解释说，大家猜测他就是马旭友），只见他一个箭步冲向一个鬼子，非常麻利地一镐头下去，那鬼子的脑袋便成了西瓜酱。说时迟那时快，其他“国军”兄弟各瞄着一个日本兵捅了过去，几个没反应过来的日本兵稀里哗啦就被捅倒了，身上已挂彩的王师长也健步如飞地捅倒了一个，等鬼子们反应过来哇哩哇哩地号叫着扑过来时，王师长和“国军”兄弟几乎同时拉响了怀中的手雷……

爹爹讲到这儿掩面而泣：“王师长和他率领的四千多名川军兄弟就这样全部战死了！包括那些自愿留下来支援他们的城里的老乡，也都战死或被炸死了！”①

母亲和美美抽泣着不约而同地站起身来，美美一边给爹爹拭着泪，一边小声安慰爹爹：“爹爹，您放心吧，王师长和‘国军’叔叔，还有马旭友叔叔等乡亲不会白白惨死在日本鬼子的刀枪下，这深仇大恨，一定会报的！”

娘在一边也不停地安慰爹爹，咒骂着：“那些早晚要吃炮灰的

---

① 据史料记载，滕县保卫战后，当时国军坐镇徐州的总指挥李宗仁将军致电蒋介石说，该战役以劣势之装备与兵力，与绝对优势的（日军）顽敌对阵，独能奋勇抗战。官兵浴血苦斗达三日半以上，挫敌凶锋，阻敌锐进，使战役中心之徐州得以转危为安，是为国牺牲之精神，不可泯也！又说，“若无滕县之固守，焉有台儿庄之大捷”！

当时另有香港一媒体评论说，滕县保卫战，是整个抗日战争时期的一次以少战多、以弱战强的战役，是抗日战争中最惨烈最悲壮的战役，也是当时重创穷凶极恶日本侵略军嚣张气焰的战役，同时还是“国军”同滕县人民群众团结一致，用血肉之躯谱写的一首抗击日本侵略者最响亮的英雄赞歌！

小鬼子，都会不得好死！等着瞧吧，老天早晚会睁眼的，这些歹毒的日本鬼子全会被雷劈死、被炮弹炸死！”

此时，远处隐隐约约传来了公鸡的打鸣声，美美马上对爹爹和娘说：“听，鸡叫了，爹、娘，你们休息会儿，我给你们烧饭去。”

第三篇

沧桑苦难聪慧显
美枝折桂油郎汉

有诗为证：

柳叶眉下藏慧眼
窈窕暗藏寒衣间
一颦一笑赢智慧
十里八乡难觅男

四条铁规绣楼拦
纨绔俊男急傻眼
穷家油郎牵红线
美枝绣球抛胸间
……

时光流转，美美渐渐长大，生活的困苦和艰辛，以及日寇侵华带来的血雨腥风的梦魇，并没有影响美美的成长发育，反而从心智和意志力上给予美美姑娘更多的磨砺。尽管身材瘦削，但她比同龄孩子更加成熟稳健和懂事。美美愈发出落成周边几个村庄有名的小美人儿。上面那首诗的前四句，就是一位读过私塾的老先生，悄悄写就夸赞美美的。

的确，等美美长到十五六岁，来家提亲的人络绎不绝，其中不乏富家子弟。但爹娘在个人婚姻问题上特别听女儿美美的。最初，女儿美美明确地告诉父母："爹，娘，先说下，俺一辈子不会嫁人的，俺要永远陪伴你们！"

爹娘听了，开始也只是对她会心一笑，不作反驳，有时最多娘会说一句："傻闺女，哪能跟着爹娘一辈子啊，爹娘老啦，以后走了，谁来照顾你呀！"慢慢地，随着登门提亲的人多了，岁数又长了两岁，在爹娘和亲朋好友的再三劝说下，美美才勉强答应可以婚嫁，但是给爹娘开出了选婿的四个不可动摇的条件：一是，要嫁的人家，距离自己的村不能远，以便自己可以随时回来照看爹娘；二是，选的婿，要与她一样孝敬两位老人，并给老人养老送终；三是，要嫁的人，必须能识字，有文化，品行好；四是，一定要过了二十岁才可谈婚论嫁。

选婿的四条"铁规"一出，确实挡住了不少提亲者。登门提亲的人明显少了，有一阵子，半年多竟没有一个人来提亲。这让美美的父母暗暗地焦急和担心起来，生怕女儿择婿的四个条件把她耽误了。爹娘几次试探着跟美美说，不要再坚持这条件了，但女儿完全不松口。

又过了近一年，符合择婿"四条件"的提亲者出现了。

媒婆一进家门，就拉着美美的母亲显摆起来："哎哟，给你闺女说媒提亲，可真是难啊！多少家有意，可一听说美美姑娘这择婿‘四条件’呀，都退缩了！我呀，为你家美美的婚事，腿都跑肿了……嗐，也值了，想不到啊，这大好事说来就来了！”稍显富态、穿戴也比一般婆娘鲜亮的媒婆进了屋，一屁股坐了下来，神秘兮兮地接着说：“咱邻村，胡村的一位张姓的小伙，不知是谁给他出的主意，主动找到我，要我帮助来你们家提亲。我知道这小伙子，听说他谈婚论嫁时对姑娘总挑三拣四的。我一看是他，没好气地说：‘你呀，也不照照自己，能配得上美美姑娘吗？’呵，你听他说啥？他说自己对照过美美姑娘择婿‘四条件’了，感觉都符合！’我说自个儿说符合条件不行，要人家美美姑娘说了才算数。我让他先回去，我要琢磨琢磨。”媒婆故意压低声调说：“我呀，是故意先把他支走，冷冷他，好给自己留出时间，去他们村摸摸他们家和他的底。”

口若悬河的媒婆，滔滔不绝地说个没完，美美的母亲也听得有些兴奋，于是，端了碗开水递给媒婆，不无感激地说：“大妹子不但是个热心人，心眼还好，美美的事真是让你操心了。”

媒婆接过碗喝了两口水，稍缓缓情绪和语速，接着说：“嗨，没想到啊，不等我去他们村好好了解一下呢，嫂子你猜怎么着，那小伙子又找上门来催了。这引起了我的重视，赶紧到他们村里悄悄跑了几趟，把他和他家的事都摸得一清二楚，又反复对照小伙子的各方面条件。咦咦，我的老嫂子，开始我没看好这小伙子，心想他怎么能配得上我们美美，可越对照越感觉啊，啧啧，他还真是都符合咱美美姑娘的择婿条件！老嫂子，这么说吧，真是打着灯笼也找不到啊！”媒婆说得口沫四溅，正兴致盎然时突然停了下来，她伸手指了指桌子上的旱烟笸子，说："快快，给我按锅烟，我要咂吧两口，烟瘾上来了。"

美美的母亲赶快去给她装烟，并感激地说道："谢谢大妹子了，你放心，孩子不会忘记你的，我们家里也不会白（亏）你的，事成后定会大谢你！"

媒婆越发兴奋起来，连声说道："哎哟大嫂子，看你这是说哪里话呢？什么谢不谢忘不忘的，不过到时请喝杯喜酒倒是顶真儿的事。"她接过烟锅，狠狠抽了两口，又口若悬河地介绍起来："小伙儿姓张，名淮，二十岁刚出头，哎哟，那一表人才，那个俊秀哟，十里八村也难挑！更了不起的是，他还是个学问人，读过四年私塾学堂呢，是村里少有的能识文断字的人！"

媒婆说到这儿，又狠狠地抽了口烟，把烟锅的烟灰在鞋底上磕了磕，又把烟锅递给美美的母亲，说："再给装一锅吧。"美美的母亲赶紧接过烟锅，又去装烟。这边的媒婆，抹了一下嘴角的唾液，干脆站了起来，接着说："这还不说，张淮这小伙子，在村里口碑极好，他为人憨厚善良，爱帮助人，还特别能干能吃苦！据说啊，他还做着出外买卖粮油等小生意呢，那叫个厉害啊，肩挑近二百斤的担子，一夜能跑百多里地呢！可见多能吃苦多能干了。"媒婆说得眉飞色舞，甚至有些手舞足蹈。

美美的母亲，听得也满脸笑容，迅速把烟锅递过去后又端起碗加满热水，赶紧递送到媒婆面前，她笑嘻嘻地附和着："大妹子看上的小伙子，一准没错！"随即又小心翼翼地试探，"不知道人家有什么条件吗？"

媒婆接过美美母亲递过来的热水碗，呷了口水，故作神秘地压低声音，说："他敢！我先给他放下狠话，只准女方挑你，不准你提任何条件！"媒婆又故意地把嘴凑到美美母亲的耳边，低声耳语道："放心吧嫂子，凡事有我呢！"

美美的母亲连连道谢："这我知道，这我知道，有大妹子替我操心，哪能不放心啊。妹子你坐这儿喝水，地里刚下来的新花生，我给你包一点；还有，老母鸡下的新鲜的蛋，积攒了五个，今儿给你炒一个吃，另外四个全给你包回去，补补身子。"

媒婆一听，脸都笑开了花，忙说："看嫂子你多疼妹子我啊！要说也是，这周边几个村子，男孩女孩们的婚事，哪家不找我啊？这村跑到那村，还真是操心哩。这不，前两天，邻村的大妈还说我累得又黑又瘦了呢！"说着，还故意用手揪扯了下自己胖实实的脸颊。

"嗯，你不说，我还真没注意，妹子是比过去瘦多了。所以呀，做那么多好事儿，就该补补。"美美的母亲极力应和着，心里却嘟囔着：唉，明明壮得像牛一样，哪里瘦了啊！

媒婆一走，美美的母亲就把这大喜事儿告诉了丈夫。无疑，美美的父亲听了之后也很高兴，很满意。不过夫妻俩商量着，这事儿还不能急着告诉美美，因为这只是听媒婆一家之言，一定要托人打听清楚后再说给女儿。

很快，托人打探男方的情况就反馈回来了：媒婆介绍的情况，基本属实。但是，也带来让美美父母担心甚至心里蒙上一层阴影的两条信息：一是，男方姓张，在村里是个"小姓家族"。在农村"小姓家族"不免会受"大姓家族"的气。不仅如此，听说男方张淮这个小伙子和他家人都特别本分老实，小姓加老实，父母就更担心美美一旦嫁过去，也很容易受人欺负。二是，张淮这小伙子家境比较贫穷，生活负担较重，兄妹四人，他是老大，两个小的妹妹弟弟，都才五六岁。家里还有位八十多岁的老爷爷，老人家身体虽好，却不能再干重活，需要人来养活。小伙子的父亲以前常年给地主家当长工，但由于身体不好，近年来已变成打短工。再看母亲，虽然看上去身体很壮实，但肠胃不好，见天吃中药靠偏方，整个家庭生活的重担，基本上全压在了张淮身上。

这样的家庭条件，太过一般，女儿嫁过去，肯定要吃许多的苦，受很多的难。咋办呀？面对这个情况，夫妻俩也没有了主意。夫妻俩商量来商量去，最终决定把男方全部的情况如实告知女儿，让她自己拿主意，毕竟这婚姻大事儿，还是要美美自己来决定。

谁知，跟美美详细介绍过这些情况后，平时一听说婚姻之事就有一种抵触情绪的女儿不知怎么的，不但没有反感和不高兴，反而羞答答地一笑，说："哦，看样还真是冲着咱们家的'条件'来的呢。"

听了女儿的话，两位老人已经明白了美美的意思。不过小伙子的家境还是让夫妻俩产生了一份担忧：以男方这种家庭条件，美美嫁过去之后，不知要受多少委屈啊……唉，既然女儿已表明了态度，那只有先随了女儿，如果再有提亲的，条件又比张姓的小伙子强，说不定女儿就会改变主意了呢。

谁知美美与小伙接触了没有多久，有一天就悄悄地和爹娘说："爹，娘，如果再有提亲的，就拒绝好了，我看他人挺实在挺好的，就定下他吧。"

听到这儿，父亲忙抢先说："女儿啊，终身大事，我们是不是再沉沉，不急着定下来？”父亲看着女儿不解的表情，马上接着说：“张淮这小伙子的确不错，可家境却太一般了啊。他们在村里是小姓不说，一大家子人，上有八十多岁的老人，下有很小的弟弟妹妹，父母亲的身体也不太健壮，家里的生计，全靠他一个人。我和你娘担心，你嫁过去，会跟着受苦受难受气呢……”爹爹一口气把所有的担忧都讲了出来。

一旁的母亲，也马上附和：“就是就是，我们可不想让闺女出嫁后受苦受累。更不想让你因为要为我们两个老的着想，去委屈自个儿。”

美美听完爹的话，疑惑的眉头就解开了，等娘说完，便笑眯眯地走到娘跟前，搂住她的胳膊摇晃了几下，说：“爹，娘，你们说的这些，他都给我实实在在地说了。爹娘放心吧，谁能给你女儿气受呢？他家家境穷一点，苦一点，女儿不怕，只要人好，能干，有文化，特别是知道孝敬老人，其他苦难都不怕。”

爹娘看到女儿对这桩婚姻主意已定，也就没再说什么。是啊，女儿满意和高兴，那才是他们二老最大的心愿啊。

事实上，美美出嫁到胡村张家后，吃的苦、受的难远比想象的大得多。

先说一下胡村的人文环境吧。胡村在这周围方圆几十里内算是一个中等村庄，有着几百口人，不算大村。但要说名声，那可是“高山顶上擂重鼓，名声远了去了”！因为，村里有一位远近闻名的“神秘大庄主胡廷海”。

之所以说此大庄主神秘，是因为村上极少有老百姓见到过他的真容。传说他常年在大上海生活。但在大上海他做什么？家住哪里？家庭状况如何？村里人对他的底细都不知晓。所以，关于他的身世、情况，人们众说纷纭，有关他的猜测和传说满天飞。有人说，他与上海黑帮头子杜月笙有很深的交往，干的是“黑道上的活”；也有人说，他与国民党军界渊源很深，做的是军火生意；还有人说，他就是个奸商，四面八方通吃……总之，在家乡他是一个很少人见过的、非常神秘和令人生畏的大老爷。不过，见到过他的人，却感觉他没那么神秘和可怕：中等个儿，不胖不瘦，留着时髦的发型，蓄着八字胡，长相很绅士，显得也很有文化，甚至会给人一种既威严又不乏亲和的感觉。但据说在这个人温和的表面下，隐藏着很深的精明狡诈与阴毒残忍。

胡大老爷昭著的臭名，主要是他在村里豢养的恶贯满盈、令人发指、十恶不赦的土匪恶霸胡队给挣来的。而被他豢养的胡队——胡匪，名声又比他胡大老爷大得远了去了。胡队的大队长、胡匪的大头目——胡唤天的大名声也远远超他胡廷海。周边几十个村，方圆百里地，无论大人小孩，只要提到胡队和胡唤天，都会毛骨悚然，噤言哑语。

其实，胡队原本也就是胡廷海豢养的看家护村的村匪，相当于过去大地主、大庄园主豢养的几十人的“看家狗”，而这支原本看家的胡匪，就因为有了胡唤天这个头目，都经过了他的“特种训练”，人人都心如毒蝎，个个都是人面恶魔。他们制造出的案件一起比一起更凶残更骇人听闻；他们与国民党官府勾结，狗仗人势，一支只有几十人的家匪恶霸队伍，甚至比一个正规“还乡团”名气还大，威风还足。周边乡村大小帮派、团伙的土匪恶霸，一提起胡队、胡匪，立马毕恭毕敬，退避三舍，俯首称臣。就连县政府那些吃官饷的“小部队”，也要让他们三分！

特别是他们那位队长、匪头——胡唤天，无论如何都要把他单拉出来说一说。在那一带老百姓的传说中，胡唤天就是恶魔中的魔头，说他长着三头六臂，会飞檐走壁，能使用双枪，百米之内百发百中，且练就了一身硬功，能捏石成粉，刀枪不入……胡队创造的那套惨无人道的酷刑和杀人术及所有令人发指的恶行恶端都出自他的手。传说他曾连续刀劈十多人，眼不眨手不软，从不补第二刀……别说普通老百姓听到他的名字吓得浑身发颤了，就连胡匪内部人，一听到他的声音，也会吓得胆战心惊。

说了好多“传说”，来看看胡唤天的“真容”吧：中等个儿，微胖，常年留着平头，四方脸，阔口挺鼻，短黑眉，凶险狡诈阴毒的双眼，时时喷射出一股令人毛骨悚然的杀气。喜好黑色的武士装束，脚蹬平口布鞋，腰扎一条长长的黑布腰带，两把黑色发亮的德国造驳壳枪别在腰间，走路虎虎生风，一般人小跑都跟不上。

胡匪们的“威风”，完全是在匪头胡唤天率领下，横打竖杀无恶不作地打杀出来的。

周边村的乡亲们都清楚，谁要是招惹了胡匪，特别是让胡大队长不高兴，“白天不过午，夜晚不过亥”，那个人或者那家人便会永远消失。最残酷的一次发生在抗日战争最“红火的时期”，没有被“蒋总统”指挥的国民党大军剿灭的共产党军队和共产党人，真的像“漫天的火星儿”，在国民党领导管辖的地方，在中华大地处处冒了出来。借助抗日运动，这“火星儿”很快变成了“火苗”，越燃越旺。在齐鲁大地，特别是在鲁西南这块具有悠久历史文化、豪杰辈出、抗日烈火最盛的地方，共产党的“火苗”燃得最快最旺。

滕县许多村庄和乡都成立了由共产党组织领导的农会组织。“火苗”越是燃得快和旺，就越是引起国民党政府和那些土豪劣绅的恐慌害怕与仇恨，一夜之间，他们马上掉转枪口，不打日本人，而是把子弹射向了共产党！各村的还乡团、土匪恶霸，更是穷凶极恶地对待共产党农会干部……胡匪们配合国民党政府的“清剿”行动。仅一个夜晚，周边村十多口水井和河沟内，就活埋了一百多口人。其中，一个田间枯井里，就塞满了男女老少七具尸体——那是那个村地下党、村委会主任一家人。

美美嫁到张家不久，就亲眼见证了胡匪们的惨无人道。那是在八路军第一次进驻滕县境内不久又很快撤离后，村里几位曾经为八路军做事的村干部，还没来得及躲藏就被胡队抓到，一场骇人听闻的残杀悲剧就上演了。

那是 4 月初的一天上午，太阳刚刚偏向东南，不时被阴森的乌云遮挡，像太阳在乌云中躲闪着穿行似的。阴冷的春风，把刚刚脱去棉衣换上夹衣的人们又拽进了棉猴儿里。几位挨在墙根下等着太阳从乌云里钻出来晒太阳的老人刚挤在一块儿，还没说上几句话，就听到从村里胡队队部处响起了一阵急促的铜锣声，铜锣声由远而近，向着几位老人晒太阳的地方、向着全村扩散开来。同时，伴随着铜锣声，破哑的呼喊声也不断传来：“各家各户听好了，无论男女老少，一个不落地全部到村戏台广场上去，今天要‘审判枪毙’共产党农会的干部孙石！都听仔细了，谁家人如果不去，一旦查出，与其共罪！”

听到呼喊声，几位老人吓得哆哆嗦嗦的，赶快往家跑。

这是胡匪们要对村里被他们抓到的共产党村干部进行“公审”，

要求每家每户每个人都要到场。村里人都知道，他们这是杀鸡儆猴！大家心里惴惴不安，还不知道这帮惨无人道的家伙会怎么对待共产党村干部呢！

美美搀扶着婆婆和家里人战战兢兢地来到村戏台广场。只见宽阔的戏台广场里黑压压地站满了人，戏台上，是一位只穿了一个裤衩被五花大绑捆在一根柱子上的男人，这人就是村里共产党农会的干部孙石，此时的孙石已皮开肉绽，满头满脸满身是血。戏台周边站满了荷枪实弹、凶神恶煞的胡匪队员，孙石身边立着两个拿着屠刀的胡匪，其中一个就是胡匪头子胡唤天，只见他一边挥舞着屠刀一边叫喊着："你们都看到了吧？这就是干共产党的下场！"说着，一刀下去，孙石半拉肩膀就给砍了下来。场下立刻一片惊叫声和孩子们的号哭声。突然间听到"砰砰"两声清脆的枪响，随即台上又传来了胡唤天恶狠狠的叫喊声："不许喊叫，管好自己的孩子，不许他们哭闹！"顿时，台下鸦雀无声，人们个个吓得魂飞魄散，颤抖着身体低下了头，不敢再往台上看。被吓哭的小孩子们，则被大人们牢牢地捂住嘴，生怕哭出声来惹出麻烦。几位被吓瘫在地上的老人被家人架扯着慢慢向外移动着……美美的婆婆只看了一眼，就吓得浑身颤抖，站立不住，多亏儿子张淮牢牢搀扶着，没有倒下。早被吓变脸色的美美，此时也顾不上自己害怕了，被吓得浑身颤抖不止的弟弟妹妹正嘤嘤哭泣着，此时格外需要她的关注和保护。美美紧紧地搂着他们，不停地悄悄安抚着："乖，闭上眼睛，用手捂住耳朵，什么也不要看，不要听，咱们马上回家。不要怕，有嫂嫂呢……"

就在这时，台上又传来另一个胡匪的喊叫声："都听好了，马上跟着去北边沙河，看看怎么把这几个共党的干部大卸八块，活埋！”

人群按捺不住，又是一阵躁动和骚乱。听到喊话声，美美的头“轰”的一声炸开了一样，半天什么也听不到，眼睛也全模糊了，什么都看不到，像是失去了知觉，差点倒在地上。多亏丈夫张淮叫了一声：“你咋啦？没事吧？”美美听到丈夫的叫声，马上醒过神来，小声地喃喃自语道：“天呐，大卸八块，活埋……太残忍了啊，直接活埋算了，干吗还要大卸八块？让他们遭那么大的罪！”美美的喃喃自语，把丈夫吓得不轻，忙问道：“你咋啦？没事吧？”美美望望丈夫，轻声地应和道：“没事的，没事的。咱们绝不跟着他们去北沙河，让他们先走，咱们回家，回家！”

回到家里后，婆婆被吓得失语两三天，还病了一场。一个妹妹也被吓病了。美美平生第一次见到如此血腥的场面，也被吓得不轻，尽管没有病倒，但也是两三天内吃不下，睡不着，一旦睡着后又被噩梦给吓醒。等缓过神来，不知为何，美美只要想到那血腥画面，就会同情和敬佩起那位农会干部，她不止一次地默默自问：“那位农会干部，怎么会如此坚强和英勇？那身体，那身上的肉，好像就不是他的似的，一声都不叫。听近前的人说，他不但不叫，不屈服，还大骂胡匪们。啧啧，天啊，到底是什么在支撑着他啊？”同时，对于胡匪们的残忍，美美心底不仅感到害怕，更生起了几分憎恨。

再后来，美美突然发现，有同样感受和认识的远不止她一个人，几位走得较近、能说到一块儿的邻里奶奶和婶子一起悄悄议论起此事时，都对那位叫孙石的农会干部的英勇和坚强赞不绝口：“啧啧，那罪怎么受啊，真真的了不起呀！真正的硬汉子！”

“不单他一个如此，据说呀，几个村的农会干部，被抓到后都是这样被他们残忍杀死的，没有一个是孬种！据说啊，那天另外几位农会干部已被他们折磨得快死了，都上不了台，他们就专门留下一个孙石给大家看的。共产党怎么那么厉害啊？一加入他们的队伍，怎么都成了不怕死的铁人了呢？哎呀呀，真是神奇啊！”

“还有，这些农会干部，都是在为咱老百姓做好事啊，没干坏事啊，反而是他们（胡匪）那一伙祸害老百姓！可……唉，真是丧尽天良，心如毒蝎呀！”

“嘘——少说两句吧，其他地方、对其他人，可不敢说这话，简直是不想活了啊！”

美美听了这些议论，越发同情那些被杀害的农会干部了。对那些胡匪恶霸，则不自觉地从心底泛起莫名的仇恨。

过去美美胆子较小，自从出嫁到张家后，慢慢见惯和听惯了胡匪滥杀和活埋人的惨烈的事情。再加上整个时局的兵荒马乱，一会儿听说日本人打到县城来了，一会儿又听说国民党军打过来了，一会儿还传说八路军要打过来了，还时不时听到远处传来的枪炮声，慢慢地美美的胆子也练大了些，心也练硬了许多。但这些还不足以抵御又一次目睹胡匪们惨绝人寰暴行的“心灵摧残”！

没有任何心理准备，极端残忍和恐怖的暴戾场面便突然发生在美美眼前。

那是一天中午，正在家里做活的美美被邻里一位爱凑热闹的婶婶急火火地拉着一块儿去看胡匪现场抓人。美美不愿意去，说：“婶婶你去吧，俺可不想凑那个热闹！再说了，他们天天都在抓人，有什么可看的？”

可那位婶婶一个劲儿地劝说美美陪她去看看："好他嫂子唻，陪我去看看吧。听说这次抓的不是一般的人，是咱们村后边住的那位姓孙的教书先生的家里人儿。那位孙先生平时可好了，你可能没见过，叫孙志。传说啊，他是什么秘密共产党人，他跑掉了没有抓到，可他老婆孩子躲藏了几天后回来取东西时被胡队发现了，现在正去抓，好多人都赶过去看呢，我们也去凑个热闹呗！"丈夫张淮也劝道："既然婶婶要你陪她去，你就去凑个热闹吧。"那位爱凑热闹的婶婶一听张淮也这么说了，于是二话不说，拉着美美就走。无奈，美美就被那位婶婶不由分说地强拉走了。

那位叫孙志的教书先生家住在村子的北边，是一个独立的院落。等那位婶婶拉着美美赶到时，院子内外已聚集了很多赶来看热闹的人。那位实在"爱凑个热闹"的婶婶，不甘心在外围看，非要拉着美美往院子里面挤。谁知她们刚挤进院子，脚还没站稳，就听有人尖叫道："快看，给抓出来了，抓出来了！"

声音还没落地，只见一位遍体鳞伤、脸上和嘴里满是鲜血、挺着大肚子的中年妇女被两个胡匪拽着头发，从屋里拉了出来。两个胡匪把她往院子里一推，旁边另一位胡匪便举起手枪，只听"砰砰砰"三声清脆震耳的枪声，那位中年孕妇应声倒下，鲜红的血液咕噜咕噜地从头上身上流了出来。

人群中顿时爆发出一片惊恐的骚乱和刺耳的惊叫："啊啊啊！"不少近前的人忍不住要往外挤，可外边的人却要挤着往里看，哭喊叫骂声一片，场面十分混乱。

而就在这时，更残忍的一幕出现了：只见从屋里跟出来的两个胡匪，其中一个就是心如蛇蝎的胡匪头子胡唤天，只见他们一人一手提扯着一个号哭不止的五岁男童的腿，倒提着走了出来，一出门，两个比恶魔还残忍的胡匪，用力一扯，小男孩瞬间被撕裂成两半，鲜血和肠子撒满一地……

一切都是那么突然，那么迅猛！随即人群中发出一片哀号与尖叫声。几位因过度惊吓而瘫倒的妇女躺在地上，怎么也爬不起来，吓得捂着脸号啕大哭着。

美美和那位“爱凑个热闹”的婶婶，也早被这突如其来的血腥恐怖惊吓得哭喊起来，被人群簇拥着东倒西歪，跌跌撞撞地向外挤着走着。那位婶婶吓得捂着脸直号，浑身颤抖得已不能自如地迈步，几次险些摔倒在地上，多亏头脑还清醒的美美架扯着才没有倒下。

这一切来得太突兀，太恐怖，太惨绝人寰。或已远远超出了人类对恐怖的承受能力，据说围观的人中有许多被这血腥的一幕吓呆、吓病了。美美和那位婶婶也不例外。美美到家后，便一头栽倒在床上，蒙着被子号啕大哭，丈夫和家人怎么劝说都不顶用，等她把眼泪哭干了，就呆滞着不吃不喝不说话。连续几天，就直挺挺地躺在床上发呆发愣。丈夫和家人都给吓坏了，在无计可施的情况下，张淮把岳父岳母接到家中，来陪伴看护……

那位“爱凑个热闹”的婶婶更惨，据说，病了半年，直到后来去世话都很少。

第四篇

屠夫血腥唤觉醒 黑暗『曙光』『神女』情

有诗为证：

屠夫血腥骇世俗
惊魂未定体难复
劫难女客家中藏
机缘话缘拨迷茫
正义种子悄然种
噩梦醒来是清晨
……

经过父母两三天精心的陪伴，美美的精神状态稍好转，惊恐呆滞的状态却并没有完全消除。美美的父母便与女婿张淮商量，把美美接回自己家照顾，好让她换个环境。

在美美父母陪护的几天里，女婿张淮总觉得岳父岳母两位老人像是有什么心事似的，每天总是找借口要轮流回家看看。张淮怕两位老人有什么事不好告诉自己，心挂两头，便马上答应他们的提议，把二老连妻子美美一同送了回去。

张淮猜得没错，岳父母每天总是找借口要回去看看，确实是因为有心事，这“心事”里藏着一个天大的秘密，而这“秘密”是两位老人不想让任何人知道的。可是，让两位老人没想到的是，这天大的秘密，后来竟成了陪伴女儿一生的神圣秘密和精神寄托。

美美随父母回到娘家，为不让父母挂心，强颜欢笑地强打着精神，尽可能地显示出自己已经“恢复常态”，但是吃饭是装不来的，一端起饭碗就想呕吐，强吞咽下几口饭，很快又反呕了出来。更让美美难以忍受的是，一旦静下来，眼前就会出现那个令人恐怖的血腥场面。每当如此，美美就忍不住浑身发抖，眼泪也控制不住地往下流。

“唉，这是怎么了？不能再这样下去呀。否则，自己会出事的。”美美一个人时，常常自言自语地念叨着，“可是，这是不由人的啊！”美美听说现场很多人也都给吓病了，她也会不时想起那位“爱凑个热闹”的婶婶，据说她至今起不了床了，吃不下饭，病得很重……美美每想到这些，一股无名的怒火就冲上心头，恨得不禁咬牙骂道：“那帮天杀的恶人，心肠为什么那么歹毒啊！他们一定会遭到同样报应的！”

美美这种状况，父母看在眼里，急在心里，十分担心女儿无法从这阴影中走出来。母亲格外小心翼翼地陪伴着女儿，特别是自女儿来家后，母亲就和女儿睡在一块儿，一会儿也不愿离开。

但是，有两个晚上母亲例外了，而她非同寻常的举动不禁引起了美美的注意，还让她心生不安。有一次深夜，美美在睡醒一觉之后，突然发现睡在旁边的母亲不见了。起先，她以为母亲去方便了，并没在意，可等了好一会儿，仍没见母亲回来。她又想到父亲近期身体不太好，可能母亲惦念父亲，照顾父亲去了，没再多想，就又睡去了。可又一个晚上，美美再次发现母亲不在了，等了好一会儿，见母亲没回来，她就起身去父亲那边看看，这一看让美美更加吃惊：不仅母亲不在，父亲也不在！他们去哪儿了呢？美美顿时睡意全无，她点亮灯，屋里屋外又找了个遍，仍没发现父母。就在她十分诧异之时，忽听到院外传来了轻微的脚步声。美美灵机一动，马上吹灭手中的油灯，迅速躲回屋里，躺倒在床上假装熟睡。于是，她听到父母蹑手蹑脚地回到屋里，父亲回到了自己的小房间，母亲则悄悄走到自己床前，故意凑到女儿面前，仔细听了听女儿熟睡的气息，而后才慢慢躺在她旁边睡下。

父母这神秘的举动让美美倍感疑惑，从来任何事都不瞒自己的父母，这次因为什么事情如此反常？他们有什么事瞒着自己，不想让自己知道？美美不由得细细回想起这些天里父母异常的举动：比如，好几次，她发现父母亲躲着自己窃窃私语，一见自己走近他们，他们就马上不再说话了，而且装作若无其事的样子。当时美美只是想，父母亲可能是在悄悄说自己生病的事儿呢，现在看来，并不是那么回事儿。美美还联想到，在回娘家前，丈夫张淮曾莫名其妙地问过她："爹娘看似有什么心事，家里有什么事吗？"那时，美美没有多想，只是大大咧咧回了句："家里没什么事啊，怎么了？"丈夫张淮马上回答说："没什么，没什么。"美美那时身体不好，没有再多问丈夫，更没有怀疑父母亲有什么事会瞒着自己。可现在想来，丈夫张淮当时一定是发现了父母亲有什么不对劲的地方。不用怀疑，父母亲肯定有什么神秘事儿在瞒着自己。

“既然爹娘有事要瞒着自己，不想让自己知道，”美美心想，“这事肯定不一般，自己就不便急着去问。”美美想用自己的方式弄清事情的真相。

这天深夜，母亲见美美睡熟了，又悄悄下了床。随后母亲还在女儿面前仔细听了听，确认女儿确实睡熟了，才蹑手蹑脚向外走去。装作睡熟的美美待母亲走出房间后也悄悄地起身下床。母亲这次没有叫父亲，自个儿随手提了一个早就准备好的小花包袱，慢慢推开房门，悄悄地向外走去。

美美蹑手蹑脚地紧随着母亲出了自己家大门。在尾随了母亲一段后，美美见母亲急匆匆地往村外走去，不免有些担心起来。害怕母亲突然发现身后有人跟着会被惊吓着，美美毫不犹豫地快步追上了母亲，并提前叫了声“娘”。母亲听到叫声和脚步声，立刻十分警觉地停了下来，没等母亲转过身来，美美立马小跑过去，一把挽住母亲的胳膊，小声说道：“娘，别怕，是我，美美。”

母亲还是吓得一颤，而后警觉地四处看了看，见没有别的动静，才颤抖着声音说道：“你、你，你怎么跟出来了啊？”

美美既心疼又嗔怪地说：“娘，这大半夜的，你一个人要去哪儿呀？这多危险，多让人担心啊！你……你们到底有什么事要瞒着我啊？！”

母亲稍一停顿，有些焦急地小声说：“好闺女，听娘的话，你，你快去睡觉！这事你不能知道，不能掺和！”

美美见母亲如此小心，就故意撒娇地小声说：“娘，这事儿不让我知道，你不怕把闺女急疯了啊！”没等母亲搭话，又接着说，

“娘，我可是你和爹唯一亲生的女儿啊，有天大的事也不能瞒着我呀！娘，我知道你和爹这是爱护我，可你们能理解我为你们担心害怕的心情吗？”

母亲怔怔地看了会儿女儿，哀叹了一声说：“唉，这事本不想让你知道的，不是不信任、不放心你，是我和你爹怕你知道了，掺和进来，要担天大的风险啊！好闺女，听娘的话，你回去吧！”

“娘，你就是说破天，我也不能回！对我来说，瞒着我、不让我掺和，才叫‘天大的风险’呢！你们还不相信闺女啊，多大事我也能承担得下！”美美摇了摇母亲的胳膊回答道。

母亲无奈地摇了摇头，又长叹了口气，说：“唉，既然这样，娘也不瞒你了……”

美美搀扶母亲边慢慢地往前走着，边听母亲讲起了前些日子她与爹爹经历的那件十分令人担心害怕又无可奈何的神秘事件。

一天早晨，母亲起得比较早，想去地里捡些柴来。在走到西坡高粱地河沟边时，突然发现地上躺着个女人，当时猜女人一定是死了，这可把母亲吓坏了，她转身就想跑开。可就在她即将转身的工夫，她看到那个女人好像在动，说明还活着。母亲从女人身上的穿着来看，断定她不是乡里的人。于是，母亲开始犯难了，担心这女人如果是病倒了，一个人躺在那儿没人管，人肯定撑不了多久就没了啊。这可咋办呀？急得母亲在原地打转转……最终，母亲还是大着胆子，悄悄走了过去，想看看那女人还能不能说话，想问问她究竟是啥情况。母亲走到她身边后悄悄叫喊了两声，她没有应。母亲又用手在她鼻孔试了试，还有微弱的呼吸，看来只是晕过去了。随后，母亲又仔细打量了打量，只见这女的三十来岁，留着齐耳短发，皮肤白净，绝不是普通的农村妇女，穿的更是跟当地老百姓不一样，是那种城里人的模样。另外，女人怀里还紧紧抱着一个布包包。母亲就此断定，这女人是着急赶路累昏饿昏倒在这里的，不像有大病的样子。这可怎么办啊？天快亮了，世道那么乱，要赶快想办法啊！突然间，母亲想起了美美的父亲，便决定赶快回家，让他拿个大主意！

于是，母亲一路小跑，气喘吁吁地赶回家。见到美美的爹爹，二话不说拉着他就进了屋，关上了门，急急火火地把刚才见到的情景一五一十地都跟他说了……美美爹听完后，也半晌没有说话，只是在屋里来回地走啊走。过了好大一会儿，他才喃喃自语道："这可怎么办，我们不能见死不救啊。不管她，可能她就没命了！唉，天快亮了，不知她究竟是什么人？这兵荒马乱的，她……可我们救她，风险也太大了呀！这……这怎么办好啊……"

正念叨着，美美爹突然停下脚步，拉着美美娘的手，着急地说："美美她娘，咱都是善良的人，不能见死不救啊！走，别管那么多了，救人要紧，先把她救回家再说！"

母亲说到这里戛然而止，什么也不再说。

美美有些焦急地问道："娘，后来，后来是不是把她救回家来了？"

母亲叹了口气说："后来，我和你爹爹硬是把她背回了家。她是饿得，饿昏了过去，但也病了，还发烧……不过，醒过来喝些水吃些东西后，就能说话了，她十分感激我和你爹，说我们是她的救命恩人，一定不忘我们的恩情。她还让我们放心，说她是好人，天黑之后就走，绝不连累我和你爹。天黑下来时，她坚持要走，可我和你爹爹见她身体那么弱，又发着烧，这大黑夜的，她能去哪里呢？于是，我们问她是不是有地方去，她摇了摇头。我和你爹明白了，她坚持急着走是怕被别人发现后连累我们。我和你爹一商量，救人要救到底呀，就坚持着把她留了下来。”

母亲停住了话语，又叹了口气，接着说：“人尽管留下来了，但我和你爹心里也是十分害怕。尽管她不告诉我们她的身份，但我和你爹都能感觉到，她肯定不是一般的人，挺有文化有知识有教养的，听口音也不是本地人，我们估摸着一定是与哪个部队有关，也或者是从哪个大户人家逃出来的媳妇，反正不是一般家里的女人。她也很警觉，话很少，再三叮嘱我和你爹爹，她的事，一定一定不要让外人知道，还让我们不能把她安置在家里，应该找个地方先把她藏起来，等她病稍一好转，只要能走动路，她就离开……她越说这些，我和你爹心里越是害怕。把她往哪里藏呢？后来我和你爹想起了一个藏她的好地方，就是我们现在要去的地儿。”

母亲沉默了片刻，接着又说：“我和你爹合计了合计，这事太危险，我们自己知道就行了，谁都不告诉，连你也不说，天大的事儿有我们老两口顶着。”说到这儿，母亲仍有满腹担忧，长长地叹了一口气。

美美明白母亲的心事，马上轻声安慰道：“娘，你和爹爹做得对，你不是经常教育我，要多做好事善事嘛，救人一命胜造七级浮屠呀！我们也不知道她是谁，我们救的就是一条人命啊！所以，你和我爹爹做得对，就是不该瞒我。”

母亲接话道：“不是瞒你，是担心你知道了担风险啊！不过，这两天我和你爹爹一直在商量这件事，要不要让你知道，要不要带你去见她……已商量定了，本想看看情况，等你身体好点再说。唉，没想到你这鬼丫头这么精灵，那你就跟我见见她吧。她人可好着呢，你见了肯定喜欢，也让她开导开导你！她呀，懂得可多着呢。我把你前些天经历的事告诉她，她也很为你担心，还试探着问，能不能让她见见你，想给你说说话呢。”

母女说话间，不知不觉就来到村外不远处的两间破烂茅草房里。那是爹爹给地主打长工专门用来放工具的地方，外人从不到这间像是被遗弃的破茅草房来，这确实是个安全地儿。“把那位神秘的女客人藏到这儿，爹娘想得确实很周到。”美美在心里夸赞起父母来。

到了地方，母亲用暗号敲开了门，那位神秘的女客人出现在美美的面前，借着微微发亮的光亮，美美眼睛一亮，果然如母亲所说，其气质非同一般：齐耳的短发，在微弱的灯光下依然漆黑发亮，椭圆形清瘦泛黄的面孔，不乏清美俊俏，两只漂亮的杏核儿眼，炯炯有神，既显得深邃睿智，又透出一股刚毅和坚定。她单薄的中等身材，习惯性地笔直站立着，但难掩其虚弱。整个人温文尔雅，让人感到特别亲切，却又肃然起敬。年龄嘛，美美估计与自己差不多。让美美感觉奇怪的是，她在认真打量着女客人时，女客人也在认真打量着她，当两人四目对望时，那位女客人首先对着美美一笑，很是大方地开口道：“哦，这就是我那位美美妹妹吧？真好看，快快进屋坐。”

美美的母亲应声道：“是哩，这就是俺闺女。”

美美马上接话说：“我应该叫你妹妹吧，看着你比我小啊？”

女客人又回过身，十分警觉地把门悄悄地开了一点，而后把头探到门外边，仔细听了听，关上门，这才回过头来回答美美的话："你的年龄啊，我问过大娘了，别再争了，你就是妹妹，我呀，比你大两岁呢。"说着，搀扶着美美的母亲，向堆满各种杂物和杂草的里屋走去，跨过这些脏兮兮的杂草杂物，美美才发现，杂草上面叠放着自己家那条粗布的破被褥，不用问，这就是女客人休息的地方了。而令美美更加惊奇的是，除了被褥那个地方稍干净一点外，所有的地方都布满了灰尘和杂物，一切如旧，一点儿住人的痕迹都没有。美美在惊奇之余，也就更加佩服女客人的精心和细心了。

母亲是给女客人送饭来的，一坐下就催促："饿坏了吧，快吃饭，吃过饭，你们再说话。"

女客人接过饭，微微一笑："谢谢大娘，有你们在，饿不坏的。"于是，边吃边跟美美聊起话来，问候美美的身体如何，聊了些家长里短。美美怎么也没想到，自己与这位女客人是那么投缘，一见面，两人就像失散多年的姐妹一样，自来熟，自来亲，而且两人像是有很多话要说似的。所以，等女客人把饭一吃完，美美就劝母亲先回家休息，她要留在那儿多陪女客人说说话。母亲见女儿多少天没这么高兴了，便欣然同意了女儿的要求。

把母亲送走，那一晚，美美与女客人不知说了多长时间的话，直到听到鸡叫，美美才意识到该回去了，女客人也没再挽留。是啊，为了安全，美美必须早些离开了，这里绝不能暴露！

在后来的两天时间里，美美没再让父母亲去给女客人送饭，自己代替了他们。美美每天晚上一过去就不愿意再离开，都是陪伴着女客人说话到鸡叫，都是女客人提醒美美该回去了，她才依依不舍地惜别。说是两个人每晚长谈，实际上主要是听女客人讲。而就这短短两个多半夜时间里，美美感觉从女客人这里懂得了太多太多的道理，她感觉自己过去就如同“井底之蛙”，突然间被女客人打捞到井上，眼前完全变成了另一个世界，看什么都那么新鲜，那么开阔。

看到女儿美美完全变了，变得开心，开朗，有说有笑，完全换了个人似的，美美爹娘别提多舒心了。不过两位老人高兴之余，又担起心来。首先是父亲，那晚，美美刚去女客人那儿送饭，美美爹就悄悄给老伴嘀咕道：“她娘，闺女像变了个人似的，不知那位女客人用的什么法子啊？还有，闺女在那儿一待就是一夜，有啥话说那么久说不完啊？我，我担心别讲了一些……唉，也不知女客人什么时间离开……”

老伴儿紧皱眉头，也不知道如何回答，只是小声道：“这如何是好，我也说不来。不过呀，我们还是要相信闺女的，更要相信女客人，她懂得那么多，那么大气，我们对她又那么好，她不会伤害闺女伤害我们家的，我想着不会有啥事。”美美母亲接着安抚老伴说，“不过呀，等美美回来，我们得问问她，也提醒提醒她。”

第二天傍晚，母亲做好了饭，同时也给女客人单做了一份，那是一份“营养餐”，是爹爹赶早集专门买回两个鸡蛋，用了一个给女客人做了面汤，另一个是留着明天再给她做饭用的。母亲招呼老伴和女儿美美吃晚饭，快吃完时，母亲开口问美美：“闺女啊，今晚女客人的饭要不我去送？你在家休息一晚上，看你今天的脸色不好看呢。”

父亲马上接话说：“嗯，连着几夜天快亮才回，熬那么久的夜，脸色能好看？”

美美笑答道：“一定是我去送！熬这两天夜，不妨事的，与她在一块儿，不知我有多开心多高兴哩。这眼有些肿胀，是昨晚听她讲了一位‘男侠客’的故事，太了不起，太感人了！唉，我是一边听，一边流泪。回家后也睡不着，还在想这个了不起的‘男侠客’和他的故事呢，所以就显得脸色不太好。没事的，爹娘放心就好了。”

听女儿说完，两位老人眉头就越发皱在了一块儿，并不由互相对视了一下，还是爹爹先开了口：“闺女啊，爹问你，这几天夜晚，你陪她说话，你们都是说些啥呀？你们有那么多话要说吗？”

母亲马上跟着附和道：“就是，就是，你们哪有那么多话要说啊？这世道很乱，你们可别……”

没等母亲说完，美美已明白父母亲的用意，马上扑哧一笑，安抚两位老人说：“爹娘，你们还不放心闺女啊？告诉你们吧，每晚都是我听她讲故事呢，你们不知道我爱听故事啊？她呀，可有大学问呢，天上的地下的、中国的外国的、过去的现时的，她知晓得可多呢！爹娘可能不知，她告诉我，历史上我们中国可强大呢，特别是汉朝唐朝时期，外国人都给咱们国家进贡称臣呢，哪像现在啊，被人随意欺负，整个国家破碎不堪，老百姓猪狗不如！你们二老知道吗，为啥我们国家会落到这个样？就因为我们的政府腐败、人民不觉醒、国家贫穷落后。你们二老知不知道，有个八国联军侵略我们国家的事啊，他们太坏了，不但把我们北平圆明园中的宝藏抢光了，最后连园子里的建筑也都烧砸烂了！……这些都是她讲给我听的呢。”

美美见爹娘听不明白这些，就又说道：“她还给我讲了许多其他事儿呢！嗯，她不仅给我讲了历史上女豪杰花木兰、穆桂英的故事，还讲了不少现代英雄的故事。比如，昨晚讲的那个‘男侠客’的故事，嗨呀，太了不起，太英雄了，真感人！对了，那‘男侠客’的故事，就是发生在我们这儿，爹娘，要不，现在我就讲给你们听听？”

两位老人听着女儿滔滔不绝地说着，一脸茫然，一脸惊恐，也插不上嘴，更不知道说些什么好，只好由着女儿说。

美美稳了稳神，就把昨晚女客人讲过的故事，绘声绘色地向父母亲道来，那是前不久发生在滕县周边地区的一个真实的事儿。

“男侠客”和他的爱人，都是北京的大学生，毕业后他们一起参加工作，一个在大学教书，一个在杂志社当编辑。他们还有了一个可爱的小女儿，不满三岁。他们夫妻二人，辞掉工作出来“追求真理”时，女儿只有半岁。他们追求的“真理”，就是唤醒中国广大劳苦大众的觉悟，站起来联合抗争，不再受帝国主义列强和封建恶霸势力的欺压和剥削。

在组织的委派下，他们放弃了富裕的家庭和在大城市的生活，把半岁多的女儿也委托给了家人照管，毅然决然地来到了苏北和鲁西南地区。他们的工作是秘密进行的，主要是唤醒和组织那些不愿受压迫和剥削的先进农民，与国民党反动政府和恶霸地主，以及外国侵略势力等作斗争。在他们的组织领导下，苏北和鲁西南地区，包括滕县地区，都秘密建立起了群众武装组织，有的还与反动派政府、地主恶霸和汉奸卖国贼展开了各种武装斗争。

这让国民党反动政府和恶霸地主势力十分恐慌。于是，他们纠集在一起，对男女侠客等地下秘密工作者和农会领袖，甚至同情农会的农民兄弟，进行了疯狂的大逮捕和惨无人道的摧残杀戮。十分不幸的是，“男侠客”为了保护其他同志和他爱人脱险，在滕县和微山县交界处一个小村庄，被国民党豢养的一股土匪恶霸给抓捕了。

“男侠客”被捕后，那帮恶霸土匪为了让他开口交代出其他秘密工作者，对他使用了所有残酷的手段，最令人发指的是一种叫“踏热鏊”的当地特有的酷刑。

当地老百姓摊煎饼用的十二面大铁鏊子，全烧得红红的，一溜摆开，他们让“男侠客”赤着脚在上面走，那是无法想象的非常残忍的酷刑啊！当男侠客赤着脚一踏上去，脚底板的肉立马滋滋冒出黑烟并发出一股刺鼻的肉臭味，两脚瞬间就粘在了红红的热鏊子上……如果是正常人，别说往前踏着走了，看一眼就会吓瘫昏倒在那里，可是“男侠客”无所畏惧，竟面带不屑的笑容，昂首挺胸地走上了第五个热鏊子，身后留下的是那被热鏊子粘住并烧焦的皮肉，以及充斥满屋子的烟雾和气味。那帮杀人不眨眼的土匪刽子手，此时也不敢直视这惨无人道的场景，都偷偷地低下头去。就在这时，突然听到那位“男侠客”哈哈大笑起来，随即又传来他威严的厉喝声：“小子们，爷爷走累了，过来，扶着爷爷坐下休息会儿！”说完，就听扑通一声，“男侠客”昏倒在那儿，脚底露出了被烤焦后发黑发黄的脚骨……

美美讲到这儿，泪流满面，两位老人则惊恐得目瞪口呆，母亲眼角上也不知道什么时候挂满了泪珠。屋内陷入了一片寂静。稍后美美深深吸了口气，缓了缓情绪，打破了沉默。她边转移话题，边带有安抚父母意味地说道：“爹娘，你们说，那么坚强的女客人，为啥在讲这个故事时也伤心难过地讲不下去了？特别是在讲到最后时，她双手捂着脸，把头深深地埋在腿上，痛哭着浑身抖个不停……我一天都在想，这，这会不会……”美美突然间灵光乍现般地说，“对，他们一定是夫妻！爹，娘，你们想想是不是啊？”

美美的这个猜想立马让父母缓过神来，思考起女儿的问话来。爹爹先说：“美美，你猜得有道理，他们如果不是夫妻，女客人不会对‘男侠客’那么了解，也不会给你讲时那么悲痛。”

母亲也说：“就是的，我想也是这样。唉，不过要是这样啊，这夫妻俩太了不起，太让人佩服了！”

美美不免有些兴奋：“爹娘，待会儿我过去，就向她问个清楚。爹娘也感觉到了吧，他们太了不起了！”

母亲也有些激动地说：“那是，他们不愧受过大教育，一般的人谁能做得了啊？美美，你抓紧收拾下，赶快把饭送去吧，待会儿凉了，她吃了不舒服的。”

倒是老父亲没有忘记对女儿的提醒和警觉，突然沉下脸来，严肃地说道：“闺女啊，我刚才听你说了那么多，这女客人可真是不一般，但咱是小老百姓，可千万别跟着她去掺和，说不好听的，这事要传出去，可是会杀头的啊！”

美美听完爹爹的话，先是一怔，而后便笑嘻嘻地安慰父亲道：“爹，你想哪儿去了呀，我就是跟她学知识听故事，咱也不知道她是干啥的，人家也不给咱说，我怎么会跟人家掺和呢？你就放心好了！”

父亲放心地微微一笑，连连说道：“那就好，那就好。”

美美收拾停当，匆匆跟父母亲道了个别，就出了门。

一路上，美美感到少有的身轻步快，天空中的星星也分外明亮，夜风也格外清新。多日来，美美少有心情这么愉悦的时候。是啊，她越来越感到这位神秘的女客人“不一般”了，特别是想到今晚要问她的话题，美美心情更是激动。除了要弄清楚女客人与“男侠客”的关系外，美美还有许多问题要向女客人请教呢。这样想着，美美的步伐更快了，已像是在小跑。

当气喘吁吁的美美赶到茅草屋用暗号敲门时，怎么敲都没人回应。美美有些纳闷儿，便小心翼翼地推开房门，还轻轻地叫了声“姐姐”，却没有人应。

美美的心忽地沉了下来，又下意识地叫了声：“姐姐你在哪儿？”仍没有回声，美美不由得心里一惊，边小声叫着边急忙走了进去，摸索着找到放火柴的地方。拿到火柴，点燃煤油灯，四处一照，周围一打量，屋里真的没人！美美心里更是一紧，转身再看女客人睡觉的地方，已盖上一堆茅草。美美快步走上去拨开茅草，露出了家里那床破棉被，棉被上面放着叠得整整齐齐的女客人穿过的线衣。美美蹲下身，放下手中的油灯，两手迅速捧起那件线衣，只听“当啷”一声，从里面掉出两个银圆，还飘落下一方小手帕……美美像是意识到了什么，一屁股坐在地上，像傻了一样，喃喃自语道：“天啊，她走了吗？她走了啊！”接着，美美再也忍不住，一头撞在被子上，呜呜痛哭了起来。

哭过一阵之后，美美才拿起那落在地上的小手帕，展开一看，又是一惊，映入眼帘的是一组暗红色的示意图：一个女人弯腰表示谢意，一个女人向远处走去……这显然是女客人用自己的鲜血画的，她太用心了，知道美美家人都不认字，所以采用这个示意图来表达一切。

美美捧着手帕，泪如泉涌，她此时的心碎了，整个心让女客人带走了。她哭足哭够哭干了眼泪，不知道怎么回到了家，也不知道何时回到了家。

看到失魂落魄的女儿，又看到女客人留下的线衣、手帕和两个银圆，美美的父母亲明白了所发生的一切，都默默流下了眼泪，这一切确实太突然。先前，两位老人潜意识里盼着女客人早点走，生怕惹出什么大乱子来；可现在女客人真的走了，还是突然不辞而别，两位老人又无限悲伤留恋起来。特别是女客人留下的线衣、手帕和两个银圆，更让这两位朴实善良的老人感觉女客人就是传说中的巾帼英雄。

女客人走后，美美爹娘都陷入闷闷不乐之中，美美更是如此，一天多的时间都躺在床上不吃不喝不睡，就呆呆地睁着眼躺着。

事情总要过去，何况这件事是那么敏感和危险，绝不允许因感情用事而生出任何麻烦，出现半点差池。美美很快明白了这一点，第三天她就打起了精神，并和爹娘约定：这事太过敏感和危险，绝不能外露一丝一毫！女客人就像一阵风吹过，像一片云飘过，永不复存在，永远消失了。美美也暗暗发誓：要把女客人永远埋藏在心里，任何人都不会告诉，包括自己的丈夫张淮。

话虽这样说，可后来一些天里，女客人的身影和话语，仍不时飘浮在美美眼前，回响在她耳畔。是啊，在那极短暂的三天时间里，谜一样的女客人给她留下了太多太多刻骨铭心的美好记忆和难忘的话语。美美感觉，女客人就是上天派到她身边来拯救她、改变她的女神仙、活菩萨。要不，她怎么会那么神秘，那么了不起，那么令人敬佩？又怎么会来无影去无踪呢？美美一度陷入沉思和幻觉之中，她也竭力克制自己不去想，要忘掉她，可不由人啊，因为，她已深深地刻印在美美的心中，成为她永远抹不去的记忆和无尽的思念，也成为她生活中暗暗追寻和效仿的榜样。

就在美美对女客人的思念之情正难以自拔之时，丈夫张淮出现了，他是来接美美回家的。一是听说美美的精神状态已经恢复，二是近期局势变得越来越乱，到处都在打仗，村里的胡匪借机闹事，家里还遇到了大的困难，也急着等美美回家。

第五篇

苦难岁月寻生计
战乱炮火硬汉情

有诗为证：

东洋魑魅乱华夏
内祸魍魉舞爪牙
饥寒百姓坠炼狱
为求生计炮火踏

油郎堪称硬汉子
妻美聪慧须眉夸
谍报传递日伪奇
至今封尘无人知
……

时间、环境和生活中没完没了的困难和事件是医治不稳定心绪和无限思念最好的良药。美美回到婆家后，也就回到了现实的日常生活。

但是，美美从日常的生活中分明感觉到整个村子的气氛与往常大不一样：整个村死一样地寂静，家家户户都紧闭着大门，偶尔有人不得不出来办点事，也是东张西望，慌慌张张办完事就一路小跑回家，爱拉家常的邻居奶奶婶婶们也不见出来了。

这是怎么了？美美疑惑不解，刚离开几天，怎么变化那么大啊？这不像是战乱时期人们害怕打仗的样子，倒像是村里出了什么事，让大家感到恐惧和不安……会出什么事呢？前些日子，那些跟着共产党干事的农会干部，该抓的都被抓了，该杀的也全被杀了，极个别幸存者也跑得无影无踪了……按说胡匪们也该消停了，这到底是又出了什么事呢？美美叹了口气，自言自语道："唉，这年月，人活着真不容易啊！"不说别的，就说自己家吧，粮食已快断炊，家里人马上面临着挨饿的境地。这不，张淮把自己接回家后就忙着四处买粮，每天很早就走很晚才回，小夫妻连说说闲话的工夫也没有，但张淮大都每天空手而归，家里的日子真是捉襟见肘了。

一天，又到了半夜时分，丈夫张淮还没回来。美美把稀糊糊和半碗青菜又热了热，一心等着张淮。不大会儿，疲惫不堪的张淮背着半口袋地瓜干匆匆回来了，一进家就唉声叹气地埋怨："咳，这么点地瓜干，跑了近百里地十多个村才买到，时局太乱了，人们东躲西藏，买不到东西啊！"张淮缓了缓情绪接着说："看样儿，近处是买不到粮了，只有往远处跑一趟了。"

张淮坐下后，妻子美美马上端来饭菜，并搭话道："怎么时局那么乱啊！回来后，我也感到村子里气氛和以前大不一样，乡亲们特别紧张似的。"

张淮边吃边说：“这些天你不在村里，局势变化可大哩，一天一个变！先说胡匪们，他们近些天里也是紧紧张张上蹿下跳的，一刻也没有消停过。据胡匪们自己说，是上面专门派来的国军正抓紧训练他们呢。因为远处东山里的八路军正往这边打，他们可紧张了。胡匪的人还说，国军跟他们传达了上峰的指令：打小日本的事儿先放一放，当前剿共是第一位的。蒋总统明确指示：‘攘外必先安内’，共匪不消灭，那才是心头大患！”张淮压低声地说，“可是，胡匪里知情的人偷偷透露，国军内部一些爱国将领就非常不赞同蒋总统这个主意，他们要抗日救国哩！所以呀，国军内部矛盾很大，暗中分成两派，一派积极响应蒋总统的号召，专打八路军；一派呢，明着是打八路军，暗中却是联合八路军和抗日的老百姓，偷偷地打日本鬼子……”

美美听着丈夫张淮的话，不无惊诧地说：“怎么这么乱啊？还有，国民党军，不打日本鬼子和汉奸，打八路军？自己打自己，这是啥道理呀？”

张淮把饭碗一推，接话道：“唉，我们哪知道这些呀！城东边和北边半拉子是日本人和伪军二鬼子占领，城西边和南边半拉子是国军和土匪恶霸占着，城东北边不远处据说是八路军的部队。到处是战场，到处是枪炮声。被鬼子、二鬼子和土匪恶霸们控制的地方还到处抓壮丁抢女人、抢粮催租、杀人放火的……离战场较近的村庄，老百姓能逃的都逃了，逃不掉的也是东躲西藏。”张淮说到这儿缓了口气，接着说，“咱村因为胡队势力大，和别的村相比，‘对外’的仗少些，可胡匪们却借势更加猖狂了，对周边各村各家敲诈勒索。他们张贴布告，要十五岁至六十岁的男人们去当壮丁，否则就要交天价保释金。另外，各家摊派的这税收那税收也层出不穷，一些人家已被搜刮得断粮断灶，举家逃荒要饭去了。你想，村里人能不怕嘛！”

张淮说到这儿声音有些沙哑，沉寂了一会儿，低下头，很悲伤地说：“因为你病着，又回娘家调养去了，有些事没敢跟你说。我，我已经被他们派抓两次壮丁了，家里为了交保释金，已经把东西都变卖光了，但这还不会完啊……”

“啊，天哪，怎么家里还发生了这么大的事？！他们还要怎么着？”美美惊愕地望着丈夫。

张淮下意识地摇了摇头，无奈地说：“还要怎么着？肯定不会放过我们啊！把我们家以壮丁费的名义榨干以后，还是要抓我去当壮丁的！”

“啊，那怎么办啊？”美美焦急地脱口而出。

“所以，我一直盼着你回来，有事跟你商量一下啊。”张淮回答道。

美美焦急地催促道：“什么事呀？快说吧！”

张淮双眉紧锁，一字一句地郑重说道：“我要去南京、徐州等地，跑趟油生意！一是，家里老小七八口人，已经让他们搜刮得要断粮挨饿了，另外家里积蓄也被胡匪们榨干了，我要跑趟生意换些粮来。二是，胡匪们不会对我放手，哪天把我抓走了，你们怎么办？那可真是要拉起要饭棍全家要饭去了啊！所以，无论如何我要尽快跑趟生意！刚才说了，近处已买不到粮，这回只能走远一些。”

美美听丈夫说完，半天没有缓过神来，呆呆地望着他，张了张嘴，想说什么却没有说出来。张淮怕吓坏了美美，马上说道：“你不要担心，刚交完保释金，胡匪们这几天暂时还不会抓我。虽然时局混乱，可跑生意的这条线路我熟，不会出问题的！”

美美清楚丈夫的话句句在理，可这兵荒马乱的，让他冒着生命的危险换点粮，值得吗？可不让丈夫去，家里就要断顿挨饿，难道真让这老老少少的去逃荒要饭？美美确实遇到了非常难以决断的大难题，思索了一会儿后，她十分为难地与张淮商量道：“你刚才说这周边那么乱，到处打仗，能不能缓些日子，等时局稍稳定些再去啊？”

张淮能理解妻子的心情，苦笑了一下，无奈地说：“等不得啊！一是，这时局何时能稳定？恐怕只会越来越乱。二是，家中的粮食最多还能撑几天，眼看着全家人就要挨饿了。三是，胡匪们不会给我更多的时间。所以，今晚或明晚，我就想出发，再也等不得了。”

见妻子依然双眉紧锁不说话，张淮又紧接着安慰道：“你放心好了，我已约了两个经常一块儿跑生意的兄弟，有伴儿，能互相照顾。还有，我想了，说不定时局越乱，南方的食油买卖越好做呢！”

美美听了丈夫的解释，又听到已约了两位同伴一块儿去，心里总算宽慰了一些，只好无奈地点了点头，叮嘱道：“跑这一趟生意，就像去跟狼群抢食，所以呀，你们一定要多长个心眼儿，别那么死板，看看局势，能做就做，不能做千万别冒险，赶快回来！”

张淮点了点头：“放心吧，我记住了。”

但美美哪里知道，张淮对她说的已约好了伙伴同行，其实是为了安慰她故意编的谎话。张淮明白，不撒这个谎，美美肯定非常担心，不会同意他一个人去冒这个险。张淮更明白，现在哪儿还有同伴愿随他去呀，前两天他曾试探着问了几个过去一起在外跑生意的伙伴，人家一听，马上回绝道：“什么？现在去跑粮油生意，你是不是脑袋让驴踢了，活得不耐烦啊！”唉，是啊，这兵荒马乱的年月，只有“活得不耐烦”的人才会去冒这个险。可张淮心想，不冒这个险，家人又怎么能活下去呀！又有什么路可走呢？

张淮走后，美美的心就悬到了嗓子眼，终日坐立不安。白天只要听到大门外有脚步声，美美就十分敏感地停下手中的活向外看，甚至不由自主地就跑到大门口，探出头来四处张望；晚上更是难眠，只要听到外面有狗叫声，美美就赶紧爬起来，静静地听着外面的动静，直到狗叫声消失为止；特别是听到远处传来枪炮声时，美美的心会急速揪紧，往往一宿一宿地不敢睡觉。

好在等到第四天凌晨时分，随着邻家狗的狂吠和一阵急促的脚步声由远及近，已经跑到大门口外等候的美美，心脏狂跳不止，等那个熟悉的身影挑着一副重担，踉踉跄跄地向大门口走来时，美美激动地跑着迎了上去，连声说道：“啊，果然是你，果然是你！可回来了！”说着，已泪流满面。

气喘吁吁的张淮，向着迎过来的妻子美美吃力地说道：“是我。你接不了担子，快、快去开门！”

美美像是明白过来似的，连连“嗯嗯”地应着，转身回去把大门打开，又一溜小跑地把屋门打开。随着满身泥土、浑身汗臭味的丈夫挑着沉甸甸的一担粮食闪进了屋门，美美惊喜得热泪再一次夺眶而出。张淮一到屋内，刚把重重的粮担放下，自己就“哎哟”一声顺势瘫倒在地上。

美美吓得刚要过来扶，只听张淮喃喃地但急不可耐地说道：“快快，快拿碗水来，我就要渴死了！”

美美慌忙到锅里舀了一瓢早就烧开凉着但还温温的水，递给了丈夫。只见张淮艰难地坐了起来，接过妻子递过来的一大瓢水，一饮而尽，而后大口喘着气说：“再来一瓢。从来没这么渴过，如果还有半个钟头的路，我真坚持不住了，可能就会渴死和累死在路上了！”

妻子美美听着丈夫的话，热泪像断线的珠子流得更急了，甚至有些哽咽，她强忍着，接过丈夫递过来的水瓢，匆忙又舀来一瓢水递给丈夫，这才慢慢地能说出话来：“你慢慢喝，别呛着，终于到家啦啊！”说完，终于忍不住转过身去抽泣起来。

张淮一愣，马上反应过来，连声安慰妻子道：“是啊是啊，终于到家了，应该高兴啊，你怎么还哭了呢？”说着，急忙艰难地爬起来，一把把妻子扳转过身来，满脸喜悦地说，“你，你应该为我高兴啊，这趟冒险虽然很苦，很险恶，但是很值得。我从徐州南边买了一担豆油，到了徐州北，把油卖掉就白白挣了这一担粮食。你猜猜这担粮有多少斤？一百八十斤呢！足够我们家人撑一段时间了！”

美美扶着丈夫坐下，不无心疼地说：“你这是用命换来的啊！且不说路上多危险了，就这小二百斤的重担，你是怎么担回来的呀！”

张淮微微一笑，说：“嗯，是够辛苦的。挑着这么重的担子，没等太阳落山，我就出发了，为了天亮前赶回家，这一夜跑了近一百里地，中间也就歇了三五次。”

张淮说着，就要脱下那件双肩和后背已磨烂且散发着汗臭味的黑粗布袄。刚脱掉一只袖子，就听张淮“哎呀”一声痛叫，原来是磨烂的棉袄布絮与磨烂的肩膀肉皮粘在一块儿了，脱衣时用力过猛，把肉皮给撕掉了一块。

妻子听到叫声，急忙走近一看，不由得惊呼道："天哪，肉皮给撕掉了一块！哎呀呀，肩膀和后背上的血肉跟衣裳粘在一起了。怎么磨得那么厉害啊，你，你怎么能受得了啊！快坐下，让我来给你擦洗擦洗。"说着，心疼的眼泪又吧嗒吧嗒滴落下来。

张淮嗫嚅着："哈哈，已麻木了，感觉不到痛了！"

"唉，要不啊，熟悉你的人都说你是个不知苦累，不知心疼自己的人！"美美接着叮嘱丈夫道，"你待着不要动，我弄点热水给你浸泡擦洗一下，才能帮你把棉袄脱下。"

张淮却若无其事地转过身来笑嘻嘻地说："这点小伤其实不算啥。也好，你帮我擦拭擦拭吧。"

美美端了盆热水，拿了块干净布走过来，张淮为了分散妻子的注意力，转移话题，说道："对了，你给我擦拭伤口，我来跟你讲讲我这次的一些经历好不好？"

美美高兴地说："好哇！"

张淮缓了缓口气，娓娓道来。

"这或许是我一生都不会再经历的事，也是终生难忘的经历。要说这一次可真是有点太冒险了，换句话说，也是多次死里逃生啊……

"一路上，经过的全是炮火连天的战场和准备打仗的战乱场景。滕县东南边，驻扎的是日本军和二鬼子（伪军），我傍晚路过时，看样子是他们刚打了一仗撤回来，乱糟糟的，我躲在一个坑里，一直等到天黑，才敢穿过他们的防区。往南一走，围绕着徐州，又全是国民党的军队，像是刚从外面调动来的大部队，士兵们有的忙着从军车上卸装备，有的正在搭建帐篷、修筑阵地，那样子，好像大仗随时都可能打起来。过了徐州往南走，更是乱哄哄的。一路上，见到的除了正规国军外，还有各路杂牌军、土匪恶霸、还乡团等，有的队伍里还夹杂着抓来的一队队壮丁，路边地里不时能见到躲藏的逃荒要饭的百姓。

“所有的村庄路口都有各类不同的巡逻队和查岗查哨的，稍有不慎，如口令答不出来，路条拿不出来，轻者抓起来挨顿打或拉去做壮丁给他们修筑工事；重者，小命当场就搭进去了！哎哟，那个乱啊，那个恐怖！啧啧，不敢想。我呀，都是东躲西藏的，晚上才敢出来打听事或赶路。”

张淮讲到这里，停顿了下来，缓缓情绪，转向美美说：“再给我舀瓢水来喝吧。”

已听得入迷的美美，听到丈夫要水喝，赶紧又舀了一瓢水，递过去，揪心地说：“唉，想不到那么乱，要知道这个状况，我们就是饿死也不能让你冒这个险！”

张淮接过妻子递过来的水，一饮而尽，而后用手擦了把嘴，把水瓢往桌上一放，接着说道：“还好，还好，运气还好。没让他们查到抓到，奶奶的，好在我路熟，有些躲避他们的经验。”

张淮说到这儿，见小心翼翼给自己擦洗伤口的妻子不敢动作，马上安慰说道：“怎么了？是听入迷了，还是不敢擦了？你不要怕，大胆擦洗，肉皮已经麻木了，不疼的。”

妻子美美嗔怪着看了丈夫一眼，说：“能不疼吗，不是你的肉啊！”她也是为了分散丈夫的精力，说，“你讲你的，不要管我给你擦拭的事，我听着呢。”

张淮连连点头说道："好好，我接着讲。"随即又陷入那沉重又扣人心弦的话题……

路上也不尽都是惊险事儿，也遇到一些好心肠的人家。比如，那天在返回的途中，张淮担着卖了一多半的油挑，到薛城境内时，天色刚蒙蒙亮，赶了一夜路，又累又渴又饿。他突然发现不远处有一个小村，就急匆匆往村里赶去，既想在那里把剩余的油卖掉，好早点买些粮食返回，更想找点吃的，歇歇脚，避避风，晚上再赶路。

快到村边时，张淮恰好遇到一位老大爷在四处捡柴草，便急忙走到身前打探道："老大爷早啊，你们这个村叫什么？村里有没有人要油啊？"

那位老大爷听后先是一惊一愣，马上四处紧张地瞧了瞧，而后迎了上来，没好气地回答道："嗨哟，还什么村啊，要不要油的……你这位小哥不要命了啊！告诉你，多亏遇上了我，如果你直接这么进村，恐怕小命就没有喽！"老人说到这儿，神情紧张地往村庄那边看了看，压低声音说："村里住的全是二鬼子，坏着呢！老百姓的东西都让他们抢光了，男人也都让他们抓走了，村里人能跑的都跑光了，像我们这样老得没有用的、跑不动的，也只有听天由命，随他们去了……"老大爷说到这儿，又四处看了看，不容分说地催促道，"趁天没亮，你呀绕过这个村，往西走，据说不远处的村里就驻扎着国军，那边安全些。快走吧，快走吧，如果走晚被他们发现了，就完了。"

好心的老大爷，见张淮还要说什么，连忙摆了摆手，自个儿先转过身，头也不回地快步走开了。张淮十分感激地望着那位好心老大爷的身影，默默地念叨了一句："好心的大爷，感谢救命之恩，祝愿您老人家平安无事！”说完，张淮挑起担子，双手抓着担子两头的油桶，尽可能不让它摇摆，按照老人指的方向疾步走去。

不知道哪儿来的劲儿，张淮一口气跑出四十多里地，来到一个较大的村庄的村头，正赶上农村做早饭和吃早饭的时间。他停在村头，躲在一棵大树下，认真观察了一下村里的情况，见许多家里都在冒烟做饭，心里就踏实多了，料定这个村庄应该是较平稳安全的。当时张淮也是真累真饿真跑不动了。“真是老天长眼，这个村庄也许能给我留条出路啊！”这么想着，他就大了胆子往村里走去。

到了村口，张淮见街上有人平静地走动，心里就更踏实了。走进村里约二十米远，见一户人家的院墙和大门较一般人家敞亮富有，张淮便壮着胆子敲起了大门。很快，有人来开门，是一位看上去六十多岁、身板硬朗、精神矍铄的老大娘。没等惊异的老大娘开口，张淮忙搭话道：“大娘，我是远道做点小生意养家糊口的，走到您这儿，实在是又饿又累走不动了，想在你们家讨口饭吃，不知大娘能否开恩？”

那位大娘探出半个身子，向两边张望一下，见外面没有什么人，忙说：“进来吧！”

张淮十分感激，连连说：“谢谢大娘，谢谢您开恩！”

老大娘关上大门，边引导张淮向屋里走去，边惊奇地开口道：“你这年轻人胆子可真大啊，这年月兵荒马乱，四处天天都在打仗，你还敢出来做生意，命都不要了哇！”没等张淮搭话，老大娘又问了句：“你家是哪儿的？”

张淮忙答话道：“大娘，我家是邻近滕县的。”接着又说：“大娘，实不相瞒，出来拿命冒这个险做点小生意，换点粮食回家，也是家里人命逼的呀！我家里有老老少少七八口人，马上要断粮了。还有，他们不停抓壮丁，我一旦被他们抓去，家里人都会饿死的。”

那位老大娘转身看看张淮，没再说话。待张淮被引到屋里，才发现屋里大桌旁条椅上，坐着一位用小薄棉被盖着双腿的老大爷，年龄在七十岁左右，上身穿着印着黑花的绸缎棉袄，戴着毡帽，留着山羊胡，面色清瘦，但两眼炯炯有神。见大娘把张淮带进屋内，只听那位老大爷轻声地说了句：“年轻的客人，把油担放到旁边，请坐吧。”那声音虽然很轻很低，但透着浑厚和威严。

张淮把油担放好，马上回转身来，向着那位老大爷深深地鞠了一躬，连声道谢：“谢谢好心的大爷大娘，给你们添麻烦了，我会一辈子感激你们的！”

就在张淮和大爷说话间，大娘已从厨房里端上了一碗热腾腾的面汤，又把两个烙饼放在了小餐桌上，说：“年轻人，你吃吧，还有一碗萝卜菜，我这就给你端来。我们刚吃过，这是给我大儿子留的，他到村里张罗事还没回来，等他回来了再给他做。”老大娘说完，转身又去了厨房。

张淮十分感激又不好意思地向老大爷说道：“啊啊，这怎么好呢？还是留给大哥吃吧，我我，随便对付一点就可以了。”

那位老大爷依然轻声说道：“不用客气，来到我家里都是客人，理所当然地要照顾好客人，吃吧。”老人那话音，那气势给人无比的尊重和温暖。

张淮十分感激地坐了下来，端起了饭碗。

在接下来的闲谈中，张淮才知道，这善良的大爷大娘都是有文化之人。这位大爷，原来是县上一位老县长家里的师爷，后来因为与老县长的儿子意见不合（老县长的儿子是一个仗势欺人的花花公子，老大爷这位师爷看不惯），再加上腿因曾经摔伤过而闹腿疾，就找借口回到家乡。而这位大娘，是县里的一位有钱人家的千金，尽管她贵为千金小姐，但并不娇贵，非常朴实，且有文化、有教养，跟着老大爷回乡后，还在村子的私塾里教了几年的书呢。两位老人在村里威信很高。他们有一对儿女，大儿子和儿媳妇都是文化人，原本都在县里教书。由于战乱，大儿子回到村里，一是照顾两位老人，二是帮着村民们做些事；儿媳妇带着五岁的女儿留在了县城娘家。两位老人的女儿，在省城里工作，具体做什么，老人们没说。

张淮讲到这儿，见美美已给自个儿擦拭完伤口，并帮自己披上了棉袄，便转身问她："你还想听吗？"

美美微微一笑，马上回答道："当然，当然要听，把你这些精彩经历都讲完。我边给你缝补棉袄，边听你讲。"

张淮点了点头，应声道："那好。"

美美端来针线筐，坐在丈夫身边。

张淮表情一下子又严肃起来，很快重新进入了角色，继续讲述他的经历。

这两位老人家，不，还有他们的大儿子，人真是好，一家子人都很善良。等张淮吃过饭后，两位老人又详细问了一下他的情况，并问油要卖多少钱一斤，要买些什么粮食，多少钱一斤合适。还说如果让他儿子帮着张淮卖油并买些粮食，张淮是否同意，会不会相信他们家，等等。张淮一边听着两位老人的问话一边作答，最后连连说道："大爷大娘，我对你们家一万个放心，一万个感激呀！"说这话时，他已热泪盈眶。

老大爷安慰道："这就好。这些都交给我儿子去帮你办，你尽管去休息好了。"

老大爷说完，老大娘就招呼道："年轻人，走，我带你去我儿子的房间里休息。"

由于过于疲劳，张淮一沾床，就沉睡过去，一直睡到下午三点多钟大娘把他叫醒。

跟随大娘到了主房，展现在眼前的一幕让张淮又惊异又感动：屋内的客厅里摆满了一袋袋、一篮篮小麦、玉米、大豆等杂粮。两位老人，正与一位穿戴整洁、清瘦儒雅的高个儿中年男子说着话。不用说，这就是他们大儿子，因为其长相和气质，特别像那位老大娘。没等张淮说话，那中年男子便迎了上来，握着他的手，自我介绍说："你好，你就是那位姓张的大哥吧，休息得还好吗？我是他们的大儿子，在你休息的时候我回来的。"中年男子不等张淮答话，指着旁边摆放的粮食接着说，"哦，对了，爹娘让我尽快帮你把油卖掉，换回些粮食，说你晚上还要赶路。这不，我都帮你办了。"

张淮感激地紧紧握住那位中年男子的手，半天说不出话来，两行热泪在眼眶里闪烁，连声谢道："兄弟，太感谢你们家了，想不到在这兵荒马乱的年头，还有像你们家这么热心的人！我张淮家，不知是哪世修来的福德啊，能遇到你们这样善良的人家，我和我们全家都会念好、记住你们一辈子的！"

那位中年男子微微一笑，轻轻地说道："张大哥，你过夸啦，就因为这兵荒马乱，我们才要互相帮助啊。"中年男子说着，转身到大桌上，拿起几张纸和一沓钱，递给张淮说："这是给你卖油的记账，共七十六斤三两，每笔钱都在这儿记着呢。另外，用这个钱，共给你买了七十一斤小麦、六十五斤玉米、三十五斤大豆，还有九斤地瓜面。所有的记账也都在这个纸上，你可以认真对照着看看，这是剩余的钱，全交给你。”

张淮接过那几张记账的纸和剩余的钱，热泪再次夺眶而出，激动得半天不知道说什么好。就在这时，就听那位老大爷开口问儿子：“咱家要的那一斤半油，钱也给了吧？账记上了没有？”

中年男子温和地回答道：“爹，你放心吧，钱已给，账也记上了。”然后转向张淮，指着记账纸上最后一行字说，“喏，就是这个，这是记的我们家的账。”

张淮捧着手中的钱，一下子冲到老大爷跟前，跪倒在地，连连说道：“大爷、大娘，还有这位兄弟，这个钱你们收下吧，这钱我不能再要啊！”

那位大娘和中年男子一下子冲了过来，一人一条胳膊把张淮架起来，连连责怪道：“这是干什么？你不能这样做，快把钱收起来！”

老爷子，用巴掌拍着桌面，更是不高兴地说道：“你、你这是在折我的阳寿！你把我们家当成什么人家了？还要挣你的钱不成？！”

中年男子马上对着张淮的耳边低语道：“快快，快把钱收起来，老爷子真生气了，快给老爷子道个歉！”

老大爷这冷不丁的举动，着实把张淮吓蒙了，他立马按照中年人的提醒，向老爷子鞠了个躬，赔礼道：“大爷，是你们家人太好，太感动我了！我不对，我给您赔礼了。”

老大爷“哼”了一声，没再说什么。倒是老大娘，接话道：“儿啊，快把饭端来吧，你陪着这位年轻客人先吃，而后收拾收拾，太阳偏西山时就让他上路吧，赶早不赶晚啊。还有，你不是说，明天可能有二鬼子进村搜查吗？为了安全，也让年轻客人今天早点走吧。”

不一会儿，中年男子就端上了热腾腾的饭菜，张淮什么也没有再说，含着无比感激之情，吃完了那一餐。

吃罢饭，太阳已落山，张淮收拾好粮担，再一次不顾冒犯老大爷的心情，对着坐在那儿的大爷大娘，深深地鞠了一躬，十分感激地说：“大爷大娘，还有这位兄弟，我就要走了，但不知道怎么感谢你们，我永远会把你们记在心里的！”说完，又郑重地鞠了一个躬。

大爷没说什么，只是摆了摆手示意张淮快走。大娘则起身，关切地催促道：“天快上黑影了，年轻人赶紧走吧。”

中年男子说：“走，我送你到大门口。”

张淮转身挑起沉重的粮食担，含着眼泪，快步走出了大门，告别了这户善良的人家。

讲述到这儿，张淮低下了头，半天沉默不语。

美美好像也进入了故事情境，沉思着。稍后，回过神来的美美若有所思地说：“真想不到啊，在这天灾人祸、战乱不断、人人都在自顾自保的时局下，还有那么善良的人家！唉，都说人心都是肉长的，不知为啥肉长的人心却有那么大的差别。有的人心毒如蛇蝎，无恶不作；可这家人，那么热心，真是难以想象啊！”

张淮接话道：“是啊，无论什么年代、什么局势下，好人、善良的人、正义的人，是永远存在的，这些人是恐吓不住，更是杀不绝的！我想了，将来有机会，一定要再去感谢他们！”

美美说："嗯，我赞成！"她转身又给丈夫张淮端来一瓢水递过去，然后转移话题道："不过呀，要早知道会那么危险，就是全家人去逃荒要饭，我也绝不会让你跑这一趟的！"美美突然想起什么似的，问道："对了，怎么光听你说自个儿的事，你那两位同行的伙伴呢，怎么感觉你们没在一块儿呀？"

张淮没有马上搭话，只是沉默了一会儿，望向疑惑不解的妻子，平静地回答说："事情都过去了，跟你说实话吧。这次啊，就我一个人去的。当时对你说有两个伙伴和我一起，是安慰你的，人家不愿去呢！之所以给你说谎，一是怕你不让我去，二是怕你为我担心害怕。"

"啊，我说这么不对劲呢！你你，哎呀，张淮啊，你一个人怎么能去冒这个险啊！你有没有想过，万一你……咱家，还有爹娘，这老老少少靠谁呀？！"美美说到这儿，忍不住一阵心酸。

张淮一看这情景，马上站起身来，安抚妻子道："嗨，不是跟你说了嘛，事情都过去了，别再生我的气了。好了，以后再也不冒这样的险了！"张淮说到这里，又马上补充道，"不过，这次也多亏我一个人去，多个人，就要互相照顾着、牵扯着，行动肯定不方便，风险也会更大。"

美美听后，不依不饶地说："你说这些虽有些道理，但有个人总是会有些照应。还有，以后绝对不能再骗我！"说完，忙有些愧疚地说，"看，光顾听你讲经过，都忘了给你弄吃的了。你休息会儿，我给你弄点吃的去。"

然而，让小夫妻俩意想不到的一场差点要了张淮命的厄运正悄悄降临……

那是张淮回来后的第三天，美美因自己母亲身体不好回娘家去了。身体还没有完全恢复就又感到受了些伤寒的张淮，天一黑，就早早卧床休息了。特别疼爱张淮这个长孙的爷爷，见张淮不舒服早早睡下，就颤颤巍巍地端着跟随了自己多年的泥盆火罐走来。张淮一见是爷爷，马上要翻身起床，并招呼道："爷爷慢着点，您老人家还没休息呀？"

爷爷忙制止道："不能起，快躺下，快躺下！"而后急走几步赶到张淮床前，把手中正冒着淡淡白烟的热乎乎的火罐递给张淮，关爱地说道，"好孙儿，这火罐是爷爷用的上好的麦糠给你专做的，今晚就放在你这里，用它好好暖和暖和。"

张淮听着爷爷的话，一股暖流顿时涌上心头。年已八十多岁的爷爷常年睡在家里那间狭小的伙房里，寒冬时，爷爷把两条腿伸进烧火的锅灶里取暖，身上盖着那件跟了自己几十年的破棉长袍，旁边就放着这个与他形影不离的火罐。过去，在堂屋里给爷爷搭了一张土坯床，因爷爷从来不去用，父亲就睡上了。爷爷还说，打小时候给地主放牛做杂活，到后来一辈子给地主打长工，就一直这样睡在地主锅灶边，老了干不动了，回到家后，也是一直保持着这个习惯，还说躺到床上，反而睡不着觉。唉，可怜可敬的爷爷啊！张淮心里感叹着，心疼着，急忙下床扶着爷爷坐在床沿上，并把火罐端向爷爷说："爷爷，这火盆待会儿您还要端走，我好着呢，就是有些疲劳，再睡上一晚上就好啦。这个火罐用不着。"

爷爷有些不高兴地嗔怪道："咋啦，爷爷疼长孙，你还能不要？这两天看着你累成这样儿，爷爷心里可难受哩！唉，这么一大家子人，全靠你和媳妇担着护着啊！好了，你睡吧，爷爷这就走。"

张淮不知所措地就要扶着爷爷往外走，可爷爷一把推掉他的手，说：“不要你送，你躺下，爷爷再走。”

无奈，张淮只好又躺了回去，捧起已被爷爷用手磨得油光的火罐。爷爷走出房间后，回转身对张淮叮嘱道：“孙儿啊，火罐不能靠身太近了啊，小心烫着、着火。”

张淮应了声：“是了，放心吧爷爷！”心里又升起一股暖意。他不由得又躺了下去，把爷爷给的那个火罐儿拥在了感觉有些发紧发硬的肚前，想先暖和一会儿，再把火罐推远一些。他实在是太累了，浑身的关节酸酥酥地胀痛，感觉一点力气也没有，就想静静地睡去。

张淮沾上床就睡熟了，而就在此时，厄运悄无声息地向他扑来。张淮翻身时，身上穿裹着的黑色破棉袄的一角搭在了肚前的火罐里，很快就被烤燃了，并迅速蹿出红红旺旺的火苗，火苗越来越大，毫不客气地直接舔吻上了张淮那嫩嫩的松软的肚皮。随着一声狼嚎般痛苦的叫声，张淮猛地从床上蹿跳下来，边扑打着棉袄上的火焰，边痛苦地号叫着。等家人赶来帮张淮扑灭棉袄上的火焰并帮他脱掉棉袄时，痛得在地上直打滚的张淮，展现给家人的是一幕惨不忍睹的景象：整个腹部和前胸像是被烧焦烤熟的肉皮袋子，胸前粉红色的皮肉上布满了大大小小的水疱，腹部，特别是小腹部，像烧焦了的肉皮卷，黑乎乎的，整个屋里弥漫着浓烟和肉皮烤焦的味道。在场的家人都惊吓得哭叫着，不知所措。闻声赶来的爷爷，一见此状，就惊吓得倒在地上说不出话来。多亏了闻声紧急赶来的邻居叔婶们，一边帮着家人让张淮平躺在那里并死死按住，不让他再满地打滚，防止烧伤处二次受伤；一边安排人去请医生，并让家人把张淮爷爷扶走，不能让老爷子在这里出了意外又添乱子……

美美是被堂兄弟第一时间给叫回来的，被请来的老医生正给已痛昏迷的张淮处理烧伤处，涂抹药膏。刚跨进门槛的美美，就听到一个生疏的闷闷的声音传到耳边："哎呀，咋烧得那么重啊！看看，肠子都露出来了。"一听到这里，美美惊骇得两眼一黑两腿一软，一下倒靠在门框上。还好，没有惊动屋里的人和医生，美美靠着门框，使劲儿摇晃了一下头，才感觉头脑清醒了些。她站直了身子，刚往屋里走，就又传来了那位医生的声音："也算他幸运，恰好我刚刚收购了一点獾油，对治疗烧伤烫伤最好不过了，但愿能保住他一条命。不过呀，还要用獾油涂抹几次才能保证不感染化脓，长出新皮肉来。所以，你们还要想办法去寻买些獾油来。"

在老中医及时治疗和美美无微不至的精心护理下，十分庆幸的是张淮大面积烧伤没有造成炎症，而且新的皮肉也慢慢生长出鲜红的嫩芽，这期间美美日夜守护着张淮，吃了多少苦自不必说，仅为寻找獾油就跑遍了十里八乡，最终是在近百里远的济宁乡下才寻买到的。

在张淮养伤期间，整个时局还较平稳，其间只见国军部队来回拉动了几次，四周的枪炮声也稀少了很多，小的仗经常有，但大仗一直没打起来。人们都在猜测，这或许是在酝酿一场大仗哩。识文断字的文化人则用"山雨欲来风满楼"来形容这局势。

三个月后，除肚腹上留下了土碗碗口大的疤痕外，张淮的烧伤完全康复了，由于躺着的时间较长，加之妻子美美无微不至的照顾，身上还长了许多肉，脸上也罕见地白白胖胖。不过，美美和家里人为了让他多吃些带油水的饭菜，省吃俭用，半饥半饱，都瘦削了很多。特别是家里的粮食，也维持不了多长时间。张淮为此很是着急，已多次向美美提议，想外出跑一趟油粮生意，均被美美不容商议地拒绝了。而胡匪不时借故来家里打探张淮伤情如何，则让张淮不禁警觉和焦虑起来。晚上，张淮以商议的口气对美美说："我烧伤后，这是胡匪们第三次来咱家打探我的伤情了。我寻思着，见我现在伤情好得差不多了，他们很快就要找我的麻烦了。所以，我必须尽快跑两趟粮油买卖，换些粮食后，再躲起来。"

美美不置可否地叹了口气，说："你说的是这个理儿，胡匪们肯定还要抓你当壮丁。家里粮食是不多了，可你要去跑那么远的路换粮食，我既担心你的身体，又担心外面的局势。这么乱还外出做生意，真是让人害怕啊！"

张淮立马接话道："这些你都不要怕，我身体恢复得好着呢。现在局势还算平稳，咱们就是借大战前的平静机会，再去徐州周边跑跑，多弄点粮回来，即便胡匪要怎么着，我心里也踏实了。"张淮见美美还有些犹豫，马上补充说，"我可以告诉你，前两天，和我一块儿跑生意的胡大叔和张大哥来看我时，都有让我带他们跑一趟的意思。有他们两个人做伴，这下你就放心吧。"

美美沉思了一会儿，只好应允了。

这趟行程，丈夫张淮他们出奇地顺利。来回两天多时间，而且张淮他们三人回来时全挑着空担。最让人诧异的是，他们不但没有显得那么疲惫，反而很轻松、很高兴的样子。感到诧异和不解的美美还没来得及问呢，丈夫张淮就迫不及待地向她讲述起这次买卖的经历。

原来，张淮他们三人一到徐州，很快就联系上了卖油的老客户，在老客户的张罗下，他们不但买到了油，价格还挺便宜，成交很快。这是张淮三人万万没有想到的。在他们挑着满满的油担快要离开的时候，张淮问了一位老客户，其谜底才被揭开：原来，在打大仗之前，国军从外地调拨了大批粮油，不再收购老百姓的粮油，老百姓储存的油就节省下来。有些老百姓担心打起仗来存粮油不安全，就急着把油卖出。因此，买油顺当，价格又便宜。

张淮三人像是撞上了什么大运，人人都美滋滋的，担着油挑，甚至哼着小曲，往滕县返。他们原本想赶到滕县县城去卖呢，路上一打听，说是滕县县城和周边一半是国军驻扎，一半是日军或二鬼子占领。张淮他们当机立断改变了路线，往滕县北面赶去，因为他们打听到，往北几十里外，驻防的是八路军，而八路军对老百姓特别友好，还有什么“三大纪律、八项注意”的军纪，十分严格，其中有一条就是买卖要公平。这让张淮他们很兴奋，无论如何，也要到那边去摸摸实情，试试身手。于是，趁着黑漆漆的夜晚，三人绕道二鬼子的防区外，直奔八路军防区。

让张淮三人怎么也想不到的是，一到八路军的防区，他们就被巡逻的“土八路”老百姓逮住了。不容分说，他们就被押到有正规八路军站岗的哨所。进了哨所，他们被带到一位被称作班长的老兵前，“班长老兵”仔细审查了他们的身份，并询问了一些情况，二话不说就非常客气地把他们带到部队一个小食堂，交给了另一位四十多岁也被叫作“老班长”的老兵。那位“老班长”热情地接待了张淮三人，不但端上热腾腾的饭菜，让他们饱餐了一顿，还问寒问暖。饭后，又走来了一位当官的，那位“老班长”叫他“副连长”。副连长很年轻，也很干练，见了张淮三人，笑嘻嘻地与他们握了手，并详细询问了他们的情况：家是哪儿的？油是从哪儿买的？……一听说他们是从徐州战区那边买来的便夸赞道："哇，老乡，你们还真不简单呢，敢冒如此的战乱风险做生意，又敢赶到解放区来，你们真是有胆量！"年轻的副连长还开玩笑地说："如果当兵打仗，你们也一定很勇敢，说不定还会当英雄呢！"

年轻的副连长玩笑话一落地，可把张淮的一位同伴吓坏了，连忙颤抖着说道："长官，我们家上有老下有小，妻子还多病，我我、我们不当壮丁，不不，不去当兵啊！"

听到这话，副连长和老班长等身边的人都大笑起来。副连长诙谐地说道："看看，刚夸你们勇敢有胆量的，怎么一下子就又熊包了？！告诉你们，我们是八路军，是共产党领导下的人民军队，我们不抓壮丁，更不会强迫你来当兵。另外，不能叫我'长官'，那是国民党军队里的称谓，该称呼我为'副连长'。"

旁边的一个小当兵的接话道："可以称首长。我们八路军称呼领导，均称'首长'。"

张淮和另一位伙伴狠狠地瞪了那位多嘴的伙伴一眼，示意他不要再多说话，并连连点头哈腰地赔礼道："首长好，首长好，他说得不中听，首长不要与我们一般见识！"

副连长哈哈一笑："怎么会呢，我还要感谢你们送油来呢！"接着话锋一转，说，"听说你们用油换粮食，告诉你们老乡，我们这里的粮食也很紧张，与你商量一下，能否买你们的油，给你们银圆啊？你们再到别的地方买粮食去。"

张淮三人一听八路军要用银圆买他们的油，一下子兴奋起来。说实在的，他们原本最好的想法是用油换粮，因为，在其他地方，特别是国军、土匪恶霸买他们的油时，价格压得很低不说，一般给的都是军队自个儿印的“银票”，或“纸通币”，那些“银票”或“纸通币”，只在他们局部战地能用，换个地儿，就是废票、废纸。买油给银圆，那是他们做梦也不敢想的事啊！而更让他们想不到的是，八路军最终给他们的价格，比国民党占区高出两倍还多！更令张淮他们惊奇的是，他们说不要卖那么高的价格时，副连长和老班长都不同意，副连长说：“老乡，你们冒着生命危险做这点小生意养家糊口十分不易，就不要客气了。你们的油，解了我们用油的燃眉之急呀，拿着吧！”

送张淮三人离开时，副连长还叮嘱他们：“老乡，战乱时期，万不得已，还是少外出，生命安全才是第一位的啊！”叮嘱完后，又有些神秘地说，“老乡，顺便有个小小要求，如你们方便得到国民党军，特别是日本军、日伪军有关调动和重大布防等重大消息时，请报知给我们，我们一定会给你们重奖！”

……

张淮见美美听得入迷，更加高兴起来，接着说：“离开了八路军战区，一路上，别提我们三人有多高兴了，都在夸赞八路军。想不到天底下还有那么好的军队！胡大叔说他都想留下来参加八路军的队伍了。张大哥说八路军这么好，一定会打垮一切军队，也一定会赢得天下……”

美美听着张淮的讲述，像是着了迷似的，在张淮讲完停下后，还不住地催促着：“快讲，快讲啊，你们在八路军战区还遇到了什么？”

张淮笑眯眯地说：“讲完了，咋啦，着迷了呀？”

是的，美美因在娘家接触了那位神秘女客人，通过她讲述的那些故事和道理，已对八路军、共产党有了莫名的好感，这次又听了丈夫亲身经历的与八路军接触的真实的经历，她对八路军越发感到新奇，怎能对丈夫所讲述的这一切不着迷呢？！

……

过了三五天，张淮又找妻子美美商量：“美美，我想趁着仗还没打起来，再抓紧跑一趟生意去。这两天啊，那两个伙伴儿也在找我商量这事儿呢。”

美美尽管有些顾虑和担心，但因上次太顺利，也就没阻拦，反复提醒注意安全后就答应了他。

张淮三人，选择一个较晴朗的夜晚再次出发了。

让美美万万没想到的是，就在他们出发后的第二天一早，突然传来徐州等地爆发国军与日军开战的重大消息。还传说八路军大部队也紧急南下了。顿时，周边战火纷飞，或远或近不时传来隆隆的炮声，路上逃难的人也不断涌现，憋了很久的大仗终于打起来了！

美美家人和另外两位伙伴的家人，心里那个着急呀！几家人不约而同地聚集到了美美家，把她视作了主心骨。美美怎能不焦急啊，可她又有什么办法呢？但是她一边装着平静的样子安慰大家，一边比谁都焦急不安地等着消息。她不时独自跑去村口四处张望，还成夜成夜地不能入睡，一会儿坐起来听听，一会儿又到门口站站看看，神魂不定地等待着。

一天过去，又一夜又过去，整整三天三夜，他们煎熬着，却没有听到任何信息，没见到一点人影。这些天里，先是家里的老人围着她哭哭啼啼，甚至不吃不喝；接着就是那两家人，也经常跑来找美美哭哭啼啼。美美心理上和精神上都感到了巨大的压力，人明显消瘦了许多。这可怎么办啊？晚上刚把公公婆婆和爷爷劝回房休息的美美，回到自己屋里，左思右想，灵机一动，突然自言自语道："不行，一定要稳住老人，千万不能让他们因担惊受怕病倒了！"于是，美美想到了一个主意，给家里人和其他两家先撒了个谎，说张淮他们有消息了，很安全，只是被暂时困住了，回不来，让大家放心。这一招还真灵，不但稳住了自家的老人，另外两家的人也信以为真，不再那么哭哭啼啼地来找了。

平时装得很平静的美美却压力越来越大，根本是吃不下，睡不着，没人的时候还不停地流泪。从不拜神信佛的美美，此时也笃信起神佛来，每天夜深人静时，都点起香，对着苍天祈祷："请老天爷发发善心吧，保佑他们平安无事，早早归来！"

又过了两天，还是没有张淮他们的音信。而此时，村里各种令人恐惧的传言四起："有人看到张淮他们三人被乱枪给打死了！""他们三人被二鬼子抓去当炮灰了！""他们三人被日本人当国军或八路军的间谍给抓去喂狼狗了！"……听到这些传言，家里几位老人几乎给吓傻、吓疯了，不吃不喝不说，躺在床上不停地哭。美美听到这些传言，也吓得呆呆坐在那儿说不出话来。不到半天时间嘴上就起满了水疱！美美感到丈夫张淮他们再不回来，她也承受不住这天大的压力了！

第六天的深夜，美美刚刚安抚过家里三位哭哭啼啼的老人，正往自己房间走，就听到院外一阵狗的狂叫，她下意识拔腿就往屋外跑。刚跑到大门口，就听到一阵急促的敲门声，美美急忙打开大门，突然闪进一个黑影！

啊——！张淮回来了？！这个惊喜来得太突然，以至于美美不知所措两腿一软，差点倒在地上。还是跌跌撞撞走进来的张淮一把搀住了美美，并连声用沙哑的有气无力的声音说道：“是的，是我回来了，是我回来了啊！”

激动地“嘤嘤”哭泣着的美美，一把搂住丈夫，哭诉道：“天啊，你真的回来了！你可回来了啊！……”说着失声痛哭，再也说不出话来。

两眼满含热泪的张淮，连声说道：“不哭不哭，我回来就好了。快快，快到屋里去！”

进屋后，灯光下，闪现在美美面前的是：张淮衣服已破烂不堪、满身尽是血迹污垢，头发和胡须上沾有许多血迹并结成饼状，脸上一道还在隐隐流着血水的伤口格外显眼，人瘦得完全不成样子，一条胳膊却死死紧抱着自己胸前的那个破棉袄。看着面前完全变样不识的丈夫，美美惊恐得呆住了！

张淮顾不上被自己模样给吓坏了的妻子，依然用他那干枯沙哑的声音说：“给你这棉袄，里面全是吸蓄满的豆油，要快把它挤出来，然后再用水浸泡再挤……油还可以吃的……”

惊愕的妻子有些惊慌失措，一边接过丈夫递过来的油棉袄，一边嘴里不由自主地自语道：“天啊，怎么会这样，怎么会这样啊！”

美美刚接过张淮递过来的油棉袄，只听他有气无力说：“对了，里面还有剩的一块银圆，你先把它掏出来，保管好……”话没说完，便一下子瘫倒在那里。美美一下扑过去想扶住倒下去的丈夫，那怎能扶得住啊！她只好跑去叫公公婆婆……

张淮整整昏睡了两夜一天。等他醒来，好好洗了个澡，休整了一下，体力得到了较大恢复，人也变得正常起来。一切安顿好后，家里和邻里人少不得对他们三人这次外出能活着回来感到格外惊讶和好奇。一天晚饭后，邻里奶奶和大婶们来到美美家串门看望，实则是想听听张淮他们这次的冒险和脱险传奇。美美知道她们的意思，就对张淮说："要不你就给大家讲讲吧，奶奶和婶婶们以及家里人对你们能活着回来既关心又好奇呢！"

张淮听了妻子的话，对围拢过来的家人和邻里的奶奶婶婶，苦笑了一下，说："你们要听听？唉，骇死人的，九死一生啊！能活着回来，我们确实属于撞大运凭侥幸呢，或者说，是上天的保佑给了我们一条活路！"张淮沉吟了一会儿后说，"也好，那就讲给你们听听吧。"

于是，张淮稳了稳神，像平时给家人讲故事一样，绘声绘色讲了起来……

那晚出发后，三人特别乐观，因为前一次的生意跑得太顺利，所以这一次，他们一点点就要打仗的风险意识也没有。可以说，当晚很顺利，他们连夜就赶到徐州西边的沛县境内。到那之后，他们就感到了氛围不对，过去的老客户联系不上不说，村里的老百姓也很少见到，偶尔遇上一个，也是慌里慌张的，不愿搭理他们。他们好奇地拦住了一位拿着铁锹往村外走的老大爷，问道："老大爷，村里人哪里去了？您慌慌张张的这是去做什么？"老大爷边走边没好气地回答说："村里人能跑的都跑了，跑不掉的全被国军抓去修战壕和工事了，我这也是去看看能否替换我那生病的儿子！……"

三人一听，全傻了！二话没说，拔腿就往邻县安徽的萧县和砀山方向跑。他们不敢走大路，全是抄的乡野小道和庄稼地走，一路上，经常碰到逃荒的难民和大路上往徐州方向拉动的部队。他们到了萧县境内，看到的局势比沛县还紧张，因为它离徐州的距离更近。基于这种状况，他们三人商量了下一步该怎么办。张淮和一个伙伴提出战事太紧，大仗马上就要打起来，建议返回！但另一位伙伴不甘就这样空手而归，提出再到邻近的砀山和蚌埠那一带转转看看，多少弄点油回去，不然这一趟白冒险了，白辛苦了。在他的鼓动下，另外二人听从了他的建议，又连夜往砀山和蚌埠方向赶去。

不承想，在夜晚九点钟左右，他们在赶往砀山的途中，被一支走散了的约有十多人像是二鬼子的兵给发现了，二话不说，就把他们给抓了起来！二鬼子兵抓到他们三人后非常得意，见他们都担着挑子更是高兴坏了，不管三七二十一，二鬼子们把所带的枪支弹药，还有看样子是抢来的老百姓的物品等，通通让张淮他们挑着跟他们走。

就在这时，其中一名小兵头乐呵呵地对其他二鬼子兵说："妈的，我们不走运，去村庄找东西没找到，走散了，可也算走运，半道上抓了三个民工，也可以向太君交代了！"

旁边几个二鬼子兵跟着叽哇哇吹捧道："哎呀，还是小孙长官高明，太君那儿肯定交代过去了！说不定还要夸赞小孙长官呢！"

"对对，妈的！这真是天上掉馅饼，掉了三个壮民工来帮我们！"

张淮三人听到他们的议论，腿都吓转了筋！大气不敢喘，浑身都在颤抖！不过怕是怕，但头脑很清醒，一直在思考如何找机会逃跑！三人跟随二鬼子兵走了一段后，由于是黑夜，到了一个空空荡荡没有人家的小村庄，就听那个叫"孙长官"的干号了几句："妈的，天太晚了，我们今晚就在这儿找地儿休息，明天一早再去找大部队。”

其他二鬼子高兴地跟着叫着：“好好，找地儿休息，妈的，跑了一天多也累了！”

二鬼子兵找到村里一家人已跑光的不错的四合院，就定下在那儿休息了。只见那个“孙长官”走到两名二鬼子小兵面前，不客气地吩咐道：“你们俩，要把他们三个人看管起来，如果跑掉了，就拿你们俩的小命儿顶！”两个二鬼子小兵心里明显不情愿，但也不敢反对，嘟嘟囔囔，来到张淮三人跟前，其中一个个子稍高一点的二鬼子兵怒吼道：“你们三个听好了，如果你们他妈的不老实想逃跑，老子当场就把你们毙了！”边号着边把三人带到一个羊圈里，继续骂骂咧咧说道：“你们就睡这儿，老子在旁边看着你们！再警告一次，老老实实在这儿待着，否则老子毙了你们！”

张淮三人进了羊圈，挑子里的东西一进院子就被二鬼子兵们取走了。他们把空空的挑担放在身旁，老老实实席地而坐。他们谁也没有睡意，估计都在想一个问题：“今晚如何见机逃跑。如果跑不掉，恐怕再不会有机会了。”张淮示意另外两位伙伴一起装睡，麻痹那两个二鬼子兵。

大约过了两个小时，个子高的二鬼子兵叮嘱另一个小个子兵：“你好好盯着，老子睡一会儿来替换你！”说着，往张淮他们这边又瞧了瞧，走出羊圈。小个子兵对着走出的高个子兵的背影气恼地暗骂了几句后，抱着枪靠在羊圈的围墙上打起了哈欠，五分钟不到，就传来了他的酣睡声。

说时迟那时快，张淮马上捅了两边的伙伴一下，二人会意，三个人迅速爬起来，悄悄抓起身旁的挑担，轻轻翻过羊圈和后边的围墙，撒开腿一口气跑出了三十多里地……

也真是坏事变好事，天亮时，他们来到一个村庄。这个村庄很平静，老百姓都在。更让他们没想到的是，在那里他们还各买了少半担油。村里还有一个开业的小羊汤馆，让三人好好饱餐了一顿。而后，他们在村边找了一间看庄稼的闲房，美美睡了多半天。等到天刚一上黑影，三人就起身往滕县方向赶路。

在漆黑如锅底的夜间，三人凭着感觉，顶着寒风，大步流星往前走。但走的都是小路，感觉不好时小路也不走，就从庄稼地穿过。大约走了三个小时的路程后，也不知道到了哪儿，突然间就听到前方不远处"嘟嘟嘟、轰隆隆"的机枪声和大炮声响彻夜空，火光染红了半个天！三人几乎同时"啊"地惊叫一声，不约而同停下了脚步。

稍一停顿，张淮便对两位伙伴说："不好，前边仗开打了！我们不能再往前走，快，往西北走！"

其中一位伙伴不赞成地说："那样与滕县方向偏离太远，会越走越远的啊！"

另一伙伴则不客气地回击道："不往西走，往哪儿走啊？不能去送死吧！"

三人不再争辩，拔腿就往西走。他们如惊弓之鸟，在黑夜里拼命逃窜着，根本辨不清方向，只感觉离枪炮声越远越好。不知又跑了多久，好像到了一条河沟边，他们本想坐下休息会儿喘口气，不承想，忽听到身边不到百米处"嗒嗒嗒、嘟嘟嘟"，火光四起，机关枪声一阵紧似一阵。

"啊！不好，我们误跑到敌占区阵地上来了！"他们惊恐地叫了起来！

“怎么办？怎么办？张淮你快拿主意呀，我们往哪儿去？”两位伙伴边向张淮靠拢边催问着。

在这漫无边际的黑夜，到处都是战场，枪炮声四起，而三人又失去方向感，根本不知道往哪里跑好！两位被吓蒙的伙伴话音明显在发抖，完全没有一点主意。无奈，张淮故作镇静地说：“那边枪炮声稀疏，我们只有往那个方向跑啦！”

于是，三人完全无目标无方向地逃窜着。跑着跑着，其中一位伙伴突然间“哎哟”一声跌倒了。张淮闻声后着急地催问：“怎么了？怎么了？”急忙转过身跑过去拉那位摔倒的伙伴。刚转过身还没走到那位摔倒的伙伴跟前的张淮，突然间也“哎哟”惊叫一声，打了个踉跄险些摔倒，感觉脚底下被一个软乎乎的东西绊了一下，而就在这时，听那位摔倒在地的伙伴忽然间鬼一样号叫道：“啊——！死人，是死人，天呐，地上全是鲜血！张淮，快快，把我拉起来啊！”

听到伙伴的叫喊声，张淮像是意识到了什么，下意识弯下身体用手一摸，也不由得惊叫一声：“啊，我也摸到了一个死人的脸！是一个当兵人的脸，我还碰到了他的帽子呢！”

另一个伙伴也叫了起来：“妈耶，我好像也踩到了！这个地方是刚刚打完仗的阵地啊，一定死了不少人！”

惊魂未定的张淮不顾一切疾步跨到了那位伙伴跟前，大声喊道：“把手给我，快起！这个地方我们不能久待！”边喊着，边拉起那位同伴儿拼命往前跑。

谁知，三人也就跑了百多米远，突然被一段沟沟坎坎的阵地工事挡住了去路。张淮心里突然一紧，随口而出：“不好，我们还没有跑出他们作战的阵地！”

话音未落，就听到阵地沟壕里传出了歇斯底里的叫骂声：“妈的！你们不要命了，快趴下，趴下！快藏起身来！”随着叫骂声，沟壕里冒出一个人，弓着腰一个箭步向张淮他们冲了过来，一把抓住正要往前跑的伙伴，拼命往下按着他的身体，怒不可遏地骂道：“混蛋，混蛋！你他妈的不要命，老子我们还要呢！你把火力引来了，我就把你卸成八块！”

张淮和另外一个伙伴听到吼声和叫骂声，急忙缩到了沟壕里。他们刚蹲下，就听旁边那个当兵的仰天“哈哈哈”大笑起来，边笑边惊喜地叫道：“哇呀呀，你们快来看看，妈的，从天上掉下几个身强力壮的壮丁来了！我说呢，那么不怕死！哈哈……妈的，皇军真有福气，到处抓人抓不到，想不到自己送到阵地来了！”

紧接着，就跑过来三四个不知是日军还是二鬼子，死死按住了张淮和一个伙伴，他们大声狂笑着，叫喊着：“啊哈，真不错，三名壮汉……他娘的，他们是从哪里冒出来的？”

“妈妈的，还真有自己找来送死的呢！这几个倒霉蛋！”

“长官，怎么处理他们啊？”

“那还用说吗？快，捡几支枪过来，每人给他们一支，先让他们参加我们的战斗！”

张淮三人被几个二鬼子兵团团围住挤按在战壕里，魂都给吓飞了。不一会儿，一个二鬼子兵给三个人一人发了一支枪，骂骂咧咧说道：“妈的，也不知道你们会不会用枪，先拿着吧，让你们怎么着就怎么着，听命令就行了！”

此时夜晚一片寂静，四周也没有了枪炮声。几个二鬼子兵放松了警惕。其中那个被称为长官的向这边靠拢了一下，而后跟另外几个二鬼子兵摆起了龙门阵，发起了官腔：“哎哎，告诉你们点机密，你们听好了，可不许外传！知道为什么国军现在对我们打的枪炮稀松吗？告诉你们这个秘密吧，据皇军大长官透露，皇军与国民党军已悄悄达成了协议，皇军与国军不再互打，要相互配合，先把八路军灭掉！……”

“我他妈的一直在想，为啥那么多国军不向我们发起进攻，而且枪炮声越来越稀疏，原来是这么回事啊！”

“妈的，既然达成协议了，从傍晚至现在，为啥国军还向我们这里打枪开炮，伤了我们不少弟兄呢？”

“据说国军将领里面有一些对与皇军达成的协议拒绝执行的，或许这些枪炮声，就是那些顽固的抗日分子们干的！”

“嗯嗯，那毕竟是少数！不与国军打，只对付北面上来的小小八路军，对大皇军来说，那是小菜一碟啦！听说没，为了彻底歼灭这股八路军，皇军昨天就调上来一个师的兵力！所以呀，弟兄们放心吧，我们到时只是帮助皇军打个外围或打扫个战场而已！”

张淮三人听着二鬼子兵得意忘形的议论，一边悄悄窥探着逃跑的时机，可怎么观察啊，一点机会也没有！而就在他们焦急和绝望之时，忽听到阵地上传来“轰隆隆、嘟嘟嘟”震耳欲聋的机关枪声和炮声。再看那些二鬼子兵，早吓得缩成一团，个个抱着脑袋趴在战壕里一动都不敢动。

此时，张淮灵机一动，马上捅了一下两边的伙伴，做出了示意逃跑的架势，两位伙伴马上明白了意思，就等着一块动作了！张淮迅速脱下身上的棉袄，把棉袄往油桶里一塞，而后提着蓄满油的棉袄，喊了声："快跑！"说时迟那时快，三人一跃而起，同时跳出阵地的沟壕，刚跑出几步，就听到身后"啪啪啪"的清脆枪声响起，"嗖嗖嗖"的子弹就在耳边和头顶飞过，张淮不由得大吼一声："不好！鬼子开枪了，弯着身子跑！"话音刚落，一颗子弹，擦着他的左耳头皮飞过，随即一股炙热的剧痛从头皮传来，他下意识地抬手一摸，不由得惊出一身冷汗，"天哪！好险啊，子弹只是擦伤了点头皮！"张淮也顾不得那么多了，只是如惊恐地躲过一劫的飞兔一样，箭一样消失在黑夜中。

一口气跑下来，三人像是跑到了一处长满干枯芦苇的河边，枪炮声也越来越远，只有隐隐约约的轰鸣声。三人拖着无比疲惫的身躯，惊魂落魄地来到了一片稍开阔的空地，不约而同地都瘫坐在了地上，其中一个"哎哟"着呻吟道："我的娘唉，我们三个人总算捡了条命回来了，这是到哪儿啊？"

张淮警觉地四处张望着，随口回答道："这儿好像是微山湖的一个支汊？"突然间他像意识到了什么，不自觉地猛然站了起来，口气不容置疑地厉声提醒道："快起来，我们走！你们都听说过吧，微山湖是八路军'飞虎队'的，也叫什么来着？"

"铁道游击队！"已从地上爬起来的另一位伙伴急忙回答道。

"对。"张淮接着说，"传说，这是'飞虎队'经常出没扒铁路炸火车打鬼子的地方，也是小鬼子和汉奸经常突然袭击大扫荡的地方。咱们得赶快走。"说着，三人都紧张地朝四处张望着，黑洞洞的夜空，除了寒风吹着干枯的芦苇发出"飕飕沙沙"的声音外，什么也看不到，听不到。

“我们掉向了，这在哪儿也不知道，我们往哪儿走啊？”另两位伙伴几乎同时既疑惑又惆怅地念叨道。

张淮稍一沉思，当机立断地说：“我们只能沿着河边走了，方向嘛，那边好像是东边？走，只能这样去判断了！”

于是，三人又忘却了疲惫，急匆匆地往前赶路。

是的，他们说得没错。自1937年7月7日，日本侵略者在北平卢沟桥挑起事变，中日战争全面爆发后，日本侵略者沿津浦铁路向山东进发，山东守军韩复榘部不战而逃，日军于1937年12月26日占领济南后迅速占领了泰安、兖州、滕县、枣庄、济宁等地，随即山东军民自觉和不自觉地组织起了抗日救亡力量。

铁道游击队，当地老百姓也叫“飞虎队”，就是由当地煤矿工人洪振海、王怀文等自发组织起的抗日民间力量。在地下党的引导下，游击队于1940年1月25日成立起来，是一支由中国共产党领导的英雄的抗日武装力量，隶属于八路军115师苏鲁支队，洪振海为铁道游击队队长，王怀文为铁道游击队指导员，杜季伟任政委，王志胜为副队长，人员最多时有三百余人。

铁道游击队以抱犊崮山区抗日根据地为依托，以薛城和微山湖为中心，主要战斗在百里铁道线上，出没于万顷微山湖中，紧紧依靠枣庄地区人民群众，运用游击战术，与日本侵略者浴血奋战。他们机敏地破铁路、撞火车，夺敌最重要战略物资，还多次掩护党和军队的多位高层领导人成功地穿越敌占区，打了许多漂亮的胜仗，令日本侵略者闻风丧胆，敌人也曾疯狂地对他们反复进行“清剿”“扫荡”，并专门组织了形形色色的特务对付他们，都被他们一一粉碎。

所以铁道游击队，或老百姓称呼的飞虎队，在当地名声那个大啊，可谓家喻户晓，老幼皆知，就连胡队这样的土匪恶霸，也是闻风丧胆！不过，那时是一切为了抗日，铁道游击队主要针对那些甘心投靠日寇的卖国贼。

张淮三人口干舌燥，疲惫不堪，心惊胆战，漫无目标。他们急匆匆地走啊跑啊，不知来到何处，就在这时，突然听到旁边芦苇荡里一阵轻轻的风声，三人还没反应过来，身边就传来了低沉的威严的恐吓声："不许动！"随即，三人双手被牢牢地扣住了，正要反剪张淮两手时，见他一手还抱着一团黑乎乎的东西，那人忙问："你怀里抱着的是什么？"

张淮忙回答道："是油棉袄。"

"快打开抖抖看看！"那人命令道。

张淮把油棉袄抖了抖。

那人伸手一摸，抓了一把油，而后闷声闷气地说："用一只胳膊抱着它吧。"

说时迟那时快，张淮的另一只胳膊被反剪起来。两位同伴此时吓得已站立不住，连连央求道："老总老总，哦，老爷老爷，我们是良民啊，请放过我们吧，我们是良民啊！"

"不许乱叫，老老实实跟我们走！"又是一声低沉严厉的呵斥声。

张淮三人只好老老实实跟着他们走去。他们只感觉穿过一段芦苇荡，有一片小树林，东拐西拐地好像来到一片灌木丛中，突然间不知在什么地方闪出两个人影，与押送他们的几个人对了暗号后才放行他们往前走去。像是又拐了几个弯儿，来到一处被灌木和草丛掩藏很深的地窝子边，押送他们的一个人进去之后，没多久走了出来，低声说道：“让他们进吧。”

于是，张淮三人被推进了地窝子。微弱的灯光，只能让他们看到小小的地窝子中间摆放着一张破旧的三抽桌，其他什么再也看不到。不知在何处，走出来了一位头扎白毛巾，满腮胡须的中年人，只见他里边身着一件深蓝色的粗布衣，腰间紧紧系着一条黑布带，右腰间斜插着一支驳壳枪，外披一件黑色夹棉袄，还没有站定就说：“把他们都松了绑吧。”

紧接着，他便询问押送张淮他们的几位：“你们还没有问他们是做什么的吧？”

“报告7号，还没有。”其中一位马上回答道。

被称为“7号”的人“嗯”了一声，马上转向张淮他们，“那你们如实回答，这深更半夜、战火纷飞的，出来是干什么？”

张淮马上抢答道：“长官，我们是滕县城西边二十里地叫胡村的普通良民，哦，普通老百姓。由于家里穷，缺粮好多天，家里老老小小都在挨饿，无奈之下，我们想出来做个小生意，换点粮食回去救救家人的性命啊！谁知遇到了打仗，几次差点把命给丢了，刚刚又误闯到了小鬼子和二鬼子的阵地，这不，我们买的那点油全打翻了，看，我这棉袄浸的全是油。”张淮说着，把怀里抱着的油棉袄递过去让他们看，并哭诉似的接着说，“我们一看，落到了二鬼子的手里，心想全完了……后来我们横下了一条心，与其在那儿等死，不如瞅准了机会逃出去！不一会儿，炮声枪声大作，我灵机一动，机会来了，于是，趁二鬼子怕死扑倒时，我们一跃而起，逃了出来，不过险些没了小命……唉，跑着跑着，这不，又落到你们的手里。”

张淮说完，没有人搭话，只见那位“7号”向几个同伴招了招手，他们靠拢后，悄悄地低语了一会儿，那位“7号”突然一转身不见了。一个押送他们的人说：“看样儿你们也不是坏人，既然是穷苦老百姓，我们用船送你们到河对面，那儿是安全地带，你们照直往东去，几十里后就是滕县区域内了。记住，战乱年代不要外出，否则命就会丢了！”那人稍一停顿，恶狠狠地像是自言自语又像是对张淮三人说了句，“走着瞧吧，小日本鬼子在中国蹦跶不了几天了！”

张淮三人往外走时，什么也不敢说，什么话也不敢搭，只是千恩万谢。

张淮三人被送到河对面后才长长舒了口气，松了口气。头脑渐渐清醒过来后才敢说话议论：

“他们一准是那厉害的八路军‘飞虎队’！”

“没错，要不哪有那么好的队伍啊！”

“唉，也是我们祖辈积德，才有那么好的运气遇到他们，否则我们怕没命了！”

是的，张淮三人猜得没错，他们就是八路军的“飞虎队”——“铁道游击队”！临别时，铁道游击队那位队员留下的那句话后来很快也应验了。1945年8月，日本宣布无条件投降！更有重大和嘲讽历史意义的是，对于铁道游击队，日本鬼子一向既看不起又恨之入骨，且把所有“扫荡清剿”等手段都用尽来对付这“小小铁道游击队”，但每一次要不损兵折将狼狈逃回，要不浩浩荡荡扫荡几天空手而回。他们不可一世，气急败坏，最终却对铁道游击队无可奈何！而最让他们不可接受或脸面丢尽羞耻无比的是，日本宣布无条件投降后，按规定，他们要向“小小死对头”八路军铁道游击队缴械投降，这让他们无论如何也接受不了！于是他们就拒绝投降，想逃跑。10月的一天，驻扎在枣庄等地区的日本军乘坐铁甲列车，想趁浓浓的夜色开出临城车站逃跑，正在他们机关算尽得意忘形之时，铁甲列车开至沙沟附近，突然发现前面的铁路已被炸毁！惊慌失措之余，马上想返回，谁知刚退回一段路后，发现退回的路轨也很快被毁掉了！孤立无援、失魂落魄、如丧考妣的日军在万般无奈之下，只好乖乖地向八路军铁道游击队宣布投降。千余名日军携带众多强力武器向不足百人的八路军铁道游击队正式缴械投降，这在国内抗战史，乃至整个军事受降史上都十分罕见，更是日本侵略军抹不去的耻辱历史……当然，这是后来发生的事。

……

张淮突然间停止了讲述，下意识地摸着左耳边还留着痕迹的被子弹灼伤的头发和头皮，屋里人的目光也十分惊悸地跟随着张淮的动作，一下集中到他抚摸着的头皮上，谁也没说话，屋里一片寂静。

邻里那位奶奶抢先打破了寂静：“哎哟，张淮啊，你你，你讲这些，奶奶心脏几次都要给吓得跳出来了，真是唬死人了啊！这这……哎哟，他美美嫂子，快快，快给我端碗水来喝，唬死人啊！”

美美赶紧跑去给邻里奶奶端水。这边婆婆也接连唉声叹气地说：“也给我捎上一碗过来，我这心也嘣嘣嘣跳得难受着呢！哎呀呀，早知这样，我们全家就是逃荒要饭，饿死在外，也不能让淮儿去冒这么大的风险，遭这么大的罪呀！”

美美端着两碗水走了过来，递给了邻里老奶奶和婆婆，接话道："唉，都是我的错，不该答应他们去的！"

张淮马上若无其事笑笑说："都过去了，你们呀谁也别再埋怨和自责，我们能活着回来，就值得高兴！"张淮接着长出了一口气，说，"这也是生活逼的啊！"

美美为了分散大家的注意力，故意转移话题道："哎，张淮，听你这么说，看样这次日本鬼子调来了不少兵力，定会是一场恶仗啊！还有，前段时间胡匪传说国军要与日本鬼子打八路军是真的吗？他们干吗自己人要打自己人啊？！唉，也不知道八路军那边知道吗？"

正要起身走的婆婆一听美美这么说，很是不高兴地堵了美美一句："瞎操心啥！管他们谁打谁呢，还是关心我们自个儿吧！"

张淮边起身送邻里奶奶、母亲等人，边打圆场地说："就是的，我们操不了那么大的心！好了，天色不早了，送奶奶、婶婶和娘回去休息了。"

美美马上应和道："娘说得对呢！我也是胡乱这么问一嘴，那哪儿是我们小老百姓管的事啊！……奶奶、婶婶、娘，你们都慢些走啊……"

尽管美美嘴里说是"胡乱这么问一嘴，那哪儿是我们小老百姓管的事"，可在送走邻里奶奶婶婶和家里人后，依然兴趣不减地问丈夫张淮："哎，对了，记得你说你们上次去八路军防区时，那位八路军的副连长还叮嘱过，让你们利用做生意的机会，打探一下日本军和国军的情况呢，刚才你说的这个信息可是很重要啊！"

张淮听了妻子美美的话，一怔，一时不知道怎么回答好了，愣愣地看了会儿妻子，冷不丁地冒了句："那又怎么样呢？我们能怎么着啊？”

妻子美美听了丈夫张淮的话后，也是一怔，感觉自己问的这句话不妥，马上改口道：“就是的，我们能怎么着呀？我呀，也是想起这么一档子事，随口说说而已。你还没恢复好，走，走，我们也该休息了。”接着，扶着丈夫向屋内走去。

夜已经很深了，佯装熟睡的美美其实怎么也睡不着，心里想的、满脑子装的还是那个事儿：“‘国军’联合小日本打八路军？这是为啥啊？八路军不是打日本鬼子的好军队吗？‘国军’这是为啥呢？还有，小日本多调集了一个师的兵力对付八路军……也不知道八路军那边知道这些情况吗？”不知怎么的，丈夫张淮无意中说出来的这些话，竟成了美美的心病！而且越琢磨越弄不明白，越不明白还越是去想。美美愈加感觉焦躁不安，翻来覆去睡不着：“这可怎么办呢？如果八路军不知道这些情况，打起来，那是要吃大亏的呀！这可怎么办好哇？这这，不关我们小老百姓的事？可八路军说过是为老百姓打仗啊，待老百姓也特别好呢！不管怎么说，八路军可是实实在在打日本鬼子的呀！”美美想到这儿，不由得坐了起来，心里反复嘀咕着：“怎么办？无论如何要把这些情况传给八路军，不能让他们吃日本鬼子的亏，打败仗！怎么才能把这些事儿尽快传递到八路军那里呢？张淮的身体还没恢复好，不能让他去。再者……怎么办啊？”此时，美美脑海中，仿佛又浮现出当年胡匪残忍杀害农会干部和家属们那血腥的画面……还想到了那位神秘的女客人和她讲到的“男侠客”的故事……又想到了丈夫上次拿着银圆夸赞八路军的话……美美越想，心里越焦躁不安，她恨自己不是男儿身！“不是男儿身，就不能做大事了吗？古时的花木兰，前些时期见过的女客人，不都是女儿身吗？！”美美想到这儿，突然间冒出一个念头：“不能再等了，我要亲自去！一定要把这个消息尽快送给八路军！”美美想到这儿，毫不犹豫地就要穿衣起床，她不由得转身看了看还在熟睡的丈夫，这才轻轻地穿上衣服，悄悄地走下了床。走出了里屋，走到屋门口，抽开屋门的闩板，悄悄推开了屋门，转身掩闭上，而后毅然决然转身向大门外走去……

这几乎是一个惊世骇俗的疯狂决定！连美美自个儿后来想到此事，心里都有些打战！要知道，假如有第二个人知道她的这次举动，假如出了一点点纰漏，传出一点点风声，假如在路上出了问题，假如……那可不是她一个人生命的问题，可能祸害全家人甚至邻居和亲戚们，所有人都会遭到胡匪带来的灭顶之灾……

但是，谁能相信呢？这一“惊世骇俗的举动”，这个对当时的鲁南八路军战事十分重要的情报，竟然是一个没有文化、十分普通的农家妇女凭着对八路军的好感和同情，凭着一腔质朴的感情和朦胧的觉醒，凭着个人的豪气胆量和睿智转达的！且此事再无第二人知晓，永久地埋藏在她心底！

美美这个弱小但胆量和睿智过人的小女子，真的是毅然决然地走出了家门，走出了村口，一路小跑，头也不回地走向了通往北边八路军防区的路！

夜是那样地黑，似被一口倒扣大铁锅笼罩着，伸手不见五指，只有阴冷的寒风在茫茫黑夜中吹着哨儿似的肆虐着。美美快步走着，寒风刺痛着脸和脖颈，但她却感觉身上微微出汗，不顾一切地往前走啊走，她忘记了各种担心，甚至忘记了这是黑夜，只有一门心思一个念头，快走，再快些走……

八路军防区“界河”，虽然只有二十多里的路程，但对美美来说，那是一个较陌生的地方，因为她只去过一次，那还是六七岁的时候跟娘家的爹爹赶庙会去的，其印象早已模糊了。她只知道“界河”是在村里的东北边，中间要蹚过一条河，再穿过两三个村庄，就差不多到了。

美美完全凭着自己的感觉，顶着黑夜往北一直快步走。她心里十分清楚，自个儿必须在凌晨时分把“情况”告诉八路军，而后，还必须不等天亮时赶回家来。因为这件事绝对不能暴露，绝不能让张淮和家中任何人知道。如果让他们知道了，不单单是担心走漏风声的问题，更重要的，那样会把他们吓坏，会出大事的！

尽管美美当年是个二十多岁的年轻女子，也吃过苦受过累，身板也挺硬朗，但是要知道，她可是小脚只有三寸长的女人啊！她想跑、想走得更快，可三寸长的小脚就是不听使唤。尽管如此，她还是不断鼓励和催促自己：“美美你行，美美你加油，再加油啊，还可以走得更快，更快！”美美拼出所有的力量，像是小跑？对，就是小跑！从来没走那么快过啊，这是怎么了？这劲头是从哪儿来的呢？是女客人、“男侠客”故事的激励？是对胡匪的憎恶？对八路军的好感？对的，就是这些！美美第一次感觉到心里有念头，有想做的事，就会有种莫名的巨大的冲动，一种无形的力量在推动，一种什么都不怕的心念在支撑。啊，这种感觉真是太奇妙了！美美第一次感觉自己真的非常了不起。

美美走着想着，此时不知走了有多远，走了多长时间，穿过一个小村庄又穿过一片高粱地后，突然感觉有些迷失方向，心里不由得紧张起来。过去走夜路，全靠天上的北斗星指引方向，可今夜漆黑一团，什么星星也看不到，这可咋办呀？顿时一身冷汗冒了出来，迟疑了一会儿的美美，喃喃自语道："不能停啊，凭感觉和运气往前走吧！"美美越走越紧张越担心，她深知，如果走错了方向，要么走到日寇敌占区，要么走到国军敌占区，后果将不堪设想啊！可又有什么办法呢？又急又怕的美美，东张西望着，茫茫的黑夜，给不了她一点希望和答案。而就在这时，东张西望着的美美一转头，恍惚间看见前面有个黑影，像是一个中年妇女在赶路。美美既惊喜又纳闷，这么晚怎么还有人赶路呢？而且是一位妇女大姐。美美顾不得想那么多，只想追上去问路，所以加快了步伐。可美美怎么追都追不上，奇怪的是，无论美美走多快，前面的身影和她始终保持着那么一段距离，美美想喊也不敢喊，只有奋力追赶。追着追着，前面的人影不见了，美美却发现自己已经来到了往北边方向去的熟悉的大路，她心里不由得一阵惊喜，十分感激那黑色身影的带路，否则的话……美美突然转过神来，不由得自言自语："天啊，刚才走的恰恰是反方向，如果不是跟着那位黑色身影的大姐走出来，后果不堪设想啊！"美美想到这儿，又急忙朝四处打量了一番，黑色身影真的就这么突然消失了，黑黑的夜空下，什么动静也没有。此时的美美什么也顾不得多想，只是一门心思急匆匆地赶路。

……

在晚年，母亲非常神秘地给我一个人揭秘这件事时，我就对女客人的遭遇有一种不祥的预感，或许当年女客人在离开姥姥家不久后就在战场上被敌人捉去……牺牲了。我宁愿相信，那晚把母亲从迷路中引到正道上的就是女客人的魂灵，否则，那又如何解释母亲一辈子都在寻思不解的那晚"奇遇"的心病呢？！当然，或许不久的将来“人的灵魂是否存在”等困扰人类数千年的不解之谜就会得到印证和解开。每当母亲讲这些时，我都给母亲灌输一个模糊的概念：“娘，你一定是看走眼了，能摸到正路上来，还是你的感觉好。”老娘马上严肃地否定道：“不不不，我不会看错，就是有一个中年妇女的影子在引着我走！”我不置可否地笑了笑点点头，再不与母亲争辩，因为我知道说不服母亲，真的，我没有一点儿能说服母亲的理由，更不敢猜想说是女客人的灵魂在引导她，那样会对母亲打击更大，她一辈子都坚信女客人是一位十分神秘的了不起的人，她不会接受女客人过早地牺牲的可能或事实。

……

美美这一路上，除了遇到一段迷失方向的事外，应该说一切都还较顺利。她是在凌晨四点多一点的时候（这个时间，是一位八路军哨兵带她去见首长时告诉她的）一口气走进八路军军防区域的。十分幸运的是，刚到八路军管辖地，美美就被一队巡逻的哨兵发现了。美美说明来意，那个带队的哨兵毫不迟疑就急匆匆把她带到了邻近的指挥所里，直接把她带到了“值班的首长”面前。这位“值班的首长”四十多岁，黑红色的脸庞里透射出一股自信、刚毅与和蔼。美美被领进去时，他正与两位八路军说话。见美美进来，“值班的首长”就对那两位八路军战士说：“你们去执勤吧！”只见两位战士一挺身子，打了个敬礼，响亮地回答道：“是！团长同志！”转身走出。

“团长同志？”美美望着走出的两位战士暗想，“呀，怎么让我见那么大的官啊？”

“请坐，这位小妹！”

美美闻声猛然转过神来。与此同时，一位八路军给她端来了一缸子白开水。美美没有坐，也没有喝水，而是着急地说道："俺没时间坐，也不喝水了，说完事就走，还要在天亮之前赶回家呢！俺出来，家里人不知道，不能让他们知道俺到这儿来的事哩！"

那位八路军"团长同志"非常理解、非常客气地应承道："好的小妹，好的，你还是坐下说吧，跑了那么远的路，一定很累了，还是喝点水，不会耽误时间的。你们家离这儿有多远啊？"

"二十多里地呢。"美美回答道。

团长点点头"哦"了一声，说："不妨事的，如果时间真的晚了，我会派人骑马送你一程。"

美美听话地坐了下来，端起缸子，一饮而尽，而后用手擦了下嘴巴，便竹筒倒豆子似的把从丈夫那儿听来的日军如何与"国军"暗中勾结，日军如何偷偷地调动兵力等情况一股脑儿全告诉了那位团长。

团长认真地听着，还不停地用笔在小本本上记着，表情则越来越严肃，眉头也越锁越紧。美美说完了，他好像还在沉思着什么。是美美的一句话打断了他的思考："首长，我说完了，该走了！"

团长马上回过神来，起身一把握住美美的手，十分感激地连声谢道："这位小妹，你送来的这个情报太重要了，太重要了！你为我们八路军做了一件非常了不起的大事啊！我代表我们这支八路军部队，向你表示感谢！"

美美惊讶地摇着头连声说道："啊啊，不不不，不要感谢，我要回去了！"说着，就把双手从那位八路军首长手中抽出，而后转身就往外快步走出去。

团长被美美这突然的行为搞蒙了，马上吩咐身边的战士："快，快拿点银圆给这位小妹，派人护送她。"团长吩咐着，也跟了出来，边追边说，"小妹，还没问你是哪个村的叫什么名呢？能告诉我们一下吗？"

早已跑出很远的美美，只留下一串模糊的黑影和断断续续的回话："俺什么都不想再告诉你，俺什么也不要，也不要你们送，俺走了……"

踉踉跄跄赶回村边的美美，见东边的天已开始发红发亮。早起的人们已开始捡柴捡粪和下田劳作。她到了村头，停下了脚步，找了一个水塘，洗了把脸，整理了一下头发和衣服，又认认真真地把鞋子上裤腿上的泥土和灰尘打扫得干干净净，而后长嘘了几口气，定了定神便起身在河塘边扯起枯草捡起柴来，待捡好一小捆枯草和干柴后，才打起精神往家走去。

刚到大门口，美美正要推门进去，不想大门"吱啦"一声自己开了。没有等美美反应过来，张淮便急忙忙地走了出来。他见到美美也一下愣住了。不等美美开口，张淮十分焦急又不悦地问道："哎呀，我的老天爷呀，你你，你这是去哪儿了？我家里家外找了几遍，还到村外转了两圈，都没见到你人影！这不，我正要去娘家找你呢！"

美美听罢丈夫的话且见他着急的样子，意识到原先编好的谎话不能用了，只好灵机一转，见机行事大大方方地走过去，放下手中的柴草，搀扶着丈夫的胳膊边往家院子走边说："看你着急的，能去哪儿啊？不就是回娘家给爹娘报你安全回来的喜讯？两位老人为你的事也特别着急，先前几次让人捎话来打听你回来了没有。我走之前原想告诉你的，见你睡得很熟，知道你还没恢复过来，为了让你多休息会儿，就没再惊扰你。”美美十分机巧又合情合理地圆说着，见张淮还有些疑虑便又补充说，“我本想去去就来，耽误不了多大工夫，谁知，还是让你那么着急。”

第六篇

虎穴龙潭奇胆显
千钧一发睿智现

有诗为证：

弱女凛然正义举
龙潭虎穴何所惧
大义奇胆魔头惊
险涛骇浪踏复平

更奇良知道义举
千钧一发六命复
天大善事心中埋
只留清风拂世间

早盼晚盼人间换
豺狼恶魔魂魄散
见到亲人解放军

情生女侠盼相见

……

1945年初秋的一天中午，村里突然锣鼓喧天，鞭炮齐鸣，人声鼎沸，正在做家务的美美，惊愕地问自己的小姑子："妹妹，村里这是怎么了？"

妹妹边往外跑边回答："我也不知道呢，我去看看。"

美美放下手中的活正欲往外走，邻家的婶婶突然进来喊道："他嫂子快走，听说日本鬼子投降了，村里正庆祝呢！快快，我们也高高兴兴庆贺去！"

美美听后激动不已，忍不住叫道："啊，这可是天大的喜事啊，快快，我们去喜庆哩！"说着跟着邻里婶婶向村里街上小跑而去。

是啊，这是天大的喜事！祸害中国及东南亚8年多的日本侵略军，终于在1945年8月15日宣布：正式接受波茨坦公告，无条件投降，结束战争！

这不但是中国人民8年浴血奋战的胜利！更标志着第二次世界大战的结束，是全世界人民抗击法西斯侵略战争的伟大胜利！是正义战胜邪恶的伟大胜利！

这个来之不易的伟大胜利、重大喜讯，怎能不让被日本侵略军蹂躏践踏多年的中国人民无比高兴和喜悦呢！真正是举国沸腾，举国庆祝！……饱受战乱之苦的中国同胞，善良忠厚、受尽苦难的中国百姓，多么希望和期待着从此再没有战乱、再没有飞机轰鸣声和枪炮声、再没有让人东藏西躲担惊受怕的杀戮和抢夺、再没有土豪劣绅和地主恶霸的欺压，人们多么渴望"和平日子"的到来啊！全世界没有一个民族比中国百姓更渴望“平安”、渴望“和平”了！

然而，让中国百姓万万没有想到的是，庆祝“日军投降”的锣鼓还没有收起来，人民欢喜的容貌还没有消退，疾风暴雨的“内战”又打响了！

美美张淮一家以及村里乡亲们所期盼的安稳日子并没有过多久，村里的“胡匪”和周边说不清的队伍又打起来了。为了一大家人的生计，张淮和美美也顾不得外面的乱象，一天到晚为了家人不被饿死，费尽了心思。还好，由于丈夫张淮很能吃苦还特别有经营头脑，利用战乱时局做些倒卖油粮等小本生意，除养家糊口外，还有些额外积蓄，加上美美很善于操持家务，小日子还算过得去。

但不幸很快又降临到这个家庭。公公婆婆突患疾病，没有足够的钱治疗，在五十岁出头时便不幸相继离世，丢下了一位八十多岁的老爹、两个未成年的女儿，还有一位刚满十岁的小儿子。整个家、全部的家庭负担，都丢给了大儿子张淮和儿媳美美。此时的张淮和美美也有了自己的儿子，已经一岁多。此前有两个儿子，都在一两岁时不幸夭折了——这是后话。

俗话说，“屋漏偏逢连夜雨”，刚刚处理完两位老人后事，被家庭的重荷压得正喘不过气的张淮和美美，突然又遭到村里土匪恶霸的算计。那些恶霸见张淮和美美家过得很平稳，还听说张淮在外做小生意挣了些钱，就隔三岔五地找上门来，明目张胆地找碴儿讹诈。由于张淮胆小，那些土匪恶霸来找碴儿讹诈时，张淮总是胆战心惊的，想法满足他们的恶欲。

胡匪们一来二往，见张淮软弱可欺，就更加肆无忌惮了。本来，按照人头抽壮丁费，张淮家已比其他人家多交了四五倍，可胡匪们仍不满足！

这一天，他们又一次找到张淮家，催缴壮丁费。张淮吓得哆哆嗦嗦地小声询问道："前两天，我们家不是刚交了吗？"张淮话音未落，一个胡匪上来一把就抓住张淮的衣领，恶狠狠地说："你他妈的早该去前线当炮灰了，现在还敢说这话，告诉你，就因为你多说了这句话，还要加二十块大洋，马上拿来，少一分就连你也带走！"

就在这时，从外面刚回来的美美见此情景，马上厉声喝道："住手！张淮犯了哪家的法你们敢这样！壮丁费，你们逼迫我们家已经多交了那么多，还不满足，还在欺负我们！你们真的以为我们软弱可欺吗？真的以为没有地方去说理吗？你们的大主人——胡廷海老爷，这两天不是在村上吗？走，我们一起去见他评评理去！"

美美突如其来的厉声责问和大胆的举动，让几个胡匪都惊傻了眼，特别是那句去见你们大主人——胡廷海评评理去，着实把几个胡匪给唬愣了。只见那个扯着张淮衣领的胡匪悻悻地丢开张淮，不甘示弱地冲着美美说道："呵呵，都说张家这位小女人厉害，真是眼见为实啊！……怎么，还敢去见胡廷海老爷？那好哇，我们就陪着你去见吧！"

那个胡匪以为美美说说而已，绝对不敢去见身为大地主、大土匪恶霸的主子胡廷海的。但他们万万没想到的是，他的话音刚落，美美就转身欲向外走，并底气十足地回敬道："男子汉大丈夫，要说话算话，走，我跟你们一块儿去见胡廷海大老爷！"

那个胡匪一见这架势，马上熊包下来，连声说道："咱怎么会跟女人一般见识！"而后一招手，对另外几个胡匪吼道，"还站着干什么？走！走！"

一场凶险的风波表面看像是化解了，可美美心里清楚，这帮从来没吃过亏、受过气的恶霸土匪，绝对不会轻饶了他们家！张淮和家里其他人也明白这个理，所以全都给吓坏了。美美之所以敢跟胡匪们这样公开挑衅和争斗，也不是没做思想准备和应对策略的。她清楚，一味地软弱忍让，胡匪们会把张淮及家里人欺负死的；而跟他们硬斗，美美心里更清楚，那是以卵击石，必死无疑。

自从胡匪们一而再再而三地欺负他们家，逼要壮丁费，美美就一再琢磨着如何跟他们斗，如何化解丈夫张淮及家庭的这一难……突然有一天，美美豁然开朗：擒贼先擒王！胡匪再凶恶凶狠，也是大地主胡廷海豢养的看家护院的狗，只有见到胡廷海，丈夫张淮才有救，家人才有活路！

美美清楚地知道，这无疑是一个极为冒险极难以实现的臆想，因为，见上胡廷海何其难啊！一是，村里就没有几个人见到过他，据说，胡廷海常年住在上海，即使一年有这么三两次来村里，也是神不知鬼不觉，很少在村里露面；二是，他即使来到村里，周围全是胡匪保镖，再加上他的大管家、胡匪队长胡唤天亲自负责他的安全，所有的岗哨人员都是他亲自点派的，外人根本近不了他周边，更不要说见他了。所以说，美美这一想法，基本上是“惊天臆想”！

美美想到过这些，但她认为总会想出办法来的。经过一番思考，美美首先想到的是收买胡匪内部的人员，让他们帮助提供胡廷海何时来、如何活动等线索。让美美没想到的是，这事很快就办到了，用很少的钱就收买了一个胡匪，更巧的是，“这根线”刚搭上不久，机会真的就来了！前一天，那位“内线”告知：胡廷海明天就要来村里，且只待三五天。还告诉说，要想见他，只有在第三天午饭前，那天他要在自己府上宴请人……

所以，美美今天对付那帮胡匪才那么有底气。对于见大地主大土匪头子胡廷海，美美已做了充分的思想、胆量以及要说什么话等各项准备，甚至做好了拼死一搏的心理准备！她深深知道，冒这个险如同赴狼窝抱狼崽、去虎口拔牙。因为，她要面对的是一群心如毒蝎、杀人不眨眼的“胡匪恶霸”……美美也早想过了，不这样拼死一搏，丈夫张淮和家人哪还有活路啊！冒这个险也远比被他们欺负死逼死强啊！即使今天不遇上胡匪们又来家逼债的事，美美也早计划好去冒这个奋死一搏的险了。

胡匪离开后，美美整理了一下思绪，安慰了一下被吓坏的张淮和家人，然后走到屋里，梳理了一下头发，喝了一碗水，而后把张淮叫到跟前，很平静地说道：“我要去见胡廷海，我们已经没有活路，只有这条路才能让咱家有希望！我已经做好了各种准备……万一出了什么事，你就带着家人和孩子去东北逃荒，千万不要再留在本村！不过你也不要过分害怕，既然敢去闯这个虎穴，我也有七八成成功的把握。”

张淮刚要插话，美美马上摆了摆手，制止道：“你什么都不要再说了，在家里照顾好老人和孩子们，等我的消息吧！”

那天是3月初倒春寒最冷的一天，堪比数九寒天，残雪还没有消尽，西北风尖叫着。走在小胡同里的美美在寒风的吹拂下显得如此瘦弱，她下意识地把那单薄的棉袄往下紧扯了下，又抬眼看了看被薄薄云层遮挡的朦朦胧胧的太阳，不由得加快了步伐。她知道，必须按照“内线”告知的时间，在中午饭宴请的人到来之前见到胡廷海，否则就会出大问题。

美美嫁到胡村张家，这还是第一次到胡廷海的胡府来，平时没事谁敢往这边走啊，况且胡府还住有胡匪，那是比鬼门关还让人害怕的地方！

还没到胡府近前，美美已感受到了比寒流更让人心寒胆战的恐惧，街上空空无人，偶尔见到的也是荷枪实弹的胡匪们在巡逻。胡府的四周，几个穿着一身黑衣的荷枪实弹的胡匪在警觉地来回走动着。美美停下脚步，长长嘘了口气，下意识地整理了一下衣服，重又鼓了鼓勇气，打起精神，目不斜视地快步往胡府大门走去。

美美走到离胡府大门还有十多米的距离时，突然不知从哪儿蹿出来两个胡匪，横在美美面前，其中一个厉声喝道："站住！你要去哪儿？是干什么的？"

美美不慌不忙地说："俺要去见胡廷海老爷。"

一个膀大腰圆满脸胡须的胡匪像是不相信自己的耳朵似的，连声问道："什么、什么？见胡大老爷？是我听错了，还是你搞错了？"

美美神情自然地回答道："你没有听错，我要去见你们的胡大老爷！"

"咦呵——！"两个胡匪像是发现了新大陆似的，神情怪怪地上下打量着美美，想发作，但又见美美神情自若的样子，不知有何来头，只好态度平和地问，"你你，你认识胡大老爷？"没等美美答话，另一个胡匪急忙又补了一句："你与胡爷约好了？是来参加今天宴会的？你是我们村的？怎么没见过你啊？"

美美大大方方地故意点了点头，笑眯眯地答道："你们这些爷，问得太多了，我怎么回答呀？"说着，旁若无人地只管快步向大门边走去。

快走到大门时，美美突然听到背后有人大喝一声：“给我站住！谁家婆娘敢冒充胡爷的客人？！”

美美停住脚步，回头一看，是一个中等个儿，四十岁左右的汉子，不胖不瘦，长方脸，短胡须，留着小平头，穿着一身黑缎子衣服，脚蹬特制的绸缎靴子，腰上系着一条长长宽宽的黑缎带，还别了两把乌黑锃亮的驳壳枪，两眼放着那种瘆人的冒着寒气的凶光，正疾步向自己走来。美美认识，这就是当年那个扯着两腿活劈地下共产党员孙家五岁小儿子的恶魔——臭名昭著的胡队队长胡唤天！美美望着这个向自己走过来、人们提起他的名字就毛骨悚然的胡匪大队长，先是心里一惊，马上又平定了自己的情绪，目光直直地迎了上去，没有答话。

胡唤天走到美美跟前，转向刚才盘问美美的两个吓得有些哆哆嗦嗦的胡匪，喝问道：“你们说说，她是谁？是咋回事？”

美美没等他们回答，马上和颜悦色地抢答道：“大队长老爷，俺是张家张淮的媳妇，今天拼死来到这里，就是想来拜见你和胡廷海大老爷的！”

没有等美美把话说完，胡唤天仰天大笑起来，而后突然一止，厉声喝道：“张淮媳妇！好啊，我们还没来得及找你们呢，你倒反而送上门来了！你家张淮抗壮丁费不交，你还吓唬我们的人要找胡廷海老爷评理！”胡唤天突然怒不可遏地提高声音吼道，“你现在就是来评理的吧？好啊，真是不知天高地厚，在你胡唤天爷爷这里，还没听说过谁敢来跟我们评理的！……哼哼，你来得好，省得我下午再多去人手抓你们了。你别回了，等下午腾出人手来，把你家张淮一块儿抓来，让你们一块儿给我说理去！”

一般的人见到这情景，再听到杀人魔王这一番恐吓和吼叫声，早就吓得魂飞魄散了！美美开始还有些胆战，但是越听越觉得一股愤然的热血往心头涌，听到最后反而不再害怕。等胡唤天话音刚落，美美大义凛然地回答道：“胡大队长、胡大老爷，没见到你之前，你知道你在我们心目中是什么形象吗？你刚才的一番话，让我这小女子十分失望，把我们平民老百姓心目中了不起的形象都击碎了！”

美美说到这儿已感觉到胡唤天那种凶气和恶气明显少了许多，反而是以一种欣赏的眼光在看着自己，于是，美美更加理直气壮地说道：“胡大队长，我一直以为，你是带领胡队保护我们村民的。说心里话，我们这些平民老百姓，事事都要靠着你们啊，你们就是我们的靠山，就是我们的天！如果有了冤屈不找你评理，还能去找谁呀？！”说到这里，美美像是非常委屈又十分悲愤，“胡大队长老爷，我今天冒死来这儿，就是家里受到了十分不公平的对待，就是想让你们这些青天大老爷给评评理、撑撑腰，给我们一条活路啊！”美美说到这儿，突然间下跪到胡唤天面前，不由泪流满面地接着说，“胡大队长老爷，你应该了解我们家张淮，他可是一个最守规矩最怕事的老实人啊！你们摊派给他的各种事，他都无任何怨言地完成，摊派给我们的各种壮丁费，是别家的双倍，甚至四五倍，我们也全拿了。可这一次我们刚拿完，又逼着我们家拿……你应该也知道，我们家老老少少七八口人，全靠张淮冒着生命危险做点粮油小生意来养家糊口，维持生计。近段时间，由于战乱，生意实在是不好做，家里早已断粮，上次交的壮丁费，那还是我回娘家东借西筹来的呢，现在又要交，那只有拿我们家七八条命去换啊！……”

美美说到这儿时已泣不成声，再也说不下去。

胡唤天先是不耐烦地听着，旁边几个胡匪始终盯着胡唤天——他们主子的那张脸，几次想去制止美美和摸枪，但见主子胡唤天没有反应又都停了下来。而这期间，大土匪大恶霸头子胡唤天的表情有种说不出来的味道，是怒？是气？是自知理亏的忍？是被跪在自己面前弱小女人的话语和胆量折服？是恶狼兽性发作前暂时的怜悯？是，或者又不是！美美这么一个弱小的女人如此有胆量敢面对自己，还敢在自己面前说那么多话……这是胡唤天从未想象和遇到过的，他内心深处莫名生出一种折服和敬佩之情，让他一时间竟不知道该怎么处理才好。

身边的胡匪狗腿子，像是心领神会了主子的难处，马上跳到前面来，抽出腰间的驳壳枪，用枪口点着美美的额头怪声怪气地说："小娘儿们，算你今天运气好，如果不是俺胡大队长老爷今天发善心，脾气好，又有大事儿，你这小命恐怕早就去见阎王了！还不快起来，赶快滚！"说着，就要拉扯还跪在地上的美美。

那个胡匪狗腿子的话音刚落，就听胡府大门内传来了一声低哑沉闷但威力四射的声音："好一位烈性女子！"

随着声音，从大门内走出来一名年龄在五十岁左右的男子，只见他不胖不瘦、个头在一米七以上。身着花缎考究长袍，戴着西式礼帽，围着长长的西式灰色纯毛围巾，脸上架着一副金丝边眼镜，拄着一根像竹节一样一段一段镶嵌着金圈儿的文明棍，穿着一双漆黑发亮的西式棉皮靴，神色庄重，气宇轩昂。他一出现，大门处就闪出了六个身手敏捷、全副武装的保镖众星拱月似的将其围住。再看胡唤天等胡匪们，像孙子一样齐声叫道："胡大爷爷好！"随后便低头哈腰老老实实地站在一旁。

那个目中无人的“胡大爷爷”，竟然迈步走到美美跟前，微笑着对美美说：“你刚才说的那些话，我都听到了，你要见的就是我，我叫胡廷海。”

美美一听，马上折转过身来，边向胡廷海磕头边说：“胡大爷爷好，小女子斗胆打扰你老人家了！”

胡廷海哈哈一笑，说：“我们村里能出你这样有胆量有气魄的女子，我很高兴！你要找我评理的事，我也听到了。”而后他转向胡唤天交代道，“唤天呀，就凭这小女子刚才给你说的话和她这种胆量勇气，你们就把摊派给他们的壮丁费全免了吧，不要再难为他们了！”

胡唤天连连应声道：“让胡大爷爷操心了，请你放心好了！”而后对仍然跪在地上的美美说，“快给胡大爷爷谢恩，起身走吧！”

只听到胡廷海又传来一阵“哈哈哈”的笑声，而后便转身走回大门内，边走边问随后跟上来的胡唤天：“唤天啊，客人都快到了吧？我们要准备接待客人了。”

“是是是！”胡唤天边应着边跟着大主子胡廷海“呼啦啦”地进了胡府的大门。

仍然跪在地上的美美，望着“砰”的一声紧闭上的胡府大门和空荡荡的街道，慢慢地站起身来，不由得抬头望了望天空，突然感觉压抑在心中的委屈愤恨和惊吓一下子翻滚上来，她连连长嘘了几口气，两行热泪也从眼眶里再次流了出来。她不由得自言自语喃喃道：“该回家了，该回家了啊！”此时，一阵刺骨的寒风猛然吹来，吹向她那冰冷的脸，吹向她那散乱的头发，刺进她那单薄棉衣，刺痛了她那弱小单薄的身躯。她打了个寒战，下意识地往后拢了下头发，昂起头又看了看天，天空依然是那么阴沉；又看了看周边街道，街道依然是空旷无人，只是风吹起来的一小堆树叶儿忽起忽落，在那儿打转转，突然两只瘦得皮包骨头的黑狗从胡同里蹿出来，又从正溜达着的胡匪身边蹿过，吓得一个胡匪“嗷”的一声蹿向一边，而后无聊地指着两只不见踪影的黑狗骂骂咧咧，另几个胡匪则嘻嘻哈哈讥笑成一团……美美的头依然昂着，鄙视地瞟了胡匪们一眼，迎着刺骨的寒风往回家的路上走着……

这件事后，美美成熟了很多，平时的话语和欢笑声也少了很多。对一些是是非非她有了自己的独特的想法。从内心里，她更加憎恶胡廷海、胡唤天等胡匪恶霸，以及支持他们的国民党政府和军队，却对八路军、共产党有了更多的好感和同情心，甚至不自觉地悄悄为共产党八路军做起“无名英雄”的事来。

那是一次与胡匪内线闲谈时，无意中了解到一件事：胡匪要对邻村的一户据说替共产党做过事的人家灭户！美美听后，不由打了个寒战，心底暗暗骂道：“这帮遭天谴的，还在不停地作恶！”事后一想不行，既然自己知道了这个信息，就一定要想法去救他们一家才对，不然……那可是一家活生生的六条人命啊！

美美暗暗下决心，一定要帮他们！

“时间紧迫，人命关天！可怎么救他们呢？”美美苦苦思考着，“唉，既不熟悉这户人家，更不知道这户人家住在哪儿，姓甚名谁，即便知道，也不能明目张胆地去通风报信呀，如果让胡匪知道了，那可是会给自己全家人招来灭顶之灾的呀！这可怎么办啊……”美美苦思冥想却怎么也想不出一条好的主意。

就在美美感到绝望之时，中午一个亲戚的出现让她脑洞大开，欣喜异常！原来这是一位娘家门上的远房表姐，是一个在附近一带几个村走街串户卖些丝绸针线和小手工饰物的艺姐。由于这位艺姐是一位孤寡的热心人，各村各户都很熟悉她，对她也很友好；而这位艺姐对周边十里八村家家户户的情况都如数家珍，是有名的百事通、信息员！哪个村出了什么事，哪家哪户有了红白喜事，询问这位艺姐她会跟你说个清清楚楚，告诉你个明明白白。所以，美美一见到这位沾亲带故的大表姐后，困在心底的愁结像是一下子找到了开启的钥匙，别提多高兴了！

果然，在留下这位大表姐吃午饭闲聊天时，美美就对那户神秘人家的各种信息进行巧妙打探，大表姐则滔滔不绝并带有显摆和得意之色，一五一十地全讲给美美听。最后，大表姐余兴未了地反复询问美美："大妹子，你要了解哪村哪户人家、听他们的稀罕事儿，就只管找大表姐好了，保准没谁比我讲得更清楚了！"美美应着，夸着，但为了让这位大表姐不起怀疑，故意又胡乱闲问了别的村的几户人家，一直等太阳快落西山，大表姐也讲累了，实在不愿再多说话，美美才将其送走。

送走大表姐约一根烟的工夫，美美突然间对着张淮惊叫道："哎呀，孩子他爹，不好了！大表姐怎么光顾说话，走时不小心，竟把她放家里大门钥匙的小包丢在这儿了！哎呀呀，这可怎么是好？"

张淮急忙走过来一看，美美手里拿着一个他不熟悉的小蓝布包，布包口袋外果然露出了一把铁钥匙，于是也跟着着急起来："嗨，这个大表姐也太粗心了！她怎么进家呀？到时她会很着急的。

我去追她，送给她去！”

美美说：“你追上她，估计她也快到家了。还不如我去追，给她送过去，顺便回家看看爹娘，取点我用的东西。”

张淮忙点头，赞成地说：“那也好，你快去快回，如果天太晚了，你就明天一早回。”

美美回答道：“我快去快回。约莫着天上黑影后两顿饭的时候，你到村边十字路口接我一下。”

张淮爽快地答应道：“好嘞！”

张淮哪里知道，刚才发生的这一切，包括那位大表姐一直被美美拖着闲聊，还有那个突然莫名其妙出现的小蓝布包，以及包里那把已经生锈的铁钥匙，都是非常有心计的妻子美美精心设计和安排的。除此以外，美美精心安排的还有她临走时从里屋取出的已准备好了的小竹篮，以及里面放好的五个鸡蛋和一小包小米等。

临出门时，美美十分仔细地摸了摸上衣内口袋里的小纸包——那才是这次出门要办的重要事情啊——那是一个叠得方方正正的小纸包，纸包里包着两片不规则的小纸片，上面各画了两幅形象的图画。一幅是，几个土匪模样的人，拿着刀枪，正猫着腰偷偷地向一个小院子围来……另一幅是，院子大门口里外，老老少少的人在撒腿往外跑……美美不会写字，也不敢请丈夫张淮帮她写，所以才动了这个脑筋，画了两幅非常形象且直观的画。她想，只要这家人捡到，就一定会明白是什么意思。美美摸完了衣兜，放心地吐了口气，她想好了，到了那户神秘人家的门口，她就会把这个小纸包放在篮子里并用鸡蛋把它压上，最后把小篮子就丢在门口……一切准备就绪，这才给丈夫张淮打个招呼，向大门外走去。

擦黑时分，美美来到了那个不远的邻村，她没有急着向村里走去。而是在村头的一个偏僻处，稳了稳心神，又把从大表姐那里打探来的信息一一回想了一遍，感觉村里和胡同内不会再碰到人（寒冷的农村，一到天黑，家家户户基本上都闭门休息了），于是，她用准备好的头巾把头和脸裹了起来，大大方方地向村子里走去。

拐过两个胡同，刚要接近那户神秘的人家，突然间胡同里传来狗叫声，美美吓得赶快躲藏在一棵大树旁，偷偷地向两边窥视着，此时，突然见从胡同口里匆匆走出两个黑影，拐向了大街，消失在夜幕中……美美刚想从大树旁走出，头脑中忽然闪现一个念头，停下脚步，下意识地脱口而出："不好！会不会是胡匪派人先来踩点了呢？！今晚他们就要动手？"想到这里，美美的心"怦怦怦"急跳了起来，她心急如焚，"天哪，刻不容缓，要尽快把信息传递给他们家，必须让他们家知道，今晚尽快逃脱啊！否则……"

这突如其来的变故，一下子打乱了美美原有的计划，她有些急不可耐，转身就要向那家冲去，但担心自己的脚步声会引起狗叫，急忙脱下鞋，这才毫不犹豫蹑手蹑脚疾步走去。到了那户神秘人家的大门口，美美环顾了下四周，见没有人，刚要伸手敲门，手突然间在半空中停住了，她想，"敲门，会不会太危险？会不会暴露了自己呢？"美美刚要放下手，打算"按照原想的计划，把准备好的小竹篮放在门口前就走"。但这个念头只是一闪，那只举起来的手毫不犹豫地就轻轻拍向了大门。边拍嘴里还边念叨着："时间紧迫，顾不了那么多了！"

随着"嗵嗵嗵"三声清脆的拍门声发出，美美那颗本已紧张的心也跟着"怦怦怦"狂跳不止，一身冷汗也不由渗出。

就在这时，突然间院内响起一阵轻快的脚步声，随即大门“吱啦”一声打开了一道缝隙，并传出了低沉的中年男子的声音：“谁？找谁？”

神情紧张到极点的美美，没有答话，只是急切地把手里的纸团塞进门缝，并用有些沙哑和慌乱的声音低声说道：“快快，快……他们今晚可能……”美美说着，把小竹篮往大门口一放，转身就向胡同深处跑去……

美美回家后，只是给张淮打了个招呼，说：“今晚有点累和头晕，不舒服。”随即回到屋内倒头大睡。奇异的是，美美晚上发起烧来，还说了些让人听不懂的“胡话”，把丈夫张淮和家人吓得不轻。好在只是虚惊了一场，美美这场病来得快去得也快，两天后，病情彻底好转的美美给丈夫和家人解释说：“咳，女人走夜路，还是胆小，可能是那晚上回娘家，天太黑，被野狗给吓着了。”丈夫张淮和家人信以为真，张淮还自责道：“咳，都怨我，我说我去，你要自个儿去，我就没再坚持，看把你吓出了一场大病。”

过了些日子，那个胡匪内线闲聊中无意给张淮和美美透露道：“妈的，队里这两天很不运气和安宁。那晚抓杀邻村的‘共产党人家’时，不知谁走漏了风声，全家人逃亡。胡大队长正恼怒地追查这事呢。如果查不出来走漏了风声的人，那天晚上负责踩点的两位兄弟，看样子要倒大霉了，估计小命都难保住喽！”

“啊，那么严重啊！”美美听后，不由得失声问道。

“那当然！”胡匪内线得意忘形地说，“这些年来，在抓捕共产党分子等活动中，胡大队长从来没失过手，不但胡廷海大老爷夸奖他，就连县上的国民党大员们也很欣赏他，多次夸赞胡大队长下手快、手干净，任务完成得好！这次失手，胡大队长肯定丢了大脸，那两位踩点兄弟赔个小命算什么？能放过他们家人就烧高香了！”

美美和张淮听着，不再搭言，夫妻俩不由得都冒出一身的冷汗。

……

日子过得很快，时局变化得也很快。

这一切不用去外打听，胡匪的行踪和精神状态就是风向标。

这一二年里，自打听说日本鬼子投降，胡匪们就像戏台上的演员，一个时期与一个时期不同的模样、不同的状态变化那个快呀，让老百姓更是看不清门道、摸不着头脑。日本鬼子刚投降那个时期里，你看胡匪们表现得那个疯狂啊，连走路说话都能看出他们的“盛世”！那真叫一个不晃膀子不走路，不吐脏话不说话。就连过去从不叼烟卷的胡匪们，也叼着烟卷在街上有事没事地晃悠两圈，以示显摆。可这种嚣张也就是一年多光景，老百姓发现胡匪们突然间明显地蔫了，大街上很少再看到他们疯狂晃动的身影，也很少听说他们干抓人杀人抢劫的恶勾当。原来，据他们内部人传说：国民党军队在东北大战场上失利了，北平等大城市也岌岌可危，特别是听说山东沂蒙山那边共产党的队伍，也闹得很凶！……

又过了些时日，人们感觉到，胡匪们精神状态更加低迷了，村里和街道上，也很少看到胡匪们的身影。一天中午，张淮见到同姓的一个胡匪，递上去卷好的一筒烟，悄悄地套近乎：“大兄弟，这些日子没见到你，以为你去哪儿高就了呢！”

胡匪接过烟，没好气地骂道：“还他妈的高就呢，被抽去给胡大爷爷做冤大头去了！”

“啥叫冤大头啊？”张淮边故意装不懂地问，边凑上去讨好地把烟给胡匪点着。

只见那胡匪猛抽了一口烟卷，一边吐出满嘴的烟雾，一边四周看看，凑近张淮悄悄地说道：“啥叫冤大头？胡大爷爷看形势不好，把家里值钱的东西装了几车，让我们给押运到上海。妈的，非常辛苦，可任何狗屁好处都没给！你说是不是冤大头？”

张淮连忙应声道：“是，是。那么富有、那么大的老爷，应该犒赏，应该犒赏！”

那个胡匪白了白眼，摇了几下头，叹息地说道：“今非昔比，现在的日子不好过喽！”

还真如那个胡匪所说，他们的日子，越来越不好过，人们明显看到，胡匪们越来越像热锅上的蚂蚁惶惶不可终日。传说解放军大军已攻克济南，正向南边大幅度地推进。那些天里，人们经常在大路上见到国民党军队凌乱、无精打采地向南败退！

随着解放军大军南下的消息越来越多，胡匪们更是像无头的苍蝇乱闯乱窜！近几天，村里竟突然不见一个胡匪的人影。就在人们猜疑时，知情人说，胡匪的消失，是县上的国军按照上峰的指示，把各乡各村匪队集结起来进行培训去了！

果不其然，没有几天，胡匪们又出现在村上。不过明显看得出来，他们这次回来老实了许多，也规矩了许多，甚至见了村上的人，还面带笑容点头哈腰起来，与过去比，简直就是“恶魔变美妖”的感觉。

可又没过几天，胡匪恶魔般的凶相突然间又完全显露出来。他们又十分张狂和嚣张地在各村各户大肆搜捕地下共产党人以及同情他们的先进分子！而且这次大肆搜捕随意性更大，或者说完全是根据胡匪得来的各种假情报、假线索，甚至他们个人的恩怨好恶，想抓谁就抓谁，不，想杀谁就杀谁！因为，他们抓一个就杀一个，要么就地枪决，要么活埋，或捆绑后直接投井里！这纯粹是临灭亡前的疯狂残杀血洗！

那天深夜，从外面跑了趟小生意刚刚回家的张淮，担子还没放下，便被迎上来的妻子拦住，并递上一碗水，急匆匆地说："快，喝完这碗水，你挑着担子，马上去我娘家躲起来！他们这几天四处抓人、杀人都疯了！找你几次了，你快去我娘家躲藏起来！"

丈夫张淮一愣，啥话都没说，转身就向外走。妻子美美送到大门外后，又叮咛道："你听着啊，没我给你的信，你藏着，千万不要回来！"

应该说，妻子美美在关键时刻对事情的判断是无比准确的！

果不其然，就在当天半夜时分，随着一阵狗叫声，紧接着就传来了"砰砰砰"一阵急促的撞门声，没等惊疑的美美穿好衣服走下床来，就听大门"砰啪"一声被踹开，随即院里就传来了乱哄哄的脚步声，美美点亮灯，刚把屋门打开，五六个胡匪就闯了进来，他们二话不说，直向两边的里屋扑去！里屋睡着的妹妹弟弟和孩子被惊醒后吓得直哭，胡匪们闯进屋里，床上床下、翻箱倒柜查找了个遍，都没找到要找的张淮，这才气急败坏地向美美吼道："张淮呢，他躲哪儿去了？把他赶快交出来，这次出壮丁，他再躲不过去的！"

美美不慌不忙，很淡定地回答道："哎哟，原来你们几位爷是找我们家的张淮啊！上两次我就给你们来过的那几位爷说过呀，张淮外出去跑小生意，走了几天了呀，一点他的音信都没有！这兵荒马乱的，我在想，这为了家人吃的，连命都不要的人，不知会出什么事呢！说不准，活该半路上被抓壮丁去了呢！”

其中一个个头较高的胡匪不耐烦地叽咕道：“真他妈的不巧，又让他滑钩了！”而后转向美美，恶狠狠地说道，“你听着，只要张淮一到家，就让他去我们那里报到！我警告你，你们别再耍小聪明，这次的壮丁是国军的硬指标，所有成年男人都必须去为国军尽忠！有谁胆敢耍小聪明躲藏起来，哼哼，后果去想吧！”

美美依然很平静地说：“喔哟，为国军效劳，那可是件顶大顶大的事啊，也是件大光荣的事啊！谁还敢躲藏起来不去？那可真是捅到天了！”

几个胡匪哼哼唧唧，十分不耐烦地向外走去。

美美见胡匪们向外走去，连忙用带有求助的声调说道：“也求你们几位爷，帮我家打探下张淮的消息。唉，这到处在打仗，怎么不让人揪心啊！”

那个高个儿胡匪走出门后，又转过身来，没有好气地嘟哝道：“妈的，这是什么时局了？还去做小生意，纯粹是去找死啊！好了，不跟你耽误工夫了，我们还要去另一家找人呢！”之后又恶狠狠地补充道，“告诉你的话你可要记住！否则……”他拍了拍腰间的驳壳枪，更加凶狠地说道，“这个，是不认人的！”

胡匪们一走，美美不由得一下瘫坐在那儿，喃喃感叹道：“多亏让张淮走了，否则一切都完了啊！”

……

胡匪们又疯狂地折腾了几天，随着“解放军已打了过来”的消息和远处传来的枪炮声，残留在村周边几个据点的国民党军很快就消失了，紧跟着，村里也很少再看到胡匪的人影了。

那天中午，美美刚一走出家门，恰好碰到邻居胡大娘。热心快嘴的胡大娘一见到美美，不容分说，拉到一边就神秘兮兮告诉说：“妮她娘，听说了吧？解放军已打过了界河地界啦，那帮天杀的（暗指胡匪），全吓得跑光了！”

美美听胡大娘说完，也抑制不住兴奋的心情，连声说道：“胡大娘，你说的是真的？这太好了，太好了！太谢谢你告诉我这个好消息了！”

美美回到家，对家里人稍作吩咐，就急匆匆往娘家赶去。一到娘家，美美见到爹娘，找到丈夫张淮，抑制不住兴奋地说：“听说了吧？解放军已打过界河了，滕县就要解放了，这次是真的要解放了啊！张淮，你可以回家了！”

美美的爹娘和丈夫张淮一听，也都十分兴奋起来：“天啊，滕县真的要解放了？！我们真的要解放了？！天啊，这是多大的喜事啊！……”

美美马上冷静下来，把张淮拉到一边悄悄地说道：“孩子他爹，有件事我跟你商量商量好吗？”

张淮疑惑地看着妻子，不解地说：“还有什么商量不商量的事啊，你说吧，我听你的！”

美美望着丈夫张淮，心存感激地说：“这事呀，还真得跟你商量，是件大事，得由你做主。”美美沉吟了下，接着说，“我有个想法：你这儿不是还有担油吗，今晚想让你辛苦下，把这担油悄悄给北边八路军那里送去。一是，八路军都是好人，是为咱穷苦老百姓打仗、打坏人的；二是，他们那里肯定缺粮少油的，咱把这担油送去，也是咱家为解放军尽一点小小的心意啊！”

张淮听后，微微皱起眉头，没有说话。

妻子担心是丈夫不乐意这样办，刚要开口解释，张淮马上制止道：“你不要再说了，我知道你要说什么。我非常赞成你这个主意！我是在想，什么时间去送，走哪条路安全。”

美美听后高兴地拍了拍手，由衷地夸赞张淮道：“你真是个好人，好丈夫！”

天黑后，张淮按照夫妻俩商定好的路线和要注意的事项，挑起油担就要启程，美美拦住丈夫再一次地叮咛道：“孩子他爹，这次你去那边，尽管路上看似风险小了许多，但万不可大意啊，毕竟还没有解放，国民党军残留部队和胡匪等恶霸并没有跑光，留下来的会更加歹毒，一路上可要处处小心，无论谁问，你还是一个做小生意的买卖油的，实在不行，把油给他们就是，安全要紧！”美美依然不放心地嘱咐着，“还有，一定记着，油送到后，放下就回，千万别留下姓名，更不能要解放军的一文钱！”

张淮边挑起油担向外走着，边“嗯嗯”应着。美美追出大门外后，又急切地追了一句：“油送到后，马上就回！我不睡，我等着你！”

让美美没想到的是，丈夫张淮这一走，两三天都没有音信。原来，张淮在给解放军送油的路上，临近徐州时就遇到了乡亲们浩浩荡荡的“支前大军”（支援前线解放军的乡亲）。

哇，那队伍、那热闹场面简直难以描绘形容：有推独轮车载着的，有赶着牛或驴驮着的，有肩挑肩扛的，有双人抬着的，也有赶着大马车拉着的……其运送的物资更是琳琅满目，五花八门，粮油和杀好的猪羊是主要物品，专做的军被鞋袜及军衣军帽也占了不少。其他生活用的小物品一应俱全，百姓们为自己的人民子弟兵想得准备得真是周全！那场面，那情景，好像乡亲们不是去支前、送解放军去打仗，倒像是热热闹闹地去“赶庙会”！

张淮一打听才知道，这里已经“解放”了，已经真正变天了，变成了劳苦人民大众当家作主人、喜洋洋的晴朗天空！备受剥削压迫的劳苦大众真的当家做主人了！促成这梦幻般“大变天”的，就是共产党、毛主席领导指挥的人民解放军，他们打垮和推翻了那些长期骑在劳苦大众头上作威作福的国民党政府和军队，那些恶霸地主、土豪劣绅走狗们！可是，尽管徐州有的地方解放了，可还有许多地方和劳苦大众还处在水深火热中呢。这次就是解放军大军要在徐州一带，与国民党军队大决战，打一场你死我活的战争！所以，解放区的老百姓全都动员起来了，自发前来支援解放军打“大决战”！

张淮被这热烈壮观的“支前”场面所感染着，把油送给解放军后，他也十分兴奋地参加了帮助解放军搬运物资和装备的大军，一干就是两天多，等把那批物资搬运完，他才想到临出门时妻子美美对他“早些回家”的叮嘱。是啊，出来时家乡还没有解放，妻子美美和家人不知道该多么担心自己呢！于是，张淮急急忙忙收拾挑担连夜赶回家。

……

时局变化得真快啊，就在张淮送油返回的第三天一早，随着四面八方突然响起的枪炮声，解放军大军如神兵天降，迅猛攻克了国民党军盘踞在各乡镇的小据点。枪声在胡村响起时，大约是太阳偏西时分，全村都躲在家里不敢出来，张淮和美美一家也是如此。村里人都认为平时耀武扬威穷凶极恶的胡匪会与解放军拼打一会儿呢，不承想，稀稀拉拉几声枪响后，就听到大街上有人敲着锣鼓大声叫喊着："乡亲们，快出来庆贺啊！胡匪、胡唤天土匪恶霸们被消灭了！胡村解放了！滕县解放了！……"

随着锣鼓声和叫喊声，胡同里、街道上陆陆续续出现了一些人。张淮和美美夫妻俩也高兴地走了出来，村民们越聚越多，那种从未有过的由衷的喜悦和谈论声，在胡同内街道上荡漾着冲撞着飘扬着：

"胡队——胡匪真的被消灭了？"

"那么厉害的胡队和大队长胡唤天啊！怎么没听到多少枪声，他们就完了呢？"

"呵，解放军多厉害啊，别说是小小的胡队了，没听说吗，国民党的大军那么厉害都被解放军给打垮了！"

"哎，听说胡匪的头子胡唤天给跑掉了，解放军派人正追着呢！"

"嗯，听说了吧，胡唤天还真是有飞檐走壁的功夫呢，据说解放军把他围在胡廷海院内后，他从水塘里踩着水，鞋都没有湿，就轻轻地翻过围墙从房顶上跑掉了！"

"啧啧，估计他还是有点真功夫，要不他平时那么悍恶，手下人都那么怕他呀！……不过，解放军要追捕他，插翅也难逃了！"

胡同里、街道上、村里的戏台前，人们慢慢地汇集而来，黑压压的人群越聚越多，估摸着各家各户老老少少已倾巢而出。这种自发的热烈场面，这种改天换地所带来的人们发自内心的兴高采烈的情绪，互相感染着、激动着、簇拥着！

就在美美和张淮扎在人群里尽情地与大家畅谈说笑之时，邻居婶婶忽然走过来悄悄拉扯了一下美美，耳语道："妮她娘，走，去后面大沙河里看看，听说解放军大部队驻扎在那儿了，还有女兵呢！"

美美一听，高兴地应道："是吗？那太好了，咱们去看看。"

于是，美美给张淮打了个招呼，与那位大婶挤出人群，向村后面大沙河跑去。

美美之所以那么高兴跟着那位婶婶过去，不单单是过来图新鲜看热闹，美美还有一个藏在心底的秘密，那就是：她坚信那位神秘的女客人就是当时的共产党、八路军，就是现在的解放军！所以，她一直在想，说不定哪一天，在解放军队伍里自己还能见到她。又或者，那位神秘的女客人会到他们娘家村里找他们呢！这个想法，这个信念，随着不断传来的解放大军打过来的消息，随着解放大军的到来，越来越强烈地在美美心中翻腾着！因此，当那位大婶拉她一块儿来看还有女兵驻扎的解放军大部队时，美美心里别提有多高兴多激动了！那位神秘的女客人是她做梦都想要见到的啊！

美美她们跑到了沙河坝上，往下一看：哇，全是熙熙攘攘的解放军，他们有的在搭建帐篷，有的在搬运东西，还有几排站得整整齐齐的解放军队伍正在听一位首长讲话……美美和那位婶婶站在那儿看呆了。就在这时，突然听到有人问："你们这两位大姐，有事吗？"

美美和那位大婶被突然的问话吓得一激灵，转身一看，是一位背着枪巡逻的解放军小战士。两人急忙回答："啊啊，没事，没事的。"

那位大婶吓得拉着美美就要往回走，而美美却转向那位解放军小战士问：“解、解放军……我应该怎么称呼你们来着？”

那位解放军小战士大大方方地回答道：“哦，叫同志，叫我们解放军同志。”

美美接着问道：“解放军同志，我想问，你们部队有女兵吗？有比我年龄还大一点儿的女长官吗？”

解放军小战士随口纠正道：“叫女干部，女首长。”他稍一沉吟，接着说，“有的，她们都在军部和师部，现在这里只有医院里边有，年龄——比你大的吗？有，是女军医首长。”

美美疑惑地自言自语道：“女军医首长？她不会是吧？她会是吗？”见美美自言自语念念叨叨，那位解放军小战士疑惑不解地望着美美，不知说啥好。美美像是意识到了什么，马上回过神来，改口道：“哦，我想找一位女军医首长，能让我去找吗？”

那位小战士惊异地问道：“大姐，你找女军医首长？哦，那你知道那位女军医首长，姓什么、叫什么名字吗？你告诉我，我让他们帮你找好吗？”

美美一下被问住了，怔怔地看着那位小战士，讷讷道：“我、我不知道，我想——她一定是一位女解放军……哦哦，对不起，那就不找了，记错了！她不在部队，哦哦，我记错，记错了，对不起！”而后，美美说了声“谢谢”就拉着一脸惊异和疑惑的大婶转身往回走。

大婶边走边满脸疑惑地嚷嚷着：“妮她娘，你你，你咋骗人啊，你什么时候认识解放军女首长啊？”

美美笑了笑，说：“看把你吓的，我们不就是想找个借口，进去参观参观、见识见识嘛？”

大婶更惊讶了，连忙说道：“咦咦，俺以后可不敢跟你一块儿出来了，你的胆子太大了，这谎也敢说！”

第二天一早，美美还是鬼使神差地匆匆回了趟娘家，她多么希望回娘家后，能得到那个意外的惊喜啊！

她最终还是失望了，那位神秘的女客人并没有到村里来家找过他们。

但美美心里依然怀着那份希冀、那个梦想，在后来很长一段日子里，她借助村里组织的给解放军送水送饭、帮助照顾伤病员、支前等活动，千方百计地去军营留意观察，寻找那位神秘的女客人，但一次次的热望换回的依然是一次次的失望……

随着时间的流逝，神秘的女客人也渐渐真正成了美美一生的梦思，一个永远埋藏在心底的迷幻，一段永不为人知的美好回忆！

……

解放了，天亮了！穷苦的老百姓梦幻般地看着、见证着、自觉或不自觉地参与着“解放了”的世道变迁！贫苦老百姓当家做主，作威作福欺压老百姓多少年的恶霸地主被打倒、被镇压了。这像是神话，是梦幻，但它又是实实在在的现实生活！那些天里，各村各乡为庆祝解放都千方百计变着花样儿庆祝，胡村更是如此，一夜间，全村人像是都学会了扭秧歌，都成了各式各类的舞蹈专家歌唱专家，不用动员，不用号召，家家户户男女老少纷纷拥向街头，没黑没白地疯狂地敲打着锣鼓和各种家什，无拘无束地欢笑着畅谈着载歌载舞着……

美美和张淮一家无疑也参加了村里的各种庆祝活动，唯一不同的是，美美在村里人都在狂欢庆祝解放的第二天的一大早，给丈夫和家里人说回娘家看看，便一个人悄悄跑到娘家藏匿女客人的那间破草房待了半晌午。她也不知道为何要跑到这里来，只感觉心里有一种说不出来的力量推动着她来。她来后，就坐在女客人曾经睡过、现已布满灰尘和蜘蛛网的地方，先是呆呆地坐在那儿想着什么，后来又默默地念叨着什么，像是与女客人在对话，又像是自个儿在喃喃自语……是的，女客人在美美心中留下的印象太高大太完美了，太难以忘怀和磨灭了！所以在这穷苦老百姓被告知彻底解放翻身做主人的最高兴的时刻，美美怎能不想到女客人？怎能不与她一块儿分享这最幸福最难忘的时光呢？！

那又是新的一天，天格外晴，格外蓝，吃过早饭后的张淮和美美夫妻两人换上了新衣服，他们要和村里乡亲一块儿去参加乡里的公审大会。公审大会是在胡村召开的，公审一批乡里罪大恶极的地主恶霸和土匪头子，这其中就有恶贯满盈、称霸一方的胡匪头子胡唤天以及他的几名得力干将。

公审大会上，那一桩桩一件件受欺压、受残害者的血泪控诉，那一阵阵被激起的充满着血海深仇、愤怒无比、震耳欲聋的复仇的口号声，那种种压抑太久太久的穷苦百姓翻身做主的正义呐喊声，让整个公审大会都被燃烧起的仇恨和愤怒烈焰包裹着，那些恶贯满盈、胡作非为的地主恶霸在愤怒的呐喊声中、在正义的审判声中战栗着颤抖着。他们早吓掉了魂，吓破了胆。他们做梦也想不到会有今天！今天，才真正是人民的日子，正义的日子，阳光的日子，真正符合历史规律的日子，穷苦老百姓扬眉吐气的日子！最后，随着审判长用铿锵洪亮的声音，对一个个罪大恶极的伏法者宣判执行枪决！整个公审大会的会场如同突然喷发的火山，沸腾了，燃烧了。有的大哭，有的大笑，有的歇斯底里大喊大叫，有的则跪在地上哭着喊着，不停地叩拜着……

张淮挽扶着无比激动泪流满面的妻子美美，也情不自禁随着人群高喊着："人民真正解放了！我们当家做主了啊！解放军万岁！共产党万岁！毛主席万岁！"

第七篇

小家映出大品位
一枝一叶透慈悲

有诗为证：

公婆早去弟妹小
家事重担肩上挑
弟妹抚养德上乘
无怨无悔慈母情
自个幼儿难照全
两小夭折如塌天
善举总得善果报
三男一女缠膝绕

美美一生共生养了六个儿女，抚养成人的只有四个，前两个孩子不幸夭折时一个两岁，一个一岁多。

家境贫寒、无力养育是原因之一，美美无力顾及、无心照料应是主因。试想，公公婆婆过世早，撇下一位八十多岁年迈的爷爷、两个未成年的妹妹和一个十岁的小弟弟，再加上丈夫张淮为养家糊口常年在外跑小生意，还要四处躲藏“抓壮丁”，根本不在家，更照顾不上家，支撑和照管这个家以及照顾自家老爹老娘的全部重担，都压在了美美的身上，她再能干也分身乏术啊！所以，张淮和美美的两个既缺营养又缺母爱的生不逢时的幼儿就成了那个时代、那时家庭背景下的“祭品”！

两个孩子的相继夭折，毋庸置疑，受打击最大的便是美美！两个孩子的相继夭折，无论什么理由，美美都不愿原谅自己！那些日子里，美美心中的痛，心中的苦，心中的悲，心中的自责，外人无法想象，也无法描绘！可以说差一点儿就要了这位无比坚强的母亲的命！

张淮也是一个胸怀宽广深明大义的丈夫。两个幼儿相继夭折，他不但从没有丝毫埋怨过妻子美美，反而总是以自责来宽慰爱抚妻子，因为他十分清楚，孩子们的相继夭折多半是自己的责任！

是啊，张淮怎能不自责，又怎能不安抚妻子美美呢！第一个孩子重病和夭折时，正赶上父亲和母亲也患重病期间，而当时，张淮又为了躲避抓壮丁躲在外边，妻子美美既要全身心地照料病重的公公和婆婆，还要照管着整个家，还有身体常年不好的岳父岳母要她分心和照顾。恰在这时，屋漏偏逢连夜雨，两岁多点的孩子由于关照不过来，受风患了重感冒，等妻子美美腾出手来，抱着他急急火火去看大夫时已经晚了，严重的肺炎活活地把孩子给憋死了！

第二个孩子不幸夭折是在一周岁多。那是第一个孩子夭折两年后的春季四月，作为一家之主的张淮，为了全家人的生计常年过于奔波劳累，再加上胡匪不停地催缴壮丁费骚扰恐吓，一下子病倒了，而且病得很重，连续发烧呕吐十多天不止，人病得已不成样子……这时，张淮十四岁的小妹妹因为患急性肠胃炎也病了，美美又要忙着带小妹妹去看病和照顾……而恰在同时，自己周岁的小儿子也感染了肠胃炎。已忙得焦头烂额的美美根本顾不上给患病的小儿子特殊的照顾和关爱，等发现孩子病得很重再去看医生时，已经晚了……

他们第三个孩子出生，是在1942年农历十二月末的一天。

此时，各家各户都在辞旧迎新，最寒冷的“三九”也来临了。鲁南大地寒风萧萧，厚厚积雪上覆着薄薄的冰，零下十四五度的寒流格外刺骨。尽管如此，严寒并没有拦挡住村里百姓迎接新春佳节的喜悦气氛：各户大门新贴上的鲜红的新春对联，不时吸引着村里几个识文断字的人来品评；打扫整洁的街道上、胡同里穿梭着来来往往忙年的人们；不时传来的鞭炮声和小孩子们的嬉闹声更是平添了过年的气息；各家或多或少过油酥年货飘出的香味，把癸未新羊年的脚步声越拉越近……

春节，过大年，对中国老百姓来说意义重大。无论在即将过去的一年里，有过多么穷苦艰难甚至出现不幸或悲苦之事，人们都会把这一辞旧迎新的佳节看作比天还要大的事！家家户户都怀揣着各自最美好的心愿，都寄希望在这新旧年转换的重要时机里，把所有悲苦厄运都丢弃或挡在大年除夕的夜晚，同时，又把最美好的祝福和希冀寄望在新旧年转换的大年初一的开端，寄希望于来年！所以，各家各户无论多么贫寒悲苦，都要使出浑身解数，全力拼凑出辞旧迎新过大年的喜悦的氛围！

美美家今年的春节，应该说是双喜临门，美美怀的第三个孩子即将临产了，迎宝宝和过新年，全家人都沉醉在既紧张又喜悦的双重氛围中。

一切都很顺利，在除夕夜前夕，美美和张淮的第三个孩子（其实是后来的“老大”，前两个已夭折了）顺利地来到人间。

全家人在喜庆之余，也就格外关爱来到这个家庭的新的小主人！特别是爷爷奶奶，还有那位老爷爷，再加上外公外婆，都高兴得不知如何是好！特别是因为有了前两个孙子的不幸夭折的巨大伤痛和教训，四位老人不约而同地避着张淮和美美夫妻俩，围绕着如何保全新生的孩子神秘兮兮地做着各自的事儿：首先是爷爷奶奶，为了保全这个无比心爱的宝贝小孙子，大年初一刚过，就悄悄地在外村请了一位神婆婆为小孙子健康成长偷偷开祭坛作法；老爷爷自个儿带着一张珍藏很久的狐狸皮，跑了很远的路，找到了那位年轻时候见过的、在当地很有名气的专画神像的画家，求得了一幅传说很灵验的张仙老爷护子的神像；外公外婆打听到外乡有位方士起名很灵验，更是跑了很远的路，不惜花大价钱，请方士来女儿家给小外孙起吉利的名字。女儿美美和女婿张淮欣然接受。

小年（即元宵节，当地俗称小年）过后的第二天上午，外公外婆带着请来的方士来到张淮美美家。方士五十多岁的年纪，穿着黑色的棉布道袍，背着一个黄色的布包，人有点清瘦，长方脸，高挑个儿，不苟言笑，但两眼炯炯有神。到了张淮家后，刚一落座，就让把小孩抱过来给他瞧瞧。正坐月子的美美没有起床，张淮把新生婴儿抱到了方士跟前，只见那方士瞧了新生婴儿两眼后，问了一下生辰八字，就让张淮把孩子抱走了。等张淮出来，方士便开口道：“这娃，小时的命格很弱，阴阳两界游离……嗯，还好，能保住，不过你们要多费心了。”方士皱了皱眉，略一停顿，接着说，“娃的小名，我给他起个吧！”说完，闭上眼睛，嘴里嘟嘟囔囔一会儿后，睁开双眼，开口道，“小名就叫‘帼妮妮’吧。”方士不等张淮和家人搭话，又解释道，“‘帼’，即‘裹’，拴裹住的意思。有了这小名，孩子虽然身体弱、多病，但无碍！”说完就站起身来，要走的样子。

家里人跟着也全都站起身来，外婆急急忙忙地问方士：“先生，就，就这？还有什么要提醒、要注意的吗？”

听到问话，已迈出脚步的方士停了下来，转过身，轻轻地答道：“哦，没有了。”稍一愣，又说道，“嗯，以后你们家的孩子，都可以沿用这个‘帼’字。”说完转身就向门外走去。

张淮马上跟了上去，急急忙忙地说：“先生，你回去的路远，吃过午饭再走吧！”

方士摆摆手，毅然决然地走出了大门。

谁知，走了一会儿的方士不知为什么又走回来了。张淮和家里人十分诧异，忙把方士迎回了屋内。还没等家人开口，就听方士说道：“关于这小娃的事，原来不想跟你们说那么多，但我想了想，有些事还是告诉你们的好。”

张淮很高兴地答话道：“谢谢您老先生，您请坐！家里已为您备了中午饭，吃过饭再走吧。”

方士没有答张淮的话，继续说道：“这娃的命硬，命中占有的八字很好，是‘马骑龙背恩’的大富大贵的命！”张淮和在场的家人一听到这话，都十分兴奋，聚精会神地等待着方士继续说。方士依然很沉稳地淡淡地说道，“不过，只可惜这娃命中缺金啊！”方士说到这儿摇了摇头，不再说什么。

张淮和家人一听到方士这种解释，马上都紧张起来，外婆忍不住连连问："先生，那那，那如何是好啊？"

方士还是摇了摇头，沉默了一会儿，说道："只有在娃将来起学名时，给他'加金'了！有个字是'三金'组成，叫'鑫'，学名可以用上；另外，也看这娃将来的造化了！"说完，方士头也不回地向外走了出去。

……

男娃"帼妮妮"的到来，给张家带来的喜悦——特别是带给母亲美美的喜悦是短暂的，这不单单是因为当时的时局还很混乱，家境还很困难，更主要的是妮妮一出生就先天性营养不良，再加上身体瘦弱，后天的营养又跟不上去，所以三天两头生病，一切应验了方士所言（包括妮妮后来所经历的一切，都被他言中了）！为把这个娇贵的娃儿帼妮妮"拴住"，美美一点儿也不敢再大意！为此，那可叫吃尽了苦头，受尽了困扰！方圆百里地内，但凡有名的老中医，都熟悉美美和儿子妮妮娘儿俩，因为美美抱着妮妮都去求过医，问过病，在有些老中医那里，母子俩还成了常客。

那是当年十一月下旬深秋的一个深夜，美美抱着患病多天的妮妮一筹莫展，附近几家老中医都看过了，并调了几次药方，孩子病情依然没见减轻，反而有加重的趋势，从下午开始，发烧已使得孩子呕吐不止，甚至出现昏迷症状，这可吓坏了美美！美美已打听到，在离家六十多里的邻县邹县，有位有名的专看儿童疑难杂症的老中医，原本她想等出外跑生意的丈夫张淮一回，夫妻俩就抱着妮妮去看老中医，可等了一天多了，依然没见丈夫张淮回来。

“怎么办？孩子的病不能再等了啊！”急得满头大汗的美美不由得走到屋门外，看着黑漆漆的夜空，心里不停地念叨着，“今晚必须带孩子去求医，刚好明天一早就能到，不能再等了啊！可这漆黑的夜晚，谁能陪着去呢？唉，弟妹都小，没有人能陪伴啊！”美美心一横，“不再犹豫了，自己去！”美美念叨着转身走回屋里收拾一下，毅然决然地抱起儿子妮妮，踏进了茫茫黑夜……

美美抱着重病的儿子妮妮，顶着黑漆漆的夜空，一夜摸索，一夜紧张赶路，其身心的煎熬苦累疲惫难以言状。东方刚刚发亮，美美抱着儿子妮妮敲开老中医家大门时，再也坚持不住，一下子就瘫坐在地上，一只沾满泥土的小脚布鞋已经被鲜血染红。当老中医的家人搀扶着美美来到老中医面前，看到此情景并听完美美的情况介绍，老中医和家人都被感动了，不但立刻给妮妮把脉，给妮妮服下老中医祖传的秘制小药丸，而且所有的药只按半价收费。老中医还说：“这娃儿命大，多亏来得及时，如果再耽搁半天，娃儿的命就没了！”

美美甚为感动，对老中医千恩万谢；也甚为高兴，尽管万分劳累，但儿子妮妮的命给保住了啊！

不过事后，那晚经历的一件十分诡谲离奇的事，让美美回想起来不由浮想联翩并一直萦绕心头……

美美本不想说出来，是邻居的奶奶等饭后无事聚在美美家里闲聊天时不经意引出来的。邻居奶奶说：“她嫂子，你不该一个年轻的女子夜间抱着孩子走那么远的路程寻医，深夜那么黑不说，世道又那么乱，万一你们母子吓着或出了事怎么办啊？”

没等美美回答，一旁的自家大妹妹立马接话说：“是呀嫂嫂，应该叫上我陪伴着你啊！再说晚上你一个小女人家走夜路，不害怕呀！”

美美听到这儿，不由得“唉”了一声，像是回答她们的问话，又像是自言自语地说：“咋不害怕呀，但是，那是没办法逼的呀！”而后向着大妹妹说，“原想着叫上你陪着我呢，转念一想，你抱不了孩子，也只是陪着我壮壮胆子，不起啥作用，跟着我跑那么长的夜路，又担心把你给累病了。”美美停顿了一下，不经意地说，“现在想想，真该让你陪着我壮壮胆呢！……咳，我呀从不怕什么鬼呀妖呀的，我心里常想，人啊只要心正、身正，那些看不见的东西自然就会怕着你躲着你的！不过呀，这次，还真是……”美美说到这儿欲言又止，看了看身边几位还未长大成人的妹妹弟弟，马上转换话题说，“好了，都过去了，不说了。”

大妹妹见嫂嫂转换话题，知道不想让太小的弟弟妹妹听，于是她十分聪明地把弟弟妹妹骗了出去，而后回到屋内缠住美美央求道：“嫂嫂，你不想让弟弟妹妹听，我把他们哄出去玩了，求求你，就把你那晚遇到的什么稀奇事讲给我们听听呗。”

旁边的奶奶也附和道：“就是的，她嫂子，你就说给我们听听，不然的话，听了个头儿，挺疑惑人的。”

美美感觉不讲出来，憋在心里自己也挺疑惑人的，就接话道：“也好，也请奶奶你们帮我寻思寻思这是咋回事。”紧接着，美美一下就进入了状态，表情严肃地慢慢讲述起来。

“那晚天很黑，没有月亮，刺骨的西北风直往脸上扑、往脖子里钻，那个寒冷啊！我也顾不得那么多，抱着昏昏沉沉的妮妮，只顾深一脚浅一脚拼着命地往前赶路。不知走了有多远、走到了哪儿，更不知道是夜间的什么时辰了，就这么闷着头走啊走……就在这时，突然间，我像是被人用力往旁边猛推了一把似的，顺势一个踉跄，差点跌倒在地上，我惊魂未定地站稳后，下意识地往四处张望着，寻找着，并不由壮胆似的吼了一声：'谁呀？谁在推我？'我的声音迅速被黑夜和寂静吞噬掉，没有任何回应和动静。我转念一想，这可能是自己的错觉。于是，心里也就放松下来，正好想休息休息，我便坐了下来，把怀里的妮妮平放在腿上，两只胳膊也好休息休息，两只手就顺势往侧后方按去，一只手刚着地，我不由'啊'了一声，一只手差点儿按空，像是按到了半个井边！我下意识地半转着身体顺手一摸，浑身一颤，惊叫了出来，'天啊！是井，真是井啊！'随着惊叫声，我抱起妮妮就急忙站了起来！并语无伦次地嚷嚷着，'天啊，如果，如果不是感觉被人往旁边推那一把，我我，我们母子俩就葬身到这儿了！'我浑身颤抖着，后退着，身上的冷汗不由冒了出来。此时，我不顾一切地转身就走，走出十多步后，又不由自主地转回身来，向着茫茫黑夜，鞠了一躬，并不无感激地默默念叨着，'这是哪家神灵救了我们母子啊，我一辈子都会感恩你的！'说完，转过身，我头也不回地就又往前走去，身边除了尖叫的风声和黑暗的夜空，什么也听不到、看不到。嗨，别说，经这么一吓，身上的疲劳和困乏顿时消除光了。"

美美停止了讲述，屋里顿时鸦雀无声。此时，只见家里大妹妹抱着旁边邻居奶奶的胳膊，瞪着眼、张着嘴吓得缩成了一团；而那位奶奶和其他人也是听得目瞪口呆。沉寂了好大会儿，那位奶奶才缓过神来，缓缓地说："妮妮他娘，我边听边寻思着，这确实很神奇，难以让人相信。不过，你和你们家人都在做好事善事，一定是神灵在护佑着你们母子呢！”

美美听后笑了笑说：“奶奶会夸，也托您老和大家的福！嗨，这也许是我的幻觉吧，别把它太当回事儿。我也只是把它当成一个小故事，讲出来让大家乐和乐和！”而后转向家里的妹妹说，“看把你吓的，逗逗你玩呢！对了，可不要向外人讲啊，讲了，人家会笑话的。”

美美讲得很轻松，可这事儿，包括后来始终藏在心底的那晚偷偷给解放军送信儿发生的“神奇”事儿，时不时地在心里泛起，她常常疑惑不解地一个人自问自答：“这，这世上真的有什么神灵吗？如果没有，怎么理解和解释所发生的这一切呢？”特别是到了晚年，她更是难以释怀，几次讲给儿子成成听，并询问和讨论关于人去世后有没有灵魂的事。这是后话了。

再接着说妮妮娃的事吧。

妮妮在母亲无微不至的呵护下，终于战胜各种小儿疾病，并多次闯过了鬼门关，在慢慢恢复正常的发育后，终于能够健康茁壮地成长了！

随着滕县第二次解放的隆隆的枪炮声的临近，美美的第二个孩子（按存活下来的）降生了，又是个男孩！没想到的是，这娃一出生，比哥哥帼妮妮身体还瘦弱，体质还差。为了保住孩子，张淮和美美首先按照方士留下的话，仿照哥哥帼妮妮的小名，给刚出生的二儿子也起了一个“帼存存”的吉利小名。尽管小二娃身体瘦弱多病，但由于美美有了养育照顾大儿子妮妮的经验，再加上这二娃存存的小生命力特别顽强，虽然在四岁之前常年病恹恹，也在鬼门关外徘徊过几次，还是被美美博大执着的母爱抢夺过来，之后便与同龄小伙伴们一样健康成长起来。

再后来，张淮和美美又相继添了一女一男两个孩子。这两个孩子，是伴随着新中国成立的喜庆气氛和农业合作化运动的高潮诞生的。这两个孩子因新中国成立后生活条件的改善，都得以健康地成长，没有让美美和张淮夫妻操太多的心。

这期间，真正让他们小夫妻俩过多操心的是两位妹妹和小弟弟。因为爹娘去世早，弟弟妹妹都还小，拉扯培养他们成人并帮他们成家立业的重大责任理所当然落在张淮和美美夫妻俩身上了。

特别是美美，更有着“嫂子代母”的职责！对待两个小妹妹和小弟弟，更是比自己的亲生孩子还尽心尽力尽职尽责。她常挂在嘴边的一句话就是“老嫂如母”，那意思就是说，失去双亲的小孩子，其嫂子完全把自己视作孩子的母亲，甚至要赛过母亲对孩子的关爱才对。美美是这样认识的，更是这样做的。

那时家境贫寒，但是只要有吃的喝的穿的，美美首先想的是两个小妹妹和小弟弟，而不是自己的亲生孩子。饭少不够吃时，她总是把自己的孩子哄骗出去，让妹妹弟弟先吃，剩下的才留给自己的孩子吃；每年过春节，首先想方设法给妹妹弟弟分别添一件新衣，再把他们替换下来的衣服洗洗补补，给自己的孩子改了穿；特别是对待那个比帼妮妮大七八岁的小弟弟，更是疼爱有加，只要有好吃的好玩的，首先偷偷地给小弟弟留着，自己的孩子则往后排。这一切，周围街坊邻居都看在了眼里并传为佳话。

随着妹妹们长大，最操心的就是给她们两个选取对象。媒婆每介绍一位，美美首先代妹妹去相亲，等自己完全满意了，才让妹妹“出马”定亲。因此，周边村庄打两个妹妹主意的青年们，最怵的就是美美这一关。

这一次，媒婆给大妹妹介绍的对象很是不错，是县城里一位参加过抗美援朝的连职小军官，当年转业到云南昆明工作，正在办调回县城里工作的手续；人长得很帅气，一米八的个头，会开汽车，还有一手非常出色的烹调技艺。美美担心大妹妹嫁过去会受气，为了摸清男方家庭情况和个人脾气性格，专门往县城男方那里跑了不下五六次，并亲自与男方见了两次面进行了交谈，自己感觉真正放下心来，才让大妹妹跟男方见面定亲。

小妹妹婚事也是如此，介绍的小对象，尽管是邻近村里的、大家都比较熟悉的男青年，但美美依然三番五次地去了解打听，自己放心满意了，才让小妹妹去见面相亲。

不但如此，在打点两位妹妹出嫁时，美美把娘家陪送自己的嫁妆，分别送给两个妹妹作陪嫁；还把自己压箱底不舍得穿的出嫁时的衣服全拿了出来，分别给两个妹妹改做成陪嫁衣。

事实证明，也真是在嫂子美美火眼金睛的甄别下，两位妹妹的夫婿选得都很满意，且婚姻都很幸福。

再说说张淮小弟弟的事。早在解放的前夕，小弟弟还没长大成人时，嫂嫂美美就把小弟成家立业的大事给铺垫好了。

那是 1949 年初春的一天，张淮家安排一场请本家族长们参加的与小弟弟分家的小仪式，仪式虽小，却在家族乃至全村都引起了轰动和热议。

为何这小小家庭的事件会引起那么大的轰动呢？

事情还得从头说起。

首先，事情一提出就震惊了一家之主张淮。而引起或引爆这件事的当然是妻子美美。

那是解放前较平静的一段日子。一天晚上，刚从外面忙完回到家的张淮，一进屋就见桌上摆着热腾腾的两碟爱吃的菜：一碟辣椒炒干巴鱼，一碟清炒土豆丝，还有一小盅酒。张淮一惊，正在纳闷时，妻子美美从里屋走了出来，笑眯眯地给丈夫张淮逗哏道："怎么，看着桌子上的菜和酒稀奇了吧？你一定会想：'家里会有什么喜事了吧？'嗯，还真有呢！"美美对还纳闷儿傻站在那里的丈夫说，"你坐吧，还站在那里干吗啊，家里弟弟妹妹和孩子们都睡了，就咱俩，我呀有件大事，想了许久，今晚要跟你商量呢。"

张淮边坐边纳闷儿地问："啥大事？还是喜事？有啥好商量的，你就定吧！"

美美笑了笑，像在卖关子，不作声，而后给丈夫斟上酒，也坐了下来，故意逗趣地说道："这大喜事，也得你开光才能定得成啊！"而后一下子严肃起来，认真地说道，"不过这事，我在心里琢磨了好久了，条件不成熟，也就没给你这一家之主说，现在我考虑条件成熟了，需要你来作决断了啊！"美美停顿了下，望着依然一脸茫然的丈夫，故意打岔地说，"你呀，先把这杯酒喝下去，再听我说。"

丈夫张淮没再犹豫，端起酒盅一饮而尽。

美美又给丈夫斟上酒，接着说："他爹，咱小弟也老大不小了，也快到谈婚娶媳妇的年龄了。我想，咱爹娘去世早，小弟跟着我们长大，他成家立业的事，我们也要早操心早筹划啊！"美美缓了缓神，望着依然一脸茫然的丈夫接着说，"比如说，再过些年，有人给小弟介绍对象时，人家女方那边来相亲，打听家里的事，一了解，小弟和我们一起过，住在一块儿呢，既没有父母了，也没有自己单独的房子，谁敢说以后他会有自己的房啊？一准人家女方摆摆手就完事。所以呀，小弟得有自己名正言顺的房子，有了自己的房子，女方才愿意跟着建立自己的家啊，这是人之常情……再说了，小弟也大了，成家后，总不能老跟咱们住在一块儿啊，他嘴上不说，可心里感觉多不方便呀，我们当哥嫂的要为他多考虑呀！”

美美说到这里停了下来，给听得一脸惊讶的丈夫往碗里夹了他最爱吃的辣椒炒干巴鱼，说：“哎呀，别光听我说，你吃菜，边吃边喝，边听我说。”

丈夫张淮依然没有动筷子，还是沉默地望着妻子美美，渴望听她继续说下去。

美美看了看丈夫，笑眯眯地说：“看样子，我不说完，你不听明白是不会再动筷子了。好吧，那我把想法全倒给你吧！”此时的美美，不紧不慢地接着说，“我是想，把我们现在住的这个房子让给小弟弟。”

丈夫张淮一听，惊异得马上把酒盅和筷子放下，连连说道：“那怎么可能？我们去哪儿住啊？！”

美美仍笑眯眯地连连嗔怪道：“哎呀，看你着急的，快吃菜，等我把话说完嘛！”张淮有些不好意思地又拿起了筷子。妻子美美继续说道，“你呀……着啥急呀！如果我没想好办法，怎么会给你出这个主意呢！”

美美稍沉吟了一下，表情变得有些沉重地说：“实话告诉你吧，这些年你冒着生命危险，东南西北跑小生意，我呀，也是省吃俭用，一文钱掰成几文用，为你积攒了点钱。还有，我娘家老爹和老娘临终时也给我留下了一点钱，这些钱加起来，我合计着，足够买得起两三间茅草房了。”美美没有理会惊异得两眼瞪得圆圆的丈夫，继续说道，“还有，我已经打听到，咱们村北边那家被胡匪祸害过的孙先生家，有三间草房空闲着，一直想卖掉，价格也很便宜的，可是因为出了那种事，谁都不敢要。我想，咱们可以跟他们商量商量，把它买下来，我们搬过去住。有什么可怕的？那些冤死的亡灵，恨，也是恨那些残害他们的土匪恶霸，跟咱们无冤无仇，我们没有什么可怕的啊，你说是这个理吧？如果能谈成，咱家这房子，不就腾出来给小弟了吗！”

美美一席话，让丈夫张淮听得是目瞪口呆，半天说不出话来。

美美看着丈夫发愣发呆的样子，不由得担心起丈夫不赞成她的这个主意，于是小心翼翼地问道：“你咋啦？你这是咋了嘛，说话呀！我不是给你说好了嘛，这事是在跟你商量，最终咋办，还是你来拿大主意啊！”

此时的张淮仿佛才缓过劲来，声音有些颤抖且有些语无伦次地连连道：“不不不，我我我……”说着，张淮突然斟满了一杯酒，端着酒站起身来，递向妻子美美，不无感激地连声说道，“哎呀，我不知道说什么好了！……妮妮他娘，你真好，你想得太周全了，太让我感动了！……给，让我代表我们兄妹四人……不，代表姓张的本家，敬你这杯酒！”

美美紧张的神情一下子松弛下来，随即站起身来，很是平静地说：“哎呀，吓了我一跳，我还以为你不赞成呢！”之后顺手把酒杯又推了回去，说，“你这是咋啦？用得着那么激动啊！我觉得这事很正常啊，只要你能理解支持就好！酒是给你准备的，你喝吧，你知道，我不会喝酒的！”

听了妻子美美的话，丈夫张淮不好意思地把递过去的酒杯又收了回来，连连说：“好好，我喝，比蜜还甜！我是真心激动，真心感谢你呀！我整天在外跑，家里这些大事，都是你在操心谋划，我怎么不感动啊！”

美美笑了笑，说：“都一样啊，你为了全家的生计，冒着生命危险，吃了那么多苦，受了那么多累，常年东奔西跑的，更不容易！……好了，不说这些了，有些话我还没说完呢！”于是夫妻双方都又坐下来，美美接着说，“我还想，这个家呀，要分就分清楚，家里的老房子我们除分给弟弟外，祖上留下的家里所有的东西都留给弟弟吧，不让他再去操心置办。嗯，不过呢，既然是分家，我们还是得留下点祖上的东西好，留什么呢？我呀想来想去，就想到院子那棵老槐树了，我嫁到张家时，就有它，这些年长了些，跟我们还是有感情的，就把它分给我们吧，留个念想，这也算是分家了！”

美美说到这儿，张淮刚要插话，美美接着说：“你先别插话，听我说完吧！还有，这分家的事，是件大事，整个家族都会看着！所以呀，你要给族里那些长辈们先报告下，让他们选个日子，而后召集族里那些德高望重的人和妹妹弟弟一块儿参加，让他们都清清楚楚的。最重要的是，让族里那些德高望重的人，也给小弟做个证明，这样让小弟既省心也放心了！至于要不要写个契约，你再跟他们商量着办。”

美美一口气把这件农村人最看重，也最复杂、最敏感的事，说得透透彻彻，理得清清楚楚，这让丈夫张淮既感激又自叹不如！

……

形式上家是分了，但实际上还像过去一样，一家人在一块吃住，一块儿生活着。分家时，两个妹妹和弟弟都没有成家立业，嫂子美美给他们说得很清楚，无论什么时候，就是将来两个妹妹出嫁了，弟弟成家了，这个大家庭也是一家人，是永远分不开的，永远地在一块儿！这次之所以搞个分家形式，主要是为了小弟好找媳妇呢！

很快，张淮分家这件事就沸沸扬扬地在村里传开了，并引起了不少的议论。

“啧啧，遇上这样的嫂嫂，真比亲娘还亲呢！”

“嗨，你们以为呢，这样宽宏大量、善良厚重的嫂嫂，十里八村的也难找到！”

美美确实因此赢得了不少赞誉，也理应赢得这样的赞誉！

美美对家里人是如此，对待外人更显示出她的善良和无私。

周边邻居，谁家生活上遇到了困难和沟沟坎坎的事，只要找到美美，或她知道后，她都出手相帮，哪怕是一碗粥，一个煎饼，一瓢面粉，一件旧衣，只要她家里有，宁愿自己不吃，不喝，挨饿，受冻，她也先送给别人家。

村里有一位孤寡老人，人称“五奶奶”，美美多少年来一直在悄悄地关心和帮助她。只要家里做一顿好吃的，她总是让孩子给她送过去一份，她的脏衣服，也是美美要回家来悄悄地帮助拆洗干净，缝补好了再送过去。“五奶奶”到最后几年里，有些老糊涂了，分不清是非，更分不清好人坏人，美美让孩子们给她送去的汤饭，她有时不吃不要，还破口大骂，甚至把饭菜泼到地上，送饭的孩子委屈地哭着回家，并没有好气地埋怨母亲：“娘，这是干啥呀？我们又不欠她的，她又分不清好坏了，干吗我们不舍得吃喝，还要照顾她受她的气呀！”

每到这时，美美就边给孩子擦拭委屈的泪水，边意味深长地说：“孩子，你没感觉到她孤苦吗？你没想到在她清醒的时候，对着你微笑、对着你夸赞吗？你没想一想，她现在这种状况最需要别人来关怀关爱吗？”说到这儿，美美往往长嘘一口气，更加意味深长地说一句话，“孩子，你还小，有些事，有些道理，你还不懂，但娘要跟你说，也要你们兄弟姊妹记住：当别人需要你帮助时，你一定要毫不犹豫地去帮助，不要问为什么，更不要想还要他报答你，这样的事做多了，久而久之，你的心胸就会变大，你就会越来越愉快，你就感觉生活很有滋味！”

第八篇

小队会计『大算盘』
公平无私口碑赞

有诗为证：

天安门，红灯亮
穷苦人，翻身忙
既当家，又做主
齐心干，号震天
你添砖，我加瓦
大厦起，幸福满

小会计，大算盘
一头地，一头天
民心顺，党心安
公平秤，砣心间
妻子美，身后站
正气足，稳泰山

不图名，不贪利
图口碑，后代甜
五十载，显风范

以上这首打油诗，最初篇出自美美之口。后来她与丈夫张淮几经修改，让丈夫张淮给抄写在一张纸上，她一直保存了下来。美美老人在临终时，终把抄写着这首打油诗的珍贵的发黄了的纸，交给了小儿子成成。

说起这首打油诗的由来，还要追溯到解放初期……

1949 年 10 月 1 日，随着毛主席在天安门城楼上庄严地向全世界宣布“中华人民共和国成立了！”的洪亮声音的传播，已解放的新中国的大地沸腾了！各乡各村纷纷组织了各种形式热烈庆祝新中国诞生的活动！张淮、美美所在乡村自然也一样，连续多天的庆典活动一场接一场，场面那个热烈、那个活跃、那个让人忘情啊，别提让人多兴奋，多高兴了！美美和村里婶婶姐妹们等踊跃参加了这些活动，那些天里，美美完全像变了个人似的，天天喜不自禁，有时还喃喃自语，甚至夜晚还突然坐起来神秘兮兮地边思考边念叨着什么。

张淮总以为是妻子美美太喜悦太兴奋的缘故，没太在意这些。可那天晚上，突然又见美美坐了起来念念叨叨的，不由心中一阵疑惑，忙问：“你这是咋啦？”

美美听到丈夫的问话，突然拉住丈夫张淮的胳膊，像是发现了新大陆似的，十分兴奋地说：“哎呀，咋把你忘了呢！你快起来，快，找张纸和笔，我说着，你帮我把它记下来！你是大文化人，正好也帮我琢磨琢磨，修改修改！告诉你，这可是我费脑费神琢磨了多天的成果啊！”

再后来，丈夫张淮担任了小队会计，美美把“小诗”又慢慢地加以完善。于是，就有了以上那首打油诗的初稿。

……

有谁能理解，美美这位中国最底层、最贫苦、最受欺压又过早觉悟（在那位神秘的女客人引导下）的农家妇女，对新中国成立、对穷苦人翻身做主人，有着怎样一种常人无法了解和感受的情感啊！

所以，那首质朴无华的发自她心肺的小诗，可见证这一切！

但在现实生活和实践中，美美这种对新中国建设的热情和激情，是无法直接表现和实现的，因为她是个普普通通的小女人，是个刚刚从半封建半殖民主义社会解放出来的最底层的家庭妇女。传统观念的压力、世俗的眼光，不允许她表现得太积极，太出色！美美深深懂得这一切。她也明白，自己的满腔热血和激情，只有通过支持丈夫张淮来释放和实现。

机会终于来了！

村里当时实行土地改革和成立互助组，需要找一位既有文化、大伙儿又信得过的小队会计。村里有几个文化人，有的想干，群众不答应；有的群众满意，自己怕得罪人不敢干。张淮属于后面这种。起初，张淮被群众满票推荐，可张淮顾虑重重始终不敢应承：一是感觉这是个“新鲜事”，怕干不好；二是听说小队会计还是互助组生产队领导班子成员，感觉这责任太大、担子太重了，更不敢干了；三是这个合作队成员基本上全出身姓胡的大姓人家，姓张的就两家，张淮本是个老实人，从心里就打怵，所以，谁劝说都不干。

当时在选举期间，妻子美美因娘家父亲病重，在娘家照顾父亲，队里群众选举张淮当选会计而张淮不接手的事儿，美美回来的当天才知晓，是村里两位领导找到美美求她帮忙，劝说张淮接任。美美听明白两位领导的话后，二话没说，就向领导表态道："你们知道的，我家张淮呀，是个老实人，是个胆小怕事的实在人。他不敢接手这小队会计的重任，太符合他的秉性和为人了！……不过呀，请领导放心吧，这副担子我劝我家张淮一定接下来！"

两位领导听美美这么一表态，十分高兴，在转身刚要走时，一位领导欲言又止地说："外面传，说张淮是嫌弃这小会计职位低，才不愿干，不会是真的吧？"

美美听后，忍不住"扑哧"一声笑出声来："哈哈哈，不知道还有人那么高看我们家张淮哩！……这小会计，一头连着咱老百姓，一头连着北京的天上！我估摸着，他呀，不是嫌低，而是嫌责任太重大了！"美美怕两位领导还不放心，表情有些严肃地说，"我会告诉我家张淮，我们这些受苦受难的贫下中农，翻身做了主人，新中国建设需要我们带头，群众也拥护我们带头，我们不带头干，那怎么对得起毛主席和共产党呀！"

被美美说得，两位领导赞赏地不停点头。

无任何悬念，丈夫张淮的思想工作很快被妻子美美做通了，答应要担任小队会计这个职务。不过，张淮还是有些顾虑地对妻子说："我不愿意担任这一职务，除了那些原因外，我还有一个担心，就是怕一接手这个职务，就会完全被拴住了。咱家里孩子还小，杂事多，分派给我们自家的各种农活还要完成。这么多事，我担心很少能顾得上了，这又会全压在你身上，太苦你了啊！”

美美微微一笑，回答说：“嗐，你顾虑家里这些事干什么啊，俗话说，‘车到山前必有路’，没什么好担心的！”美美说到这里，嘘了口气，接着说，“再说了，与过去比，这叫什么苦？什么难啊？过去什么苦没吃过，什么难没遇到过！”美美话锋一转，故作认真地说：“哎，我感觉怎么在你眼里，现在我成了个泥捏的人了呢！是真心疼爱我，还是……”张淮刚要答话，美美笑了笑，神情放松地说，“好了，我知道你是真关心我！放心吧，你去好好干你的，我不但不会拖累你，还会全力地支持你好好干，干出个样子来呢！”

张淮接手合作生产队的会计后，远比他夫妻俩想象的要忙得多、艰难复杂得多。

一上任，就忙着要把收缴地主和各种充公的土地、房产、物品等登记造册，要把各家各户人口一一登记造册，而后还要规范上报。更烦琐的是，互助小队（后改为生产队）各种规章制度、账目都要分类建档。但最难、矛盾焦点最多、最为复杂的是，要把互助小队男女老少各成员按劳动力的大小排出序列来，再一一评估出劳动价值，划定每天每时每项劳动活动的工分。依据这一套标准，张淮每天就要分早中晚，对每小队里分配的农活一一核清楚记清楚。如果有人一天被分配几样农活干，也要一一核实、记录清楚，否则，有人就会不满意，就会产生矛盾。所以张淮每天从早到晚，要满村满地地跑，晚上还要在煤油灯下仔细地重新核实重新登记一遍。

这是一项非常烦琐的系统工程，更是一项必须要保证“公平公正、合情合理、无私无畏、勇于担当”的繁重的体力工作，同时还是一项十分具体、耐心细致、苦口婆心、斗智斗勇的思想政治工作！可以想象得出，这最初时期，一切都要靠自己摸索着干，有多难吧！为此，张淮确实耗费掉了太多太多的脑力和体力，一年下来，原本浓密的头发不见了，稀疏半秃顶以及明显消瘦的身体就是最真实的写照！

美美和家里也跟着受到了极大的拖累。家里的各种杂事全甩给了妻子美美不说，分给家里的许多农活也要美美去干！又是家务，又是孩子，又是农活，美美每天感觉比丈夫张淮还要忙还要累。不到半年，本身就很瘦弱的美美一下子又瘦下来五六斤，已明显感觉到就要被累垮的美美依然每天强坚持着，即便丈夫张淮心疼地问："你是不是太累了？怎么感觉明显瘦了呢？要不啊，一些体力活留给我，等我忙完会计那些事来干吧，你千万不能把身体给累垮了！"

妻子美美每听到丈夫这些关心的话，就平和地安抚道："没事的。你别再操我的心了！看看你，明显消瘦了，头发也脱了那么多，你自己也要多注意，不能累坏了啊！"

张淮见妻子担心自己，就又安慰妻子道："唉，凡事开头难，过了这个时期可能就没那么忙，没那么累了！我身体经得起折腾，你放心吧！我是担心你呀！"

夫妻俩就这样，互相心疼着，关心着，安慰着，谁也没说出一句埋怨和不高兴的话来。

这就是解放之初，中国农村刚刚翻身做主人的广大劳苦群众所表现出的基本觉悟和展现出来的忘我的冲天干劲！张淮和美美夫妻俩或许只是当时无数个小家庭和个人的缩影。无论当时多苦多累，多么艰难，张淮和美美夫妻俩始终保持着那股热情，那份忘我忘情无怨无悔地为新中国建设添砖加瓦的精神劲儿！

半年过去了，一年过去了，又是近一年的时光，新中国刚成立，土地改革、互助组、合作社刚建立时，人民群众那种兴高采烈、冲天激情的干劲逐渐地平静下来。特别是合作社“吃大锅饭”时期，领导干部组织管理方面出现问题，造成地里许多成熟的高粱、玉米、地瓜、大豆等农作物没有及时收割，烂在了地里，使得集体粮食大幅减收，“大锅饭”的食粮巨幅短缺，“大锅的粥”越来越稀，分食的主食馒头越来越小，越来越少，面粉越来越黑杂、难吃，甚至已慢慢无粮可炊，即将出现可怕的集体挨饿的状况！群众最初高涨的激情和狂热急速降温，从各种牢骚怪话和怨声指责声，迅速发展到躁动不安的叫骂声和打砸公物的不良举动。合作社生产队的几位领导，无疑成了大家发泄因吃不饱挨饿引发的不良情绪的焦点。作为管账会计的张淮，更是这焦点上的“风口”！

那些天里，张淮一面顶着队里一些人无端的指责谩骂，一边又作为生产小队派出的使者，跑上跑下求爷爷告奶奶申请上面的救济粮。

那天傍晚，从合作社里刚开完救济粮分配大会，回到村里的张淮，恰巧遇到队里几个爱找碴儿的懒汉、二赖子，他们不容分说就围住了张淮。其中一个上来就说：“听说你们去上面开会，又吃好的去啦？”

张淮忙解释：“没有的，只是开会布置分发救济粮的事，哪儿有饭吃啊，我这多半天了，连口水还没喝呢！”

“不可能，你在说谎！要不让我摸摸你的肚子！”几个二赖子，说着就上来推推搡搡，嘴里还不干不净地说，“你做会计，肯定家里偷藏了不少粮食，你们家不会挨饿的！”

被推搡得东倒西歪的张淮，连声呵斥道："你们要干什么？你们在胡说八道什么！"

"干什么？你自己知道！为什么吃大锅饭分馍时给我们分得少？"

"因为你们不好好干活，是队上领导集体决定的！"张淮义正词严地回答道。

就在这时，村里几个一块儿去开会的领导从路上赶了过来，几个二赖子才悻悻地躲开了。

张淮本因为队上拿到救济粮而生的好心情，让那几个二赖子一闹，变得很颓丧。张淮走到自己家门口，刚要推门却又停止住了，突然在心里念叨了一句："不能让媳妇发觉自己跟那几个二赖子闹的事啊，她也因为自己这个小会计受了些委屈，不能再给她添心事了呀！"想到这儿，张淮不由得整理下衣服，抹擦了几把脸，长嘘了几口气，振作了一下精神，待收拾停当后才推开大门。

走进院内，借着月光，张淮见妻子还在土井边搓洗一大盆脏衣服。于是，他急赶几步，走了过去，蹲下身来就想给妻子美美搭把手，嘴里还心疼地埋怨道："哎呀这么晚了，你还洗那么大盆衣服，不觉得累呀！"

妻子美美没有接话，而是制止道："不用你帮忙了，又劳作又去开会，累一天了，快去休息吧！"紧接着又问了句，"咋样啊，救济粮分到了吗？"

张淮挽起袖子，边帮助妻子搓洗着衣服边回答道："会开得好着呢，救济粮我们也分到了！"张淮把刚才发生的糟心的事忘到了脑后，心情又高兴起来，他接着说，"这救济粮啊，我们队上分的是比较多的。"突然，语气一下子又沉重起来，"但就是如此，离明年接上新粮，还差得好多呢……所以呀，我想给队里几位领导说说，这救济粮，不能再留着吃大锅饭了，要分到每家每户去，这样各家还都能节省着点吃，或掺着别的吃，粮就能用得长远些，挨饿的时间就短一些，如果还是留用作大锅饭，那很快就给糟蹋光了啊！”

美美停下手中搓洗的衣服，直起身来，赞许地望着丈夫张淮，说：“嗯，这个主意对着呢，那你就给队里领导好好说说。”

张淮得到妻子美美的夸赞，心里很是高兴，接着说：“这会上，上面的领导还让各村各队好好分析查找原因，为何地里的庄稼长势好却收成不好？美好的社会主义怎么还会没饭吃？集体主义的大锅饭是否存在问题？还要不要办下去？等等。”

美美听后，心情也有些沉重地说：“是该总结总结查下原因了。丰产不丰收，不单单是因为大家都狂热地认为‘粮食多得吃不完’。起初不愿收成，后来耽误收成，又赶上一场大风紧接一场连阴大雨，造成成熟的玉米、地瓜、大豆等全烂在地里。我感觉领导干部们官僚主义严重，不负责任是检查重点！所以啊，也怪不得群众闹事骂娘！”

张淮听到这儿，有些担心地小声劝解道：“咱可不敢对外说领导过错，现在那么多人因挨饿闹事，他们一听这话更要闹了呢！”

妻子美美微微一笑，风趣地说：“看不出来，我们家张淮越来越周全了，这也是当会计后的大长进！”接着改口道，“这你放心，在外该说什么我明白。我是提醒你，查找丰产不丰收的原因时，可适时提醒领导关注下这一条。”

丈夫张淮不置可否地苦笑了一下，摇了摇头，叹了口气，什么也没再说。

妻子美美感觉丈夫张淮心里有事，马上关心地问道："听说你们队上的干部近些日子受了不少气，挨了不少骂，特别是你，定是受了不少委屈吧？"

"咳！"张淮不由得又叹了口气，刚要把路上受到二赖子们纠缠的事说出口，马上又停住了，改口道，"你也不要担心，咱们既没贪又没捞，更没有做出对不起他们的事，咱们才不怕呢！再说了，平时这些人就贪吃懒做，现在队里粮食少了，挨饿了，肯定心里更不舒服，就变着法子找事闹事呗，我们也犯不着跟他们一般见识！"张淮怕妻子美美担心，就说了些安慰的话。其实，张淮心里很憋屈，不好受着呢！自己尽心尽力、受苦受累受难，一个月只是象征性地多拿四天劳动力工分。（其他队上，会计多拿满月劳动力工分，还没人愿干呢！）不是张淮觉悟有多高，是夫妻俩当时商定的，妻子美美说："新社会刚建立，这土地改革、互助小队也是新鲜事，咱们不给队上添麻烦，也不让一些人说咱担任会计就为了多拿工分的闲话，你就辛苦辛苦，晚上加加班，咱呀，权当为大家服务了！"唉，可好心却换不回好报啊，那还图个啥呢！所以，自队上那些二赖子老找麻烦闹事，张淮就有了"不再想干"的念头！他已想好：这小队会计已干了近三年了，年底改选时，与妻子美美商量下，自己提出坚决不再干哩，反正这小队会计的一切都铺垫好了，别人接手后也好干！

正站起身来，把洗好的衣服晾在院内拉扯的晾衣绳上的美美，听到丈夫的话后，不在意地"嗯"了一声后说："那就好，我也放心了，你回屋休息吧！"

让张淮想不到的是，年底生产队领导和小队会计改选时，张淮原以为平时有那么多人对他不满、闹事，再加上他竭力推荐别人来干，他会落选的，可选举唱票之后，他傻眼了，他作为“高票王”再次当选！

选举完后，一些人纷纷围了上来对张淮表示祝贺，张淮一点儿也高兴不起来，这是被动应对的。完后，他便匆匆地走回家。此时，妻子美美已经回到家里。丈夫张淮一进门，她便说：“你对当选不高兴？你对这事咋想的啊？”

张淮闷闷地答道：“咋能高兴啊？咱是不想干啊！这不，我赶回来就是要跟你商量这事的。”

美美给丈夫拉了个板凳让他坐下，又端了碗水递给他，说：“这次你还能那么多票当选，也出乎我的意料，按说该高兴才是。不过啊，我知道你的心情，也知道你的难处！接着干吧，你辛苦挨累不说，想象不到的困难会越来越大，越来越难干，特别是一些人也越来越难共事，难伺候；辞职坚决不干吧，会伤掉队里那些支持你的领导和群众。更重要的是，今儿队里领导又传达上面精神，说要进行什么社会主义改造，要实行什么合作社、人民公社什么的，现在正需要我们群众积极干啊，如果我们撂挑子不干了，对我们的反映会不好呢！”

张淮沉思着好一会儿没说话，美美只是静静看着丈夫也没再多说。沉默了一会儿后，张淮突然站起身来，表情很是严肃地一字一句地说：“不再想那么多了，那我接着干！”

妻子美美听后微笑着说：“嗯，我看就应该这样！我们为队上、为群众光明磊落、不贪不占地做事，我们没什么顾忌的！家里的事你少管，我依然全力以赴支持你！”

张淮和美美夫妻俩都想到了继续干这小队会计的困难、矛盾和压力，也做了些心理准备，但现实依然让他们尝到了新的矛盾带来的近乎难以忍受的“苦辣涩”的滋味！

随着时间的推移，随着形势的发展，随着生活质量的不断提升，随着家庭贫富差距的拉大，随着张淮担任小队会计时间的长久和各种矛盾的积累，特别是随着一些没有文化的年轻人逐渐加入生产队劳动力大军，他们又把农村那种“爱占便宜爱挑事，占尽便宜照闹事”的二赖子劣根性进一步“发扬光大”。掌管着每天每户每个劳动力报酬记载和生产队各种财务账、分配权的张淮，无疑成了生产队矛盾和旋涡的中心，成为那些想占便宜占不上、要赖偷懒捞好处却捞不到的人的眼中钉、肉中刺。

日常遇到的那些不痛快、糟心事和被刁难受气的琐事就不一一赘述了，这里只选不同时期几个片段来印证。

那是50年代末，全国轰轰烈烈的“大跃进”已近尾声。张淮所在村庄和生产队同周边其他农村情景差不多，“大跃进”不但没给农村和农民带来想象中无限美好的“跑步进入共产主义”的富足生活，反而把前些年的生产资料和财富积累消耗殆尽，农民们的生活水平一下子又下降到了解放之初。屋漏偏逢连夜雨，紧接着又遇上了历史上少有的自然灾害，整个村庄家家户户基本都陷入了缺粮断顿讨饭要饭的悲惨境地。张淮所在生产小队，接受张淮建议（实际背后是美美出的主意）没有像过去那样一次分光口粮，而是分几次来分。这也是从过去一些人家缺粮挨饿得到的教训，因为一次分光后，一些人家不会计划，很快就会卖掉一些粮换回好的吃，造成缺粮挨饿。尽管如此，由于粮食整体歉收，分到各家的粮也只够维持一半时间，如果不会精打细算掺和着糠菜搭配着用，缺粮挨饿那是必然。

在分完最后一次口粮后，队里只剩下一些十分宝贵的种子粮了，那可是全队社员明年一年的希望啊，是任何人无论如何不能动心思的“神种子”啊！

可是，过了春节不久，队上那几户缺粮的人就打起了种子粮的主意！

那是一天下午，队里几位领导刚开完会准备散会回家，队里两个生活困难户的男主人、一家“难缠户”的大儿子，走进小队会议屋，挡住了正往外走的生产队的领导。其中一个直截了当地开口道：“我们今天来，代表队里的群众，向你们领导们提出要求，现在我们家的粮食都断顿了，把队里留着的种子粮分掉给群众吃！”

生产队小队长听后嗫嚅道：“那……那不妥吧，明年要播种的种子粮，怎么能分掉吃呢？”

不等小队长话音落地，另一位闹事者就抢话道：“咋叫不妥啊？你们留着粮不分，要我们群众饿死？你们这样做，就是旧社会恶霸地主！”

“对，留什么种子粮啊，是人重要，还是种粮重要？饿死人，你们能负起责吗！”

“谁敢说不分，我们就上他们家去吃！”

小队长不敢再说话，队上其他几位领导更是哑言不作声。在场的张淮实在忍不下去了，于是说道：“种子粮分掉，明年地里种什么？队里社员们明年一年靠什么？吃什么？咱们不能只顾眼前，不考虑明年啊！再说了，那点粮即使分下去，能够一家吃几天？不是还要挨饿吗？”

张淮的话音刚落，那个小青年一下蹿到张淮面前，一把揪住张淮的衣领，吼叫道：“又是你不同意！你贪污粮食，你家不挨饿是吧？！”

张淮厉声回敬道：“就是我不同意，你打啊，就是把我打死，我也不会同意！”紧接着更加气愤地斥责道，“你们不是多次说我贪污这贪污那吗？你们去查啊，老造谣有什么用？！”

“好，你说得好！哼，你等着……”几个闹事者恶狠狠地瞪了张淮两眼，转身走了。

张淮回到家，把刚经历的事给妻子美美说了，妻子赞赏道：“你做得对，种子粮哪能分吃啊！不能因眼前困难就饮鸩止渴，杀鸡取卵呀！”

第二天午饭时分，张淮美美一家刚把饭端上饭桌，张淮美美及孩子们还没坐下，突然听大门“吱呀”一声响，随着一阵急促的脚步声临近，门口突闪出两个人，张淮美美和孩子们一愣，美美随口叫道：“哎呀，是大叔、大兄弟你们俩呀，快进屋坐。”

张淮一见是昨天傍晚在队里办公室要求分种子粮闹事的人，一下就怔住了。

那两位不速之客像是没有听到美美的话似的，理也不理地径直走进屋内，旁若无人地一下坐在饭桌旁，抄起筷子，端起碗就吃了起来。几个孩子吓呆了，面面相觑，张淮不由得往前靠了一步，刚要说话却被妻子美美制止住。美美示意张淮和孩子们退到一边去，自己则趁机从大桌上端下盛着几个还冒着热气的黑窝窝头的饭篮，笑眯眯地说："真是委屈你们两位了，这是昨天孩子们没舍得吃留给他爹爹张淮的几个窝窝头，是用一点地瓜面掺和着地瓜叶子蒸出来的，我刚才又回锅热了热，不知你们吃得习惯吗？真对不起，桌上也没啥菜，只是一盘腌的咸萝卜干，地瓜面粉掺和着麦子皮的粥也太稀了。对了，家里还有点玉米粉，要不你们先慢慢吃，我再给你们烙个饼子去？"

两个"不速之客"根本不搭理美美，喝了几口发涩的稀粥便皱着眉头放下粥碗又抓起美美端过来的黑窝头一口咬下。岁数大点的那个咧咧嘴，还是坚持吃了下去；年轻的那个，明显感到难吃，强忍着嘴啄了两下含在口中并赶紧用筷子夹起块咸萝卜干塞到嘴里，借着咸萝卜干嚼了两下，就梗着脖子囫囵吞下去了。岁数大点的那个坚持把碗里的粥喝完，窝头也吃下去；年轻的那个，既没喝完粥，也没吃完手里那个窝窝头。不久，两人不约而同地站起身来，什么话也不说，起身就往外走。

美美跟着送出大门，并热情地招呼道："你们二位什么时间再来？要不提前打个招呼，我稍微改善一下，让你们吃好一些。"

两位"不速之客"头也不回、理也不理地径直走出去。

美美回到屋里，像什么事也没发生一样，招呼丈夫张淮和孩子们过来吃饭。

脸都气得有些发紫变形的张淮，闷哼哼地说了句："真是欺人太甚！"

妻子美美却平和地回答说："别生气了，坐下吃饭吧。这样也好，让他们也看看你这个'贪污犯小会计'家里吃什么饭！"

第二天张淮和美美家一整天都比较平静，两位"不速之客"没再来吃饭。

第三天两位“不速之客”依然没来。谁知到了第四天午饭时张淮和美美一家正围在桌上吃饭，两位“不速之客”又突然降临，像第一次一样，进到张淮和美美家，一句话不说，一屁股坐在张淮美美和孩子们让开的饭桌旁，抓起饭篮里用搓碎的干萝卜叶掺和着地瓜面做成的菜饼便吃。

张淮气得拉着孩子们转身就走出屋门。美美依然不气不恼，平和地招呼道：“昨天午饭寻思着你们要来呢，我还加了一样菜。今天呀，菜是盐水煮萝卜，粥是玉米面的，只是混汤水，太稀些。你们等着，我刷下碗给你们去盛。”

美美端着两碗稀粥，放在两位“不速之客”身前的桌上说：“大叔和大兄弟，我家张淮你们了解，是一个实实在在的老实人，不会说话，如有什么得罪你们了，也请你们原谅！”

年轻的那位听到这儿，丢下手中咬了一口的菜饼“哼”了一声，起身向外走去。美美心知肚明，那是他实在吃不下去这饭菜才借故走掉的。

那位岁数大一点儿的大叔，此时吃掉手中的最后一口菜饼，也站起身来，就要向外走。美美上前一步，拉住了他，说：“大叔，我知道你家真的没粮没饭吃，我家的饭尽管难吃，但也能填饱肚子，顶住饿。你呀，就在我家吃饱。另外，我家还有一点儿玉米面和地瓜面，分给你们家一些，回去让大婶也掺和着麦糠和菜什么的，先填饱肚子，渡过眼下的难关！”

那位大叔像是被美美的话感动了，眼圈有些泛红，张了张嘴，但什么也没说，还是向外走去了。

美美追了出来，对着那位大叔的背影说道：“晚一会儿，我让孩子把面粉给你送回家去！”

一场闹分种子粮的风波戛然而止，生产队种子粮保住了，那些爱找张淮麻烦的人也突然消停下来，甚至对张淮生出几分尊重，这个中秘密，只有“那些人”和张淮夫妻俩心里明白。

……

时间已经到了60年代中期，只有十五周岁的中华人民共和国，已渐显东方巨人的轮廓和魅力！“工业学大庆”“农业学大寨”，两面迎风招展的大旗红遍中华大地。第一颗原子弹爆炸成功，以及与西方有影响的大国法国建交，更是把中国人民的自豪感推向了高潮！

伴随着共和国的成长，伴随着中国农村的发展变化，同时也伴随着自己生产队的发展壮大，已担任生产队小队会计十五年的张淮和妻子美美也被祖国这一个接一个的大喜事冲击着、荡漾着！从北京到省城，到村里各级都安排了庆祝祖国十五周年华诞的隆重的庆典活动，张淮和妻子美美与村里其他群众一样，大大小小的庆祝活动已过去几天了，却依然激昂、沉醉在巨大喜悦之中！

让张淮和美美万没想到的是，在此后不久，接二连三发生了一些匪夷所思的事件，让他们夫妻俩真正伤透了心！

那是十月下旬的一天，张淮突然接到通知，上面要派人来查生产队的账。接到通知后，张淮只是像往常那样做了些准备，并不以为意。一是，他心里很清楚，自己管的账很干净，从来不怕上面来查，而且过去几次上面来查账，事后他都受到表彰了；二是，他认为上面来查账只是例行公事，没什么可大惊小怪的，这样能消除一些人对自己的误解。

显然张淮把这次“查账”想简单了。首先，让他没想到的是，这次查账只针对性地查他们生产队的账，其他生产队的账不查。其次，查账工作组的人“很严肃”，而且这种严肃让他感觉有一种说不出来的像“审查人”样的味道。最后，他们要查的账，完全与过去要查的账不同，换句话说，正常的该查的他们都不查，专找那些边边角角、无关紧要的账查，像是专门“找毛病，找问题”来的，而且询问张淮的一些事，都带有不信任的审讯的味道。

这是张淮担任会计以来从来没遇到过的事，不能不引起他的警觉。回家后，张淮把这一情况和猜疑给妻子美美说了。妻子美美听后，稍一思索，像是想到什么事似的，一下子警觉起来，若有所思地说：“哦，你这一说啊，倒提醒了我，前天上午队上安排我们几位妇女同志去南坡地除草，我就发现队里几位要好的婶子大娘，好像突然有意回避我，躲着我，看我的眼神也和过去不一样。我还发现，休息时她们还避着我悄悄议论什么。当时只是感觉有点怪，没有更多地去想，现在看来，她们的反常表现，与查你的账有关系呢！”

张淮皱着眉头深思着“嗯”了一声，没再说话。

妻子美美小心翼翼地提醒道：“难道你账上出了问题？”紧接着又有些严肃地问道，“张淮，你不会避着我做出什么贪污的出格的事吧？”

张淮听到妻子的问话，突然不高兴地说：“哎呀，你这是什么话！你咋还对我不信任？！我怎么会做那种丢人违法事呢！”

妻子美美马上赔礼道歉：“我，我一急说错话了，我哪能不信任你呀！我只是在想，上面为何突然间专查你的账呢？是不是有人……嗨，让他们查嘛，身正不怕影子斜！”

张淮随即跟了一句：“就是的。就是查他个底朝天，我也会奉陪到底，我们心里没鬼，还怕他半夜敲门？！”

上面来查账的已断断续续查了二十多天，说还没了结。于是，村里队里对张淮的各种不良的猜测议论，也从最初的私下隐蔽到半公开，那几个平时对张淮有意见的二赖子，竟然当面刁难羞辱起张淮来。

那是一天下午，张淮为核记各工点的劳动人数和工程量已跑了整整一个下午，傍晚时分匆匆来到队里西北坡一块正秋播的田间。走到正准备收工的人群中，刚取出记工簿，两个爱闹事的小青年就走了过来，其中一个叫癞子的首先指责张淮说：“你来晚了，耽误我们收工了，应该给我们加时记工分！”

张淮反驳道：“太阳还没落山呢，怎么叫来晚了？再说了，队里四面八方那么多工点，我得跑过来啊！”

另一个小青年马上鄙视地看着张淮道：“呵，你今天还那么狂啊，查了你那么多天了，你还没有感觉？”

张淮被这突然的污蔑挑衅，气得一下子说不出话来：“你你……”

“你、你什么呀？过去给我们少记工分少分配，可你自己却暗中捞，暗中贪，害怕了吧！”那个小年轻更加肆无忌惮！

脸涨得紫红、浑身发抖的张淮，突然爆出粗口：“你在放狗屁！查下账就证明我贪污了吗？！”

“嗨哟，还那么嘴硬啊，非要让查账组公布你的丑事后才认账啊！”

“就是的，别倚老卖老了，这会计干得够久了，差不多该歇菜了！”

“你弄的烂账，让人家查都没法查！要不人家查那么久了查不完啊！”

此时，又围上来两三个他们的人，他们你一句我一句，不停地挑衅围攻辱骂着张淮，根本不让张淮开口。更甚者，他们中有几个已对张淮推推搡搡，像是早有预谋，非要教训教训眼前这个“太认真、太死板、太不开窍”的老会计不可了！

有几个群众过来劝阻，都被那几个闹事者挡到了一边去。险恶的局势一触即发，张淮马上就会遭到“难看”！

就在在场的好心正义的群众焦急之时，忽然听背后传来一声粗犷响亮的呵斥：“你们想干什么？还想动手打人吗？！”大家回头一看，只见刚才正在收拾工具的生产队德高望重的老队长胡元快步走了过来。

听到呵斥声，那几个闹事者一下怔住了。

胡元老队长走到张淮和那几个闹事者中间，用他那炯炯有神且刚毅正义的目光盯着两个带头闹事的小年轻，义正词严地说：“你们不能借上面来查账无中生有地污蔑张淮！即便是他有问题，等查账结束后，也是由上面来处理！但我相信，张淮不会有问题，他是队里也是村里的老会计、好会计！你们不能借故欺负老实人、好人！”

这件事尽管没有酿成大的风波，但对张淮和美美夫妻俩的刺激和伤害非同一般！他们十分期盼着查账工作尽快水落石出，还张淮一个清白！给不明事理的群众，特别是那些长期支持拥护张淮的群众一个解释和交代！

终于，查账工作组完成了他们认为的“最细致、最全面、最公正”的账务清查工作，结论与以往也不一样，“不公布”。不过，他们在临撤走时，不知是出于对这位老会计职业道德和职业精神的崇敬，还是出于对他兢兢业业公平公正无私无畏的深刻认同和保护，竟然“违背原则”地给了此次查账一个十分简洁的结论：生产队的各种账很干净，张淮同志很负责任！

当生产队队长很兴奋地把这一“结论”转告张淮时，张淮像是早料到似的，很平静地回了句：“哦，就这？”

队长很诧异地望着张淮，说：“就这。”略沉思了一下又说，“你该高兴，足够堵住一些人的嘴了！”

张淮还是感激地冲着生产队队长点了点头，依然闷闷地说了句：“我知道。”

队长不解，张淮为何对关系着他个人声誉的这么大的事反应如此平淡，他哪里知道，张淮压根儿不知这次突然查他账的缘由。原来，有人给上面写信反映张淮利用手中的会计权力长期多捞多贪……所以，知情的生产队队长对这个“查账结论”很满足很高兴，并以为张淮听到这个“结论”会比他更高兴。然而，张淮的淡定让队长很是失落。

并不知内情的张淮，似乎对队长转告的这个结论并不是太满意，查了那么多天，一句“账很干净”和“很负责”就完事了，那本来就是会计应该做的啊！既然查账了，就应该像过去查账那样，把所查账的全部内容在社员大会上一一公布！张淮哪里知道，这次是专项查账，是对举报人提供线索的核查，抑或说是一次对“预案”的核查！其“结果”是不能对外的，能有这样的“一句话结论”，张淮应该知足了！

后来知道了来龙去脉，张淮和美美夫妻俩感到无比震惊甚至震怒！他们怎么也想不到，兢兢业业任劳任怨公平无私的张淮，竟然还会遭到恶毒小人的算计！他们夫妻俩反复思考分析，是谁这么恶毒？又是因为什么会这么恶毒？分析来分析去，夫妻俩也没分析出个所以然来。还是妻子美美用一句话既安抚了丈夫张淮，又把这件糟心的事翻了过去，美美说：“你担任会计那么多年，让人家心烦了那么多年，写封信糟蹋糟蹋你也可理解！别跟他们生气，还是那句话，身正不怕影子斜！越是这样，咱越要挺起胸脯把会计活儿干好！”

然而，事情绝不是张淮美美夫妻俩想的那么简单，更大的“恶整”张淮的“图谋”还在后边……

年终，是农村生产队社员们最欢欣最满足也是最期待的时节。秋忙已过，各家各户的粮仓都装满了沉甸甸的粮食，经济上的收入只等生产队年终总决算下来。届时，会计将代表队委会，在生产队年终全体总结大会上宣布年度决算，并张榜公布。紧接着，便是生产队委会领导班子的改选大会，新的领导班子产生后，一年的大事就此结束，农村也就到了最清闲的季节，劳碌一年的社员们便可真正放松一下了。

张淮所在第三生产队年终总决算大会，定在11月中旬一个周末的下午。今年的总决算会是一个让社员们非常高兴和期待的会，因为今年是一个难得的大丰收的好年景。可以说，参加这个会的喜庆劲儿，仅次于“过大年”！所以，熙熙攘攘兴高采烈的生产队社员们，不到开会的时间，就挤满了三间开阔的生产队会议室，由于来的人太多，屋内坐不下，来晚的只有在屋门口、窗台前坐着或站着。

不巧的是那天美美没能及时赶来参会，她是在上午得到信息，邻村一位老姑得了重病，临时去看老姑了。她走时告诉丈夫张淮："我争取早些赶回听听会，一年一次的总决算，太重要了！"

生产队队长扯着大嗓门宣布会议开始，而后，代表队委会对生产队一年来的工作、取得的成绩以及存在的问题作了概括性的总结。队长既俗套又啰唆的长篇讲话还在进行中，不耐烦的社员们就鼓起掌来，队长只好就势下台。于是，宣布了下一程序："请老会计张淮，给大家公布生产队的年收入和年开支，通报各家各户的年收入和分成！"

队长的话音未落，满场就响起了"哗哗哗"热烈的掌声。

手里端着厚厚的账本的张淮，笑眯眯地站起身来，礼貌地给大家鞠了个躬，刚要开口说话，突然间身旁站起一人，说时迟那时快，蹿上去一把就把张淮手中的账本抢了过去，并声嘶力竭地叫喊道："这账本有问题，是黑账本！大家都清楚的，上面派人查了近一个月呢！问题大了，要不查完后结果都没公布啊！"

这突如其来的事端让在会场的人一下全惊傻了，场内顿时鸦雀无声！当事人张淮更是惊得呆若木鸡，愣愣地站在那儿。就在此时，会场内突然间又站起来几个人，都跟着嚷嚷起来："没错，就是黑账本，我们几家的工分他少记漏记了许多！更可恨的是，我们找过他几次，他就是不承认不给改！"

"我给大伙儿'曝个光'吧，据知情的同志透露，前一阵上面查账查出张淮不少问题呢，他啊，给自个儿家的工分多记了好多不说，还利用职权捞了生产队其他许多好处！”

“今天要让他说清楚，说不清楚，这个账本就要作废，我们要当着大家的面把它烧掉！”

“对，黑账本，就要把它烧掉！”

缓过神的人们一看，起初带头抢账本的，正是那个经常找张淮麻烦的二赖子，与他一块儿起哄闹事的，除了与他玩在一块儿出了名爱占便宜、不服从领导的小年轻外，还有几个不愿出力干活的“困难户”，而令人惊愕的是，队里还有几个中年人与他们窃窃私语，像是在背后支持他们呢。

其间，生产队长和其他几位领导想插话制止，均被闹事者挡住压住了。张淮简直被这突如其来的事件和无端的指责污蔑给气傻惊蒙了！他浑身发抖，涨红着脸，张着嘴半天说不出话来……

那些闹事者见张淮只是发抖张着嘴说不出话来，更是得意忘形起劲地瞎哄哄着：

“看看吧，大家看看，他回答不上来了吧，说明他心里有鬼！”

“说呀你，你快说啊，怎么说不出来了！哈哈哈……”带头的二赖子，手指着张淮更加嚣张起来！

“你你，你们血口喷人！你们不是人！”猛然间张淮爆发出一声怒吼，本能地伸手去夺二赖子抢过去的账本。

二赖子一把推开张淮，凶相毕露地说：“咦咦，看看心虚了吧！还想要你的黑账本啊！死了你的心吧！”

“说得好！今天他不说清楚黑了大家多少账，自己贪了多少，账本就烧掉！”

“对对，今天当着全队社员们的面，不能放过他！”

几个闹事者嗓门越来越大、越来越凶，并挤到张淮身边，大有不承认就要好好地整治一下张淮的势头！

几位被吓愣弄蒙的生产队干部，像是回过神来，不是义正词严制止压制，而是怕担事地劝解道："哎呀，这是怎么回事啊？有话好好说，有话好好说嘛！咱们这是开大会哩，不能这么闹！"

"就是的，都坐下，有话好好说嘛，这是会场哩！"

会场中的群众，像是明白了什么，于是，纷纷议论嚷嚷着声援起张淮："你们这是要干什么啊，即使像你们说的那样，也得查账证明啊，你们抢账本烧账本算什么事！"

"是啊，不能空口就说人家贪污，不能这样欺负人家老实人啊！"

赖子们一看有那么多人为张淮说话，马上恼羞成怒地挥舞着账本，叫嚣道："我看谁再敢给这个贪污的老会计说话，我马上撕掉账本，今年谁家也别想分钱分物！"

他这一吼，会场上顿时鸦雀无声！

就在这千钧一发之时，只听会场门口突然传来了一声尖厉的女子怒斥声："让他撕，让他撕啊！如果他今天不撕掉账本，那他不叫英雄！"

循着声音，大家回头一看，"哇"了一声后，几乎是异口同声地说道："是妮他娘来了！"

美美大义凛然地冲着二赖子挤走了过去，边走边说："你，你们知道这是什么日子吗？是什么社会吗？告诉你们，这是共产党领导的我们生产队召开的全体社员大会年终总结的日子，是共产党领导的新的社会主义社会！"已走到会场中央，接近二赖子的美美，越说越激动，连珠炮似的接着说，“你们有些年轻人也算吃着新社会的饭长成人的，老一点儿的，你们也有个新旧社会对比吧？怎么啊，你们年轻人没经历过旧社会，就认为新社会的饭可以白吃？！你们这些经历过旧社会的人，也认为新社会的饭就可以白吃？！”美美越说越激动，“还有，就在这新社会里，在这光天化日之下，面对着生产队那么多群众，你们长着一口白牙，竟敢黑白颠倒，诬陷一个好人、一个群众选出来并得到拥护的‘老会计’！你们就不怕遭报应，不怕村规村纪和国法吗？！”

会场一片寂静，全场的目光，都集中在美美身上！

美美旁若无人地面对着二赖子们，故意压低声音，并用带有嘲讽的口味说：“怎么，你们围拢过来还想打人吗？”突然间美美提高嗓门，“擦擦你们的眼，再给你们个狗胆，如果你们今天敢动张淮一个指头，我马上就会去县里告发你们！”美美稍一停顿，仍旧厉声说道，“你们不是说，上面查账的同志已证实张淮是贪污犯吗？如果你们还是男人，现在就跟我走，咱们去乡里找他们印证！让社员们在这儿等着，如果属实，立马让大家把张淮捆上送到法院去！”

会场的空气像凝结住似的，更加寂静！就在这时，场内不知谁叫了声“好！”随即全场便爆发出热烈的掌声！

美美依然直视着头上冒出冷汗的二赖子，继续直言道：“不敢去了吧？谅你们也不敢去！造谣污蔑是犯法的！”美美不依不饶更加理直气壮地说，“你们知道你们抢夺过来并要撕掉的账本是什么吗？它是张淮依法依规、公平公正、认认真真记下的生产队劳动群众一年来的血汗成果，是我们生产队全体成员、每个家庭和公共财产的凭证！是法律！你敢撕掉它吗？你敢撕掉它，别说在座的群众不答应，法律更不答应！不敢撕了吧？不敢，那就交还过来！”美美说着，伸手从二赖子手中夺过账本交给生产队队长。

不知咋的了，刚才还不可一世的二赖子，突然间像泄了气的皮球似的，歪着头不说话。

美美撇开二赖子，转身对着另一位年龄较大一点儿的闹事者平静地说：“我平时尊称你大叔，现在可不想这样称呼你，因为你不配！上次你到我家找张淮纠缠，硬说张淮少给你和家属记工分了。当时张淮反反复复给你解释，你听不进去，张淮又翻出账本一一地给你查看解释，你依然不认，故意闹事！我实在看不惯了，就帮着张淮把我知道的几件事给你一一说明对证！比如，5 月 18 日，我和你家属一块儿在南坡地里除草，因为那天你家孩子有事，你家属没到下工的时间，就提前回家了。而当时的小组长为了把那块地的草除完，让我们都留下来加了班并答应，给加班的人都多记二分。你家的大婶子没有加班，不给多记那二分是理所当然的啊！还有，你硬说你是壮劳动力，应该记满分，你是不是壮劳动力，那是社员们无记名投票评定啊，张淮怎么能有权力变更呢？你为此找张淮闹过多次，硬说他黑了你家工分。正好社员们都在，让大家评评理，我家张淮怎么黑你家工分了？！”那个闹事者听到这儿，满脸羞得绯红，不由自主地蹲了下去。

美美缓了一下口气，向另一个中年闹事者委婉地说：“就说你这位大兄弟家吧，家里爹娘身体不好，你孩子又多，困难大，是张淮每年建议生产队里重点照顾你家的啊！队的领导都在这儿，不信你可以问问。还有，我原本不想说的事，今天在这里也说给你和大伙儿听听，每年春天，家家粮食都紧张时，我一听说你家断粮了，总是把我家的粮食匀给你们家一些，帮着你们家渡过难关！可我实在想不明白，你为何也跟着找张淮麻烦？你……”

“妮他娘，你别再说了，我不是人！我我，我是给骗了啊！”那位中年闹事者突然打断美美的话，悔恨地自责道。

美美没有再搭话，而是转向会场，依然抑制不住心里的委屈继续说道：“我相信，在座的大爷叔叔、奶奶婶婶和兄弟姐妹们，都是正直正派、心明眼亮之人，我家张淮是什么样的人，你们心如明镜！张淮兼任这个会计十四五年了，别说为我们家的人多记工分和贪污了，他那么多年，每月除多记四个工分外，基本上是无任何报酬地义务为大家服务！白天忙累一天，每晚还要在煤油灯下重新登录核对一些账，一忙就是大半夜……有些人，竟还造谣污蔑张淮为我们家的人多记工分和贪污了！”美美说到这儿，气愤得有些说不出话来，停顿了一会儿，有些悲愤地说，“你们是知道的，生产队的账，不但村里每年要选派人查，乡里也隔三岔五派工作组来查，张淮哪年不是被评为‘优秀会计’！……即便是这次‘莫名其妙’的针对性专项审查，他们最后不是也给村里和队上领导交底了吗？”美美转向生产队队长，“队长，你别隐瞒大家了，实话实说，查账结果是不是张淮有问题？”

生产队长马上红着脸说：“人家说了，张淮账清晰着呢，没问题，没问题！”

美美接话道：“那好，有些人不相信我们张淮，今天我们把账本就放这儿，请你们再一一地审查，审查清楚了，今年再总结结算吧！”而后转向自己的丈夫张淮，说道，“把账本放在这儿，走，我们回家去！”说完，拉着丈夫张淮就走出了会场。

张淮和美美夫妻俩像是都意识到这件事并不简单，特别是联想到近段时间接二连三出现的事件，更感觉这背后像是有人在有意识、有计划、有步骤、有图谋地策划捣鼓着张淮。

“他们在捣鼓着张淮什么呢?”自那场风波后，美美一直琢磨着这个问题。就在美美百思不得其解时，答案出来了，不久后生产队领导班子改选时，老会计张淮十分意外地以两票之差落选了！

这让队里那些正直正派的群众感到震惊和不满，他们认为有人操纵甚至有贿选嫌疑。当有人把这种猜疑悄悄告诉张淮和美美夫妻俩后，张淮和美美如同落选时一样，感到意外和震惊，甚至有些愤慨，但很快便冷静下来。美美心平气和地对猜疑者说：“谢谢你们对张淮和我们家的关心，咱们呀不乱猜疑这个事，我给张淮都说好了，要全力支持新会计的工作呢！真心地告诉你们，这个结果也正是我们想要的，张淮这会计干的时间太长了，也该让年轻同志接班了。”

美美和张淮夫妻俩的大度让支持同情张淮的群众既震惊又钦佩！

生产队领导班子选举当天的下午，张淮和美美回到家中时已是傍晚时分，初冬的夕阳像是为躲避寒冷，早早坠入西边的地平线，挂在天际的半个月牙，开始不失时机地向大地布洒清凉的寒光，阵阵西北风把月色寒光吹得更加清亮。

张淮美美夫妻俩不约而同地坐在院内那棵大槐树下的水井旁，谁都没说话，美美顺便把放在井边装着老白菜叶的菜篮子拉到身边，低头挑拣起菜来。张淮从衣兜里掏出用塑料袋包裹着的老烟叶和一沓裁剪好的废记账纸，把擀碎的老烟叶捏摆在那条纸上，很麻利地卷起一根一头粗一头细的烟卷来，含在嘴上，划燃一根火柴，点燃烟，狠命地吸了一口。张淮望着月牙，若有所思地长长吐了口气，转身望向妻子美美，开口说：“妮他娘，我知道你心里也很憋屈。前段时间，我们一直不明白为何会出现那些接二连三的‘事端’，今天‘谜底’终于给揭出来了！他们这种做法，确实令人气愤！想争这个会计，明说多好啊，用这种手法让人恶心！”

美美听到丈夫张淮的话，停下手中的活，抬起头来，不由得叹了口气，心平气和地说：“嗯，我也在想这个事呢，他们这种做法确实不地道！原本就想，即便你再次当选上会计，我也动员你推辞不干，让给他们干呢。咱呀，毕竟干了那么长时间，也该让‘想干的人’干干了。可没想到，他们用‘整人’的办法夺权呢！”美美说到这儿，沉思了一会儿，接着说，“张淮啊，选举结果出来后，我也是很生气！路上和刚才我都在细想，我们该怎么对待这个事呢？现在想明白了，这个事较复杂，越是这样，我们越要头脑冷静，你啊一定要有老会计的觉悟和风范，不管别人咋说咋议论，我们什么也不要说，更不要去猜疑！我们要尊重群众的选举，还要支持好新会计的工作，凡是问到你，需要你帮忙的，你都要热情去做！”

张淮赞许地点了点头，说：“说得对着呢。这你放心，咱不但不说闲话，还要支持人家干好工作！再说了，这‘会计担子’咱不是早想让出去了吗，群众每年都给选举上，推不掉啊！这回好了，正中我们的意，我也该轻松轻松了，你呀，也不用这么苦累了，更不用再为我担心受气了！”说完，张淮精神爽朗地吐掉嘴中含的烟卷，脱掉外衣，有些情不自禁地说，“今晚的饭，就由我来做，你去歇着吧！”

美美也高兴起来，笑嘻嘻地说："好久没吃你做的饭了，不过，今天还是你休息，我来做。以后你有的是机会给我们做饭吃了。"美美马上转换话题，意味深长地说，"现在呀，我心底有说不出来的高兴，你不担任会计我们都轻松了，刚好妮妮今年又考上了大学，也正需要你多挣些工分，供他上大学呢！"

张淮说："就是的，那几位老伙计一直在动员我一块儿做点副业，卖几趟小鸡苗呢！这回好了，有时间了！"

夫妻俩一块儿做着晚饭，说着家常，欢快的气息从锅灶蔓延到整个庭院……

张淮美美夫妻俩，自张淮卸掉会计担子后，再也没想过还要去"回锅干会计"的事，从心里和思想上彻底与那个"小队会计"诀别了！近一年里，张淮和美美几乎没再说过"会计"的事，别人议论时，他们也只是笑笑从不搭言接话，生产队会计的事，像是永远与他们无关了！

然而，令张淮和美美万万想不到的事出现了！

年终，一年一度的生产队领导班子改选时，卸任一年的老会计张淮，以仅丢掉五票的高票当选生产队小队会计！

张淮和美美比上年落选时更感到意外和震惊！

反应最激烈的还是张淮个人。他当即没有任何余地地表示不接受、不再干！而且不接受任何人的劝说就匆匆离开了选举会场。

张淮真心不愿再接会计工作，不单是因为过去无端受赖子们的骚扰和污蔑，以及用不正当手段使其落选，更因为自感年龄已大，脑筋和思想跟不上形势的发展，担心让群众失望。还有，他心想，那么多有文化的小年轻，真应该放手培养他们干了！

张淮的工作做不通，群众又不同意换人，这让队领导和村领导很为难。经过商议，队里又专门组织一次生产队选小队会计的二次选举。结果更出乎领导们和张淮美美夫妻的预料：这次的选举结果比上次还多出一票！

对此结果，面对群众如此执着的偏爱信赖，张淮尽管还有诸多不情愿，但心里还是着实感动的。他只说了句："让我考虑考虑，请你们领导也考虑考虑，是否再举荐一位年轻人来接任会计！"

张淮回到家蹲在猪圈旁，抽着自制的烟卷，望着已长得肥肥胖胖春节前就要出栏的哼哼唧唧的黑猪，一直在思考着刚刚结束的第二次选举结果。此时，妻子美美端着一瓷缸水走过来，递给丈夫张淮，不失时机地说："还在想选举的事呢？不能再推托了，那样真的会伤大家的心哩！人家也会说你在拿架子记仇呢！"

张淮一下站了起来，把手中半截烟卷丢到猪圈里，接过美美递过来的瓷缸，喝了一大口水，说："我也在想呢，无论如何，不能伤了全队群众的心啊！"

美美赞许地点了点头，接话道："是啊，真是没想到，群众那么信任我们！就是我们有千条万条困难也要接下这副担子了！何况，做会计对你来说，也没多少难度，只是更加辛苦和累些罢了。"

张淮回答说："这些都不算什么，我只是担心你，又跟着受苦受累受难了。"

美美笑笑说："不要担心我，我会依然全力以赴支持你的。"妻子说到这儿，表情一下严肃起来，说，"孩子他爹，你一定要牢牢记住，这次群众为什么那么坚定不移定要选举你，这是对你'大公无私、公平公正、坚持原则'的充分信赖和认可啊！所以，无论何时何事何地何人，你依然要保持这个品格，千万别辜负了群众啊！”

张淮说：“群众为何一再推选我当这个会计，其缘由，我心如明镜，放心吧！”

……

同样没有让张淮美美夫妻俩想到的是，这次张淮接任会计像铁焊给焊住了似的，每年的会计改选，张淮都无一例外地高票当选！

即便是“文化大革命”到来后，张淮也没有受到多大冲击，依然稳坐在会计的“铁椅子”上！

“文革”十年，村里队里也换了几届“革委会”领导和队委会领导，每换一次领导，张淮都主动去请辞交账，每次都被表彰一番给挽留下来。这不单是因为张淮会做事，更主要的是生产队的群众对他太信任了，说到底，是张淮这个人太大公无私，太廉洁了！所以，即便是有些人也想争坐这把小队会计的椅子，但一考虑队里群众不会答应，或夺了权也坐不久，此念头也就断了！

对此，村里一位与张淮早期一块儿的老会计，在自己经历了几上几下并早早离开会计岗位后，不无感慨地说：“从张淮身上验证了一条千古不变的大理：凡带有点权力的椅子要坐稳、坐长久，非要得民意，非要有公平公正保驾护航才行！厚道载民意，公正得人心即为此理啊！”

张淮彻底离开小队会计岗位，是在农村全面实行土地联产承包责任制后，那时分田到户，生产队消亡，生产队小队会计便永远退出了历史舞台。

从解放之初互助组小队会计创立，到农村生产队小队会计消亡，张淮担任中国农村这一最基层单位的会计，的确没有干出什么惊天动地不凡的事儿，抑或说平凡得没法再平凡，平淡得没法再平淡了！即便把账本交出，永远离别尽职尽责几十年的岗位的那天，也没有任何的特别。他像是做着近五十年每天要完成的小队会计例行工作一样，捧着账本，记完最后一组数字，然后平静地离去，平静得如同什么都没发生过，如同风吹过、水流过，悄无声息！只是，此次离去，他那心爱的账本交了出去，再也不能回到自己手中！

有心的美美，却把丈夫张淮这“最后一次履行会计职责，走完这最后会计旅程”看得很重，视如家中天大的事！毕竟，伴随着丈夫张淮和家庭走过近半个世纪的“小队会计”这一职责和称谓，已根植于他们生活的方方面面！“小队会计”在他们夫妻心目中是那样神圣，那样庄严，那样重如泰山！

此时此刻，生产队已散伙，没人再关心这位服务了近半个世纪的老会计张淮今天下午在哪里，在干什么，更没人过问或知道，今天下午是老会计张淮在最后一次履行小队会计职责！是啊，“已散伙”了，各忙各的，各干各的去了，谁还关心这些呀！

妻子美美不愧是位有心人，细心人，她完全了解丈夫张淮此时的心情，知道他那无言的酸楚和不平静。所以，当天下午，在丈夫夹着账本拿着皮尺就要出门时，她叫住了丈夫张淮，拿出儿子给他买的一件崭新的夹克，让他穿上，又意味深长地说：“这是儿子为你过新年准备的，今天的日子对你来说比较特殊，提前穿上吧。走，我送你出门！”

张淮一下子明白了妻子的用意，心里热乎乎的，没有推托，穿上新衣后才说了一句：“搞得那么隆重啊！”话虽是这样说，但张淮心里对妻子美美还是充满了感激之情！他在走出家的那一瞬间，感觉眼眶内是热乎乎的。

妻子美美送到大门外，望着丈夫张淮走远的身影，叫了一声："下午晚一会儿我去接你，你们最后会在哪儿?"

张淮回头答道："西北坡地！"

那是一个晚秋的傍晚，风轻云淡，红红的圆溜溜的夕阳已贴近远远的朦胧的西山，灿烂的余晖依然不舍大地，收割完庄稼的田野一览无余，在余晖的普照下显得分外旷阔。

张淮和负责丈量、分田的小组，在为最后一户责任田户主丈量土地，工序已近尾声，双方已在做最后的确认。老会计张淮很是庄重地端起账本，递向户主，说："你是最后一户签责任书的了！你签过，我生产队小队会计的使命也就在你这儿结束了，请你签字吧！"张淮说完，这位一生不轻易动情的硬汉子，不知为何感觉眼睛有些发涩。

那位户主不以为意地接过笔和账本，嘴里嘟囔着："哦，原来我们家是最后一户签责任书的啊，这么说还有点纪念意义呢。"签完，把账本和笔递给张淮。

这位农户的话虽然没错，却让张淮心里生出不一样的滋味，不免有些伤感和失落！

张淮接过账本，慢慢地合上，不由得用手轻轻地抚摸了一下记载着他无数心血的厚厚账本儿的封皮，转身双手把账本儿恭恭敬敬地交给身边的小组负责人，喃喃而又庄重地说了句："请你收好！"说完急忙转过身去，两滴热泪不停地在眼眶里打转转。张淮生怕让别人看出什么来，赶忙头也不回地向前走去。

此时，夕阳的底边儿已亲吻到西山顶儿，像一个锃亮锃亮的大铜镜镶在遥远的西天，如此壮美而富有情怀。但有谁关注它呢？又有谁来观赏和赞美它呢？张淮昂着头，望着那个“锃亮的大铜镜”，好似在欣赏关注，又似心不在焉，他下意识地望着美丽灿烂的夕阳，略微放缓了脚步，但很快又神情庄重地大步朝前走去……

这时，一直等在田间小路边的妻子美美，快步地迎了过来，临近时轻轻地问了句：“全都结束了吧？”

张淮望向妻子美美，目光中依然闪动着泪花儿，轻轻地回答了一句：“结束了，一切都结束了！该办的会计方面的手续我也全办完了！……”

妻子美美善解人意并故意逗趣地说：“看你的样子，还挺失落的呢！不过，我能理解，近五十年的会计工作啊，是有感情！你是不是都有想哭一场的念想？”

张淮听着妻子的话，一下子愣住了，转身怔怔地看着妻子美美，无奈地笑了笑，刚要开口说什么，妻子美美却意味深长地说：“孩子们不是来信说过吗，农村实行生产责任制，分田到户，还有国家还要实行改革什么放？对了，叫改革开放！整个形势要有大变化哩，先是农村变，以后啊，整个中国都会变呢！……你我都老了，借这个大变的形势出现，你退下来，我们都休息休息，孩子们也都长大出息了，这多好啊！”

张淮点了点头，望着余晖照射下茫茫一片金黄色的大地，深有感触地说：“你说得在理呀！就是有时想想还舍不得这片土地！”张淮突然打起精神来，说，“不过，也舍得了！这些天里，当看到田地分到各家各户后，家家户户人人都忙碌起来了，再不需要谁去催促，都争先恐后卖劲地干啊忙啊，就连那些好吃懒做、生产队从来派不动工的人都跑到自己地里拼起命在忙活，这是过去从没有过的火热景象啊！看到这些，我这心里呀，说不出来地高兴！”张淮沉思了一会儿，意味深长地接着说：“是啊，这片沃土，现在才真正成为有生机和活力的热土了！高兴，高兴啊！”

妻子美美接话道：“嗯嗯，你这么想，这么高兴就好！……那我们回家吧。我今儿特意给你准备了四样你爱吃的菜呢，还打开了儿子们给你买的那瓶好酒，我们也庆贺下你‘光荣退休’！”

张淮酸酥酥地笑了笑，说：“‘光荣退休’？多么好听的一句话，可惜，是我们自己给自己宣布的啊！”

美美继续逗哏他：“那我可以代表咱们家给你庄严宣布啊！”而后又说，“还有一个喜讯呢，你猜是什么？”不等丈夫张淮回答，就接着说道，“三儿子成成来信了！”

张淮一下子高兴起来，连忙说道：“是吗？这孩子可是有两三个月没来信了啊！”

张淮和美美老夫妻俩说着话，踏着夕阳的残晖，走在熟悉的乡间小道上……

哦，半个世纪的“老会计”，就这样平平淡淡地结束了他的职业生涯和历史使命！对于脚下这片热土，他和身边的老伴是那么的熟悉，那么的眷恋！谁会知道，在这片热土中，记载了他和她多少往事，多少辛酸，多少欢歌笑语，多少故事啊！而美美帮着丈夫张淮整理珍藏下来并一直跟随着老夫妻俩四处搬迁的那一大纸箱发黄的会计资料，如这无言的土地也在默默地记录、述说着这一切……

第九篇

家兴国兴靠知识
咬定育儿教育经

有诗为证：

黄连苦
苦不过“睁眼瞎”
世间难
难不过“无知人”
穷苦根
根在无识和愚昧
……
欲跳苦海涯
知识天梯搭
欲开聪慧智
励学钥一把
万宝书中藏
学海渡福涯

美美是一个很聪慧、心气儿高，又十分渴求新知识和新文化的女性，只可惜她生不逢时又不对户，生在了一个半封建半殖民落后挨打的旧中国，生在了一个无比贫苦的家庭。所以，无论美美如何挣扎抗争，都难以挣脱贫苦、受人欺辱的铁锁链，都难以实现自己渴求知识文化的梦想！在美美童年的记忆里，因家境贫寒，读书是比登天还难的梦想！为满足她那渴求知识、多长些见识的欲望，小小的美美，不顾对一个小女孩而言的潜在危险和“外人的白眼”，满村甚至到周边村追着说书人和演唱人，听书听唱！爹娘从最初的不解和指责，到无奈地陪同，依然满足不了小美美对知识对文化的渴求！……随着年龄的增长，美美愈加感觉到没有知识文化的痛苦和受人欺辱的苦恼。所以，她择婿的第一条“铁规”就是要识字，有文化！

张淮满足了美美择婿的要求，也满足了她那听书成瘾、家里不断讨论争论书中故事情节的乐趣和嗜好。

张淮的承诺是认真的，婚后的履行也是负责和持久的。当然这与张淮个人也特别喜欢看书是分不开的。张淮和美美夫妻俩在生活上特别清苦，但张淮提出要买书，美美大都给予支持。特别是在解放后，生活条件好一些了，更是如此。不过，张淮买书也是十分算计的，只要是在村里和周边村里能借到和交换到的书，他绝对不会买，他想买的基本上都是在周边村看不到的书。所以，张淮在周边几个村是有名的藏书人，那些好书者，经常性地与张淮借书和交换书看，并成了书友。

村里村外都知道，张淮和美美夫妻俩嗜书和爱书如命，故传说："你借他们的钱和东西不还，他们不在意，但是如果借他们的书不还，那可不行，他们一定要追回来！"

这主要源于美美一次借书和追书的往事：那是解放之初，娘家一位本家的叔叔，找美美借了一本《隋唐演义》，看完后又让别人借去看了，后来不知道传到哪儿去了，这位叔叔也就没当回事儿，"不就是一本小说吗？丢就丢了吧！"没再追找。他以为美美也不会跟他追要了。谁知，过了半年时间，美美找上门来追要那本书，更让那位叔叔感到离奇的是，美美竟然冒着得罪娘家人的风险，三次返回娘家让家人帮着找线索，最后还真硬是给追找了回来！……当然，娘家那位叔叔等人，不但没有生美美的气，反而非常理解她，因为大家知道，美美特别喜欢听书，对那本《隋唐演义》更是情有独钟。据她自己说，听了多少遍，她也说不清，但书中的章节故事和人物等，她讲起哪章哪节哪个人物，都如数家珍！

这应该还要感谢解放后有了读书的基本条件和环境，美美的这种偏爱和嗜好才能得以满足。

解放前，为养家糊口，张淮要四处奔波做点小生意，很少有闲心闲时去读书给美美听；而那时的美美，既顾老又顾小操持着家庭的事，还要担惊受怕惦念着丈夫张淮，她哪儿还有那个闲心去惦记着听书啊！

解放后，情形完全不同了，全家常年团聚，尽管张淮担任着小队会计也很忙，但晚上在做完账或不太忙时，还是经常有时间和全家人聚在一块儿，给家人读书的。特别是冬闲和下雨时节，最是他们家人幸福欢快的好时光，因为全家人会团团围在一块儿听张淮读书讲书。

那些情景，无论张淮美美和家人何时忆起，都充满着深情和幸福。

寒冷的冬天，寂静的夜晚，一盏灯芯花生仁大小的油灯，冒着一条长长细细弯曲向上的灰白色的烟，一家人围拢在一条陈旧的粗布蓝花被子遮盖的床上，静悄悄地又是那样专注地听着张淮唱腔似的读书声，是那样静谧，那样温馨。大多时间，美美是边为家人缝补着衣服边听，听到感人动情处，不免就停下手中的活全神贯注地听。几个孩子，有的呆着小脸，有的两手托着下巴，都听得入迷。有时，美美也让孩子们边听书边帮着做些缠缠线、扒扒玉米等不影响听书的小活，而专心致志读书的张淮，为了调动大家的情绪，有时也学着街上卖艺的说书人腔调，根据书中的故事情节时而挥舞下胳膊，时而敲击下床铺，其声调则配合着忽高忽低，忽粗忽细，抑扬顿挫，煞是有情趣！特别是读到热闹关键处，张淮故意卖关子停顿下来，慢腾腾喝口水或下床活动一下，急得听书的家人嗷嗷叫。而感觉情节或故事生僻时，张淮则耐心细致地讲解讲解，甚至跟家人讨论讨论、争辩争辩，其气氛非常融洽热烈！

所以，张淮美美一家，对那段时光、那种情景，何时谈起忆起都是一往情深！那真正是一幅难能可贵的“虽苦也乐、虽穷也甜”的美好家庭生活的风情画啊！

最重要的是，这种氛围培育了孩子们渴求知识的浓厚情趣！

这一切，无不隐含着美美的良苦用心！

对知识文化有着天然兴趣和追求的美美，随着书越听越多，心胸和眼界也越来越开阔，对知识文化的认识也越来越深刻，也就愈加感到人生最苦苦不过没有知识文化！她常对家人和孩子们说的一句话就是："黄连苦，苦不过'睁眼瞎'；世间难，难不过'无知人'！"所以，她把自己无知识没文化的悲苦和万难压在心底，而把全部希望寄托在了孩子们身上。

美美深知，培养教育孩子读书，实现她的期望和寄托，是应了"千年难得的吉祥天时"！如果不是共产党、毛主席解放了穷苦人民，建立了新中国，她的这种期望和寄托便只是白日做梦，痴心妄想。所以，美美和张淮夫妻俩，打心底里热爱共产党、毛主席，对新中国有着深厚的阶级感情！自然，教育孩子们也要如此！

那年初秋的一天，儿子妮妮刚好到了上学的年龄，美美听说学校要家长们带着适龄儿童入学报名登记，一大早，美美迫不及待地早早起来给儿子精心装扮了一番：首先用家里那块珍贵的肥皂，给儿子认认真真地洗了洗头和脸，并从一个小塑料袋里，捏出了一点点十分稀罕的雪花膏涂抹在了小脸蛋上，而后给儿子穿上了那套她早就准备好的用旧衣服改的"上学服"，又帮儿子背上专门为他缝制的小书包。一切妥当之后，这才牵着儿子的手，十分庄重地把他领到了房屋墙壁正中间悬挂的毛主席像前，美美对儿子说："妮妮啊，娘今天要带你去学校报名，你知道是谁让你去的吗？是毛主席！没有毛主席，就没有新中国，哪儿有你上学的今天啊！来，给毛主席三鞠躬！"儿子妮妮一脸严肃地向着毛主席像恭恭敬敬鞠了三个躬。美美见儿子鞠过躬后，又叮嘱说，"儿啊，你要记着，什么时候也不能忘了毛主席呀！"

妮妮开学的第一天，美美在送儿子去学校前，同样重复了这一过程，只是在毛主席像前给儿子叮嘱的话不一样，她十分动情地叮嘱儿子："儿子，从今天开始，你就是毛主席的小学生了，只有好好上学，好好读书，才能争做毛主席的好学生啊！”

妮妮确实没辜负母亲的期望，牢牢记着母亲第一次送他上学时，在毛主席像前的叮嘱，所以，学习十分刻苦。小学时期，妮妮一直是班里的尖子生和三好学生。考初中时，他以全公社的最高分，考上了令家长和小学生们最向往的滕县最好的中学——滕县一中！三年后，妮妮又以优异的成绩考取了滕县一中的高中！

妮妮确实为母亲美美和家庭乃至整个村增了光添了彩！但就在亲朋好友和村上的熟人，纷纷向张淮和美美夫妻俩祝贺之时，谁也想不到家庭内部却产生了小小矛盾：家庭的另一个主人——张淮怎么也高兴不起来，那些天里，他眉头紧锁，很少言语，一副愁眉苦相。妻子美美心里十分清楚，丈夫张淮不高兴，是因为孩子们上学给家庭带来的巨大经济压力和困难。

在那个“宁要社会主义的草，不要资本主义的苗”的时代，在那个完全靠家庭劳动力挣工分多少来分配的岁月里，谁家还希望长大成人的孩子，不停地升级上学？那纯粹是不知天高地厚的傻子家才做的事呢！

是啊，农村娃，大不了上个小学，识些字足够了，去追求上大学成材的有几个啊？供孩子上学，无异于做只赚吃喝不挣钱的赔本生意！套用大多数人的话说，那是瞎子点灯白费蜡的蠢事！

张淮和美美就是村里人们议论纷纷的“傻子”，专做“蠢事”！说好听点的，就是属于村里少有的另类。

可不啊，几个孩子只要到了上学年龄，都被美美送去上学不说，还没完没了地支持孩子们考初中，攀高中，还梦想着考大学！

被别人翻白眼瞧不起的张淮美美夫妻，为孩子上学，付出比别人多一倍的劳动量，如牛似马地拼着命多揽活。孩子们也都懂事，只要是放学回家，就马上挎上篮子，或到地里割草或到野外捡牲畜粪便卖给生产队换工分。可尽管如此，每年所挣的工分，依然够不上平均数，分到人头的粮和钱自然就比别人家少了不少！在那特殊的年月里，即使家庭分到平均粮，且是节省着吃，每年也要差一个月左右的粮。特别是在遇到自然灾害以及“浮夸风、割资本主义尾巴”等人为灾害的年月里，缺粮挨饿更是不足为怪。可想而知，供养着大大小小几个孩子上学的张淮美美，是何等艰难了！

美美虽是操持家务安排生计出了名的能手，但在最困难时期，因为供应妮妮每周上学带干粮，也感到了巨大的压力……美美为给儿子妮妮节省下粮食，绞尽了脑汁，每天除保证张淮这个家里的顶梁柱基本上填饱肚子外，美美和家里的其他孩子，只能是半填饱肚子，而吃的多是地瓜干等粗粮拌着地瓜叶和野菜做的食物。

无论多么困难，美美丝毫没流露出让孩子们辍学或休学之意！

张淮对供应孩子们上学读书，始终还是支持的。但是，到了大儿子妮妮考取高中，二儿子存存小学毕业考中学，两个小的也陆续上小学时，张淮感到这种“负担”实在吃不消！因此，就在传来大儿子妮妮考上高中的喜讯，大家都祝贺时，张淮却为如何供儿子上学而愁眉不展。

一天，队里一位关系不错的领导在向张淮道贺时，张淮不由得叹了口气，无意中就说出了供养孩子们上学的愁和难，那位好心的领导也无意中冒了句：“这难事还不是你们家自找的！供那么多孩子上学有必要吗？重点供一两个就行了呗！打听打听，村里村外哪有像你家这样的，无论多少孩子，无论男女都送去上学，读了初中还要读高中。自找那么大困难何苦来着!”

说者无意，听者有心。这话好像提醒了张淮，认真琢磨了几天，张淮觉得很有道理，心想：先专供一个大孩子，让二孩子不再考中学，回家干活。或让大孩子回家来，让二孩子考中学，兄弟俩先回家一个，家庭困难就大大缓解了。另外两个小的，到时看情况再说。但张淮最担心的还是妻子美美这关过不去，他知道，妻子美美在其他方面都好商量，唯有孩子上学方面，很难让她让步！“不管怎样，一定给妻子好好说说，否则家庭生活就太困难了，特别是妻子她也太苦了!”张淮下定了决心!

时机来了。一天晚饭后，妻子美美关心地问丈夫张淮：“妮他爹，这些天闷闷不乐的，有啥不高兴的事儿呀?”

张淮故意长长地叹了口气，说：“那还能有啥事儿啊，为孩子上学的生活费和学费犯愁呗!”

“哦，原来是这样啊，我还以为队里会计工作上遇到什么难事了呢!”美美不在意地回答道，“没什么犯难的，妮妮开学的生活费和要交的学费，我思考和筹划得差不多少了，也就还差个三元多钱，咱弟弟说能帮衬下呢，你别犯愁了!”

妻子美美轻描淡写回答的话语，让张淮不知道说什么好了。沉默了一会儿，张淮想，那件考虑了几天的事无论如何都要和妻子美美提出来了！事不宜迟，于是，张淮稍一沉吟，说：“孩子他娘，家中有件大事，我琢磨了好几天想跟你商量商量，不过呢，这之前我怕自己没想好，就给一些亲戚和朋友说了说，听听他们的意见，他们都说我考虑得有道理，所以今天才给你提出来!”

说到这里，张淮看着妻子的脸，突然停顿了一下，说：“你呀，听了后先别不高兴……”妻子美美有些着急地插话道：“什么事呀，我还不高兴？快说吧，别一本正经的严肃样子，挺吓人的！”

张淮不知怎么说好了，讷讷道：“我是想，那个……咱们集中力量和精力，把大孩子给培养出来……那个，那个二孩子呢，读完小学就不再让他考初中了……或让大孩子回家，专供二孩子和两个小的。我主要考虑……”

“别再说了！”已经听得十分不耐烦且气得涨红脸的美美，突然打断了丈夫张淮的话，有些抑制不住自己的情绪，愤懑地说道，“张淮，这就是你考虑好些天要跟我商量的家中的‘大事’？！”美美缓缓情绪继续说，“好，既然你说的是家中的‘大事’，我问你，什么才是家中的大事？！……告诉你吧，孩子上学读书，才是家中‘最大的事’！”美美顿了顿，以不容置疑的口气接着说，“张淮，我今儿个明确告诉你，我即便是逃荒要饭，也要供孩子们上学读书！不让孩子们读书的歪主意以后别再说！”美美说着，忍不住两行热泪夺眶而出！

从来没见过妻子美美生那么大气、发那么大火的张淮，一下子被这情景弄蒙了，他怎么也想不到，妻子会把孩子们上学的事看得那么重！

张淮闷闷地呆在那里，好久没有说话。既然妻子美美把话说到这种程度，自己还有什么话好说呢！见妻子美美还在生气流泪，张淮有些心疼，叹了口气，安抚妻子道：“我也只是跟你商量嘛！……好啦，就听你的，我们无论多苦、多艰难，也要供孩子们上出学来！我记住了，无论什么时候再不提不让孩子们上学的事！”

美美听到这儿，突然间“呜呜”地哭出声来，且越哭越甚，越哭声音越大，越哭越止不住。一旁站着的张淮更不知如何是好，只是不停地重复着一句话：“哎呀，你这是怎么了？我错了，我错了还不行吗！”

妻子美美突然止住了哭泣，走到还在焦急地嚷嚷着的丈夫面前，摇了摇头，轻声地说道：“不是你的错，不是你的错啊！那么多年，为了孩子们上学，我们吃了太多的苦啊，特别是你，没黑没白像老黄牛一样！”

张淮听到这儿心里也是一阵酸涩，但看到妻子已不再生自己的气，就长叹一口气，安抚妻子道：“你不也一样苦吗？不说别的，就这每周给孩子们上学带的煎饼，你起早贪黑的，又要跟着我们推磨磨粮，还要一个一个把它们摊煎出来，再一个个叠成卷，多熬人，多么辛苦啊！”

美美听丈夫说完，两行热泪更是止不住泉涌般流了出来……紧接着，美美昂起头，舒了口气，说：“好了，堆积在胸中好久的那口闷气，刚才让我哭了出来，好受多了！唉，好久好久没这样痛快地哭过了，上次哭还是清明节在爹娘墓前呢！”美美继续说道，“也请你原谅我不该向你发脾气！我知道，你也是不得已才想出这个主意的，你是怕我太辛苦，也是心疼我啊！可你想想，如果我们怕辛苦，被眼前的困难给绊倒了，一时糊涂，让孩子停学帮我们干活，眼前的困难是减轻了点儿，那可能就误了孩子一辈子的大前程啊！而这个错误、这种损失是没法弥补的啊！再说了，等这一拨孩子长大，正是新中国建设需要他们的时候，如果孩子没有文化，还在农村种地，不能积极投身那新中国火热的建设中去，孩子们会恨我们一辈子的，我们不但对不起孩子们，也对不起新中国！”

美美的一席话说得丈夫张淮直点头，并由衷地称赞道：“妮妮他娘，不是夸你，你尽管是一个妇道人家，可你的眼光比一般人看得远多了，处理起事来，也周全大气！放心吧，孩子们上学的事就听你的！”

是啊，为供孩子们上学，夫妻俩吃的苦犯的难有谁知道啊！就单说初中三年加高中三年，每周给儿子妮妮和存存上学带的煎饼，真就把全家人煎熬和折磨得不行，简直成了一种心病，一种体力和精神上难以名状的负担！

要知道，这煎饼是鲁南一带才有的主食。它的制作，在那个年代还是非常原始复杂的体力劳动：首先，要把当地的主产粮——地瓜和地瓜干剁碎，与浸泡好的少量的玉米或糠皮等掺和在一块儿，把混合粮一勺一勺从磨眼里放进大石磨去磨成面糊浆，而后把面糊浆收起来，再用专用的烧热的大铁鏊子摊薄上去，煎熟后揭下凉一凉，而后把它们叠成一个个小方块，这才最终做成了好携带并好保存的煎饼卷子，那是那一带人出远门或孩子们去远地上学时一周的干粮。

在这一制作过程中，最辛劳最消耗人的体力，也是最无奈最折磨人意志力的，就是三四个人抱着木棍用力推着大石磨，像牛或驴被蒙上眼睛、套上枷锁一样一圈又一圈不停地推转转，还要一勺又一勺往磨眼里不间断地添放粮杂物。一般磨够妮妮一周吃的煎饼，再剩下些家人吃的，最少要推磨转上五六个小时。基本上是从凌晨开始磨，直到天亮。哦，那种辛劳、疲倦、无聊、无奈，带给推磨者精神上的折磨和痛苦，真正是无法用语言去描绘和形容！

所以当丈夫张淮说到这个事时，又触动了美美不愿说起的那种悲苦情感。

美美清楚地记得，那是一年前深冬的一个周末，为给儿子妮妮准备一周的煎饼，大概凌晨一两点钟时张淮和美美又把两个正熟睡的较小的孩子叫醒推转大石磨磨糊浆了。大孩子学习紧，只是星期天回来取上一周吃的煎饼就回学校，学习最紧时，甚至连家都不回了，家里就派上存存把一周吃的煎饼给哥哥送去。这一次，就属于后面这一种情形，二孩子也不用叫醒推磨了，因为白天他还要赶路给哥哥送煎饼。

那晚出奇地寒冷，不大的西北风却像刀子一样划割着拉磨人暴露在外边的脸和手，身上的棉衣也显得如此单薄，寒风毫不费劲就钻进了体内，让张淮美美，特别是两个小点儿的孩子冻得瑟瑟发抖。

“孩子们，用劲儿推啊，一会儿就不冷了！”还是美美率先打破了这种令人窒息的宁静，为了让两个小的提提精神，又接着说道，“来，我考考你们，你们再指给我看看，天上哪一颗星是北斗星？哪一颗是扫帚星啊？”

没等母亲话音落下，小儿子不耐烦地抢先说道：“娘，你考我们多少次了？不用看我就能指出来！你能不能跟我讲点儿新话题啊，我真的特别犯困呢！”

美美马上搭话道：“儿子说得对，是娘糊涂了……嗯，那我就讲个故事吧，而后让你爹爹讲。讲个什么呢？……哦，就讲个岳母给儿子岳飞刺字的故事吧！”两个孩子立马来了精神，齐声回答道：“好哇！快讲吧！”

美美动情地讲着讲着，突然间声音越来越小、越来越小……

“娘，大声一点，听不到啦！”又是小儿子叫了一声。

然而，小儿子的声音刚落，就听到美美急促地叫了一声：“孩子他爹，我头晕，好难受啊！……”话音未落，就听到“砰”的一声，美美倒在了磨道里！

“孩子他娘，你怎么了？”说时迟那时快，张淮丢下磨棍，一步蹿到美美身边，一把抱住妻子，不停地呼喊着：“怎么了？孩他娘，你怎么了？”

“娘，娘，娘——”两个被吓到的孩子，纷纷丢下磨棍惊叫着、哭喊着围了过来。

“我我，我没、没事的……”美美有气无力地低声安抚道，“你们别、别害怕，我没事的，我、我只是有点累，他爹，扶着我到屋里躺一会儿就好了！”

妻子话音刚落，张淮就一边连声应着一边手忙脚乱地扶着妻子向屋里走去。两个吓呆的孩子，也停止了哭喊，跟着进了屋。

到了屋里，美美躺到床上后，又坐起身来，对站在床前的张淮说：“孩子他爹，我没事的，休息休息就好了。这些天过于劳累，没休息好造成的，我休息会儿就起来去摊煎饼，就辛苦你们爷儿仨把剩下的那半盆粮磨出来吧，明天上午摊煎出来后，下午还要早点儿让老二给他哥哥送去呢！”

“嗨呀，我咋说你呢？”堆积在张淮胸中的怨气一下子爆发了，“真的为了孩子上学不要命了啊！这还只是上初中，如果再念三年高中，二孩子再接上读初中，那我，我们……唉，怎么说好呢！”

听到张淮话里有怨气，躺下的美美突然又从床上坐了起来，既安抚又责怨地制止丈夫张淮道：“好了，你要说什么我明白！供孩子上学的事，我说过多次，什么都不再说了！我现在好多了，走，咱们再一块儿磨浆去！”说着，美美大颗大颗泪水一下涌出眼眶，并就要从床上下来。

床前站着的两个孩子慌乱地齐声叫道：“娘、娘，不行，你不要起来，你躺下休息！”

“你这是干什么呀？！我不就是给你发句牢骚吗？也是心疼你啊！”这下子也把张淮急坏了，忙又道歉道，“好好好，全怪我这张嘴！你还是躺着好好休息吧，我带孩子们把剩下来的那点儿粮食磨出来！”

是啊，美美之所以不愿说起这些事，就是因为这一切都是自己心甘情愿的！可美美也非常理解丈夫想放弃一个孩子上学的想法，大孩子考上高中，还要上三年不说，这二孩子又要考初中，一旦考上，与哥哥一块儿要背三年煎饼卷子……这突增的成倍困难，任谁都要思虑、都会犯愁的啊！可又有什么法子呢？既要坚持让孩子们都上学，那也只有“华山一条道”：坚持着，坚持着吃更大的苦，受更大的难啊！

……

尽管围绕着孩子们上学的风波过去了。但在那个只能老老实实干集体社会主义及“文革”年代的极端困难时期，供养四个孩子上学，可不是用嘴说说苦和难那么轻飘飘就过去的！

现实生活中，那些实实在在的难以想象的苦和难无时不在考验着张淮美美夫妻俩。

最困难最煎熬的时期，始于大儿子妮妮考上大学、二儿子上初中和两个小的也都陆续上了小学那些年里。

1963年8月初，张淮美美家的大儿子妮妮考上名牌大学的消息不胫而走，村里村外以及亲朋好友，都在为妮妮成为村里走出的第一名大学生而奔走相告！这则喜讯，无疑为还没消退的夏末热浪又平添了几分热度。

道喜、祝贺之声不断在张淮美美夫妻俩耳畔萦绕着！然而，他们夫妻俩却怎么也高兴不起来。特别是在儿子妮妮就要开学报到那些天里，夫妻俩脸上的愁容更加明显起来。

那是在为儿子筹措即将要去大学报到的各种费用而发愁啊！

这不，近些天来，夫妻俩跑遍了全村能求助的亲朋好友，尽管求到的亲朋好友能借给他们的多少都借给了一些，但那个时候家家都不宽裕啊，能借给的数量很少，所以美美掰着手指算来算去，所有的钱加在一块儿，还差三元七角！

丈夫张淮早饭后放下饭碗就匆匆出去了，不知他是想办法再去借钱，还是有别的事，走时没作声，快到午饭时分了还没见人影。大儿子妮妮知道父母亲为自己上学吃尽了苦，操碎了心，他默默来到正在帮他缝制衣服的母亲身边几次，又心事重重地走开了。等他再次走过来时，母亲美美以为他有什么心事要说不好开口，就主动问："大儿啊，你有什么事要给娘说吗？"

大儿妮妮嗫嚅着说："娘，我知道，你和我爹为我筹措上学费用操碎了心，家里实在太困难了！要不……我想，今年大学我不上了，在家帮你们一年，明年家境好转，我再去考。"

"什么？什么？"美美放下手中的活，几步走到儿子面前，既焦急又气恼地连声问道："你说什么？你在瞎说什么呀？！怎么回事？谁跟你说要你停学一年来家帮忙了？！谁告诉你家里供不了你上大学了？”

见母亲如此生气，妮妮有些慌乱地不知说什么好了：“我……”

母亲气得两眼含泪，斥责道：“我什么！不允许你再有这个想法！知道吗？你说出这样没出息的话，会伤娘的心呢！”

大儿子流着泪向母亲承认了错误。

望着抹着泪走开的大儿子，美美愈加心烦，她又拿起缝制的衣服，可一点儿再缝制的心思也没有。她不停地望向门外，心里不由得责怨道：“唉，这个张淮，多半天了去哪儿了啊？”

就在这时，一阵急促的小孩子的脚步声从门外传了进来，紧接着，小儿子成成满头大汗地跑进了屋内，一进屋就叫道：“娘，你猜，我手里攥的是什么？”没等母亲搭话，儿子成成就把小手伸到母亲面前，伸开了拳头，并十分得意地说，“娘，你看！”

美美惊奇地“啊”了声，问：“一角五分钱！你是从哪儿弄到的？”

儿子成成抹了一把脸上的汗，很有成就感地说：“中午，我去北边沙河的漫水桥上帮别人推车挣的呢，帮助推拉一辆车，给五分钱，这是我帮助推了三辆车挣的钱！”成成看着母亲惊异的神色，接着说道，“我知道你和我爹，为我大哥哥上学的钱犯愁呢，以后中午放了学，我就边在河边割草，边观察桥上有没有需要帮助推车的，如有，我就帮他们推车给哥哥挣学费钱！娘，你不要再犯愁哩！”

美美一把搂住懂事的小儿子，两行热泪不由得流了下来……

是啊，穷人家的孩子早懂事，早知道顾家啊！不满十岁的小儿子，由于缺乏营养身材瘦小，可他实际上已顶大孩子用了。上午放了学，马上割草或捡粪卖给生产队挣工分；下午，不去上学了，他总是缠着生产队专门派工活的小组长要活儿干。小小年纪，每年卖草卖粪，加上揽活儿，能挣半个劳动力的工分呢！其他孩子同样如此，非常懂事，这也是美美虽然苦累，但感到十分欣慰的一点啊！

天已上黑影，美美抬脸望着已被夜色笼罩的窗外，愁绪满腔地自言自语道：“唉，这人去哪儿了啊，要尽快商量办法筹钱啊！无论如何要确保儿子准时到大学报到啊！”美美不由得起身走到门口，扶着门框，两眼依然望着夜空，叹了口气，口中还在默默盘算着：“唉，这几年为筹措孩子们的上学费用，能卖的东西都卖了，再没什么值钱的东西可卖了啊！”想着想着，突然间美美灵机一动，脱口而出，“要不，要不明天一早把家里那只下蛋的老母鸡拿到集市上给卖掉？”可很快她又不由得摇了摇头，喃喃道，“那那，那可是家中唯一的‘财源’呀，平时家里用的油盐酱醋，全靠那只老母鸡下蛋来换取呀！”此时的美美眼睛有些湿润，她感觉遇到了平生以来最大的难题，有一种过不去这个坎的悲凉之感。

就在这时，就听到大门“吱呀”一声被推开了，随即丈夫张淮兴冲冲地走进了家。美美赶忙擦掉脸上的泪珠，退回了屋内。张淮快步走进屋，一进门，就抑制不住心中的兴奋，说：“妮妮他娘，别犯愁了，钱我找到了！”说着从腰里掏出一个小纸包来，顺手递给妻子美美，“这是六元整，连其他几个孩子的学费一并都凑够了呢！”

妻子美美连忙接过纸包，喜出望外地看着丈夫，疑惑不解地问：“你这是在哪儿借到的钱啊？一下子还能借到这么多。”

丈夫张淮走到桌前，提起竹壳的暖水瓶，倒了碗白开水，边喝边说道：“嗨，还是过去那几个一块儿跑生意的伙计们够意思，我先是找到他们其中的老胡，胡大叔，听我把情况一说，胡大叔二话没说，又联络了邻村的朱大哥等几位，他们一筹，就给我凑够了六元钱，还叮嘱说，不急着还呢！”

“哎呀，没想到你们这一块儿跑过小生意的伙计这么好，真是帮我们大忙了啊！”美美有些激动地说。

张淮很是自豪地说：“那是的，毕竟是有过几次生死之交的啊！不过……”张淮话锋一转，说，“他们还说呢，我如果每月能挤出几天，跟着他们各乡各村地跑跑，去卖小雏鸡，定能挣点零花钱。”

“哦，还有这种事？”美美既惊异又有些兴奋地问道。

张淮放下喝水的碗，坐了下来，回答道：“村里和邻村都在孵化小鸡，他们一年能孵化出七八炕，一旦小鸡出了炕窝，就需要有经验能吃苦，还会挑重担子的人，各乡各村吆喝着尽快卖掉，否则，就赔大发了！这方面的人难找，不愿吃这么大的苦不说，那两头翘的大担子很少有人玩得了啊！所以，这些伙计们，想拉着我跟他们一块儿跑跑呢。”张淮停顿了一下，又说，“我想，咱们家的孩子上学需要钱，特别是大孩子读大学更需要钱，光靠我们夫妻俩，再怎么拼死拼活地干，也供养不起他们啊！”

“唉！”美美不由得叹了口气，说，“你说的这些，也是这些天我一直在琢磨的事，大孩子上大学，确实会为我们带来较大的经济负担，另外还有其他几个孩子上学的费用啊，光靠我们夫妻拼命，确实是难以承担的！这一切才是开始啊……如果你能在做好队里会计的同时，挤点时间跟他们一块儿做点别的，贴补下家用，那当然好了！不过，无论如何，我们都要有吃更大的苦、受更大的难的思想准备啊！”

无须思想准备，艰难困苦如影随形，一直伴随着张淮美美夫妻俩。

在那些年里，张淮美美一家人，两三年都添不了一件新衣，家里人记忆中添新衣，那还是三年前妮妮上大学时，美美把压箱底的一块多年前丈夫张淮给自己买的布料拿出来，给大儿子妮妮做了一身新衣服。家里所有人的衣服，都是美美用旧衣服改的，不过由于美美勤快利索，尽管家人衣服破旧，但都十分整洁。除此外，家里除了过春节时买斤猪肉包顿饺子，应付一些走亲串友的亲戚，一年到头再没有沾过荤味，闻过腥味，尝过鸡蛋……

生活上的苦还好挨一些，体力上的苦累以及身心的疲惫常常把美美拖累得不成样子。

为了多拿些工分，美美常把自己当作壮劳力看待，平常揽一些重体力活不说，还时常没黑没夜地揽活加班……本就十分清瘦单薄的身体更加消瘦，再加上走路不稳的三寸小脚，给人感觉风一吹就要倒，有谁能想象，就这样的身板，美美加班加点揽活干，一年下来，拿到的工分比壮劳动力还多呢！

那是炎热暑天的一个傍晚，大火球般的太阳烧烤了一天的大地，蒸发出令人作呕的一股又一股含着汗臭味的热浪，灰蒙蒙打着卷儿的树叶像是睡着了似的纹丝不动。平时满树叽叽喳喳的喜鹊、乌鸦和麻雀，也不知道躲到哪儿乘凉去了，树上、天空中，一只飞鸟也不见。村头路边上，孙家豢养的那只一天到晚狂吠不止的大黄狗，此时也歇了嘴，张着大大的嘴，伸着长长的舌头，趴在门前那块大石头上喘个不停。只有村里那个脏兮兮的大水坑里显得特别热闹活跃，煮饺子似的塞满了一水坑洗澡嬉闹的孩子。劳作一天的人们，早已简简单单地吃过晚饭，冲完凉，提着凉席，摇着大芭蕉扇子，躲到各自喜好的打谷场、村头、路边的风口乘凉去了。

“加班去喽，有谁去加班？南坡三角地里加班‘劈暑叶’（即把成熟的肥大的高粱叶扒下，而后晒干储存，留作冬天牛马食料），工分是白天工的三倍！想去挣高工分赶快去啊！”此时，生产队辖区街上，突然响起小组长那熟悉的叫喊声。小组长边走边喊，其破锣似的沙哑喊声，由远而近又由近而远在几个胡同里响彻着，“高工分了啊，有谁愿意去挣高工分的，跟我走了！”

无疑，小组长的吆喊声，为这个炎热的傍晚又平添了几分火热！

“别叫喊啦，这么热的天，除非想到那儿蒸‘人肉包子’，没人会去挣那个高工分！”

“就是的，这是谁的馊主意？这么热的天还要让人钻高粱地加班干活，中伏热死人，你们队领导去顶命啊！”

“别叫了，不会有人去，要去就你们队领导去好了！”

路边的几个正要去乘凉的生产队的男女社员，见小组长走来，不耐烦地对着顶了几句。

那个小组长不恼不怒地笑眯眯地说：“白天更热，只有晚上去加班干啊，过了这个时期，高粱叶就没用了！”说着又吆喝着走开了。

叫了几遍，小组长见没有人响应，正悻悻地要往回走，突然间被人叫住：“哎，小组长呀，我算一个。”小组长回头一看是美美，不由得一愣，马上脱口而出：“天啊，大嫂子你可是干了一天高粱地的活了啊，听说你上午差点儿中暑了呢，尽管是晚上了，但是没风，依然很闷热的，你还行吗?”

美美勉强笑了笑，说：“歇过来啦，没事儿的。”

小组长也是勉强笑了笑，叹了口气，说：“那好吧，可能今晚去的人不多，你先慢慢走，我看看还有谁，随后就去。”小组长说完便转过身去，边走边自言自语道，“唉，为孩子上学，命都不要了，何苦来着!”

那晚去加班的，确实如小组长所说，人很少，连上小组长本人共三个人，另一位还是小组长硬拉过去的。更令人心疼的是，美美那晚在加完班回来的路上，由于又热又累又渴，在离家门口几步距离的地方时，真的中暑晕倒了……

张淮对妻子美美这么不要命地拼，是又气又心疼又无奈！有什么办法啊？都是为了多挣些工分，供孩子能上学啊！包括他自个儿也在拼老命啊！除兼职生产队会计外，他也是在加班加点地揽活干，每月里还挤出几天来，捡起了多年的挑担，与过去共同跑小生意的伙伴一起，不定期地去各乡各村各户，吆喝着卖小雏鸡儿。可以说，张淮他本人也像是一头过劳的牛，非常疲惫。但尽管如此，张淮自上次发誓不再提孩子们休学的事后，再也没有因此对美美说过任何怨言!

张淮的确是个“真男人”，一言既出，驷马难追!

即便是“文化大革命”期间，学校处于半停课状态，农村许多家庭都不再让孩子上学时，张淮也咬住牙根儿，没提让孩子退学之事!

美美更是堪称“奇女子”!

那是1966年初春的一天，早饭后，张淮美美正在收拾家务，突然间，大门口响起一串清脆的自行车铃声，随即传来乡里邮递员熟悉的声音："大哥大嫂，喜事儿，大儿子来信了！"

张淮一溜小跑冲向大门口，从邮递员手中接过信，用眼一瞄，正是儿子熟悉的字体。邮递员边麻利地蹬上自行车，边随口问了句："大儿子该大学毕业了吧！"

张淮随口答道："对哩！"望着一溜烟儿骑车远去的邮递员，又招呼了一声，"谢谢你几年来的关照啊！"

邮递员转身招了招手，骑车飞一样走了。

这时妻子美美已走了过来，催促道："快，看看儿子写了些什么？"

张淮撕开信封，把信纸掏出抖搂开，念道：

"爹娘二老好！弟弟妹妹好。告诉你们个大喜事，我们大学毕业班，上一周开始征求个人的工作分配意见了！……"

张淮美美夫妻俩几乎同时惊呼道："啊，大儿子就要大学毕业分配工作了！"

"大儿子就要大学毕业分配工作了，就要拿工资了！"多少天里，张淮美美夫妻俩都沉醉在苦日子就要熬出头的兴奋中。

然而，几乎是一夜之间，政治形势就发生了天翻地覆的大变化！张淮美美夫妻俩晕头转向，还没明白怎么回事呢，大儿子信就又来了，信中告知：他们毕业班的各项事儿全部停止了，其中包括毕业分配！

张淮美美十分茫然，甚至不知道给儿子回信要叮嘱些什么！他们本想问问儿子何时才能分配工作？何时能拿到工资？……话到嘴边，字在信纸上刚要成形，夫妻俩又打住了。美美叹了口气，说：

“算了吧，别问他了，会增加他的心事的。”

张淮点了点头，说：“嗯，是啊。唉，关键是这一切才刚开始啊。他们大学毕业生的工作分配，我看啊，短时间内没影儿！”

大儿子工作分配是那样，已经够让张淮美美夫妻俩惦记烦心的了，而更让夫妻俩茫然和不安的是，已有半个月没回家的已读高中的二儿子存存，在一天下午，穿着一身旧军装，扎着皮腰带，戴着红卫兵袖章，兴高采烈地回到了家。

晚上，张淮回到家，见妻子美美一个人坐在屋里，就顺口问了句：“孩子们都睡了？你咋还没有睡呀？”

美美直言不讳地答道：“等你商量大事呢！”没等丈夫张淮回答，美美就急不可耐地把丈夫拉到一边坐下，小声地说道，“孩子他爹，年底我想让二孩子存存报名参军去！”美美说完脸上溢出了一种兴奋的表情，继续说道，“既然学校不上课了，让二孩子去解放军这个大学校学习锻炼一下多好啊！再说了，解放军也是所大学校，全国人民都学解放军呢，二儿子如能参军入伍，那该是多高兴、多光荣的事啊！”

张淮听完妻子美美的话，既惊奇又高兴地一下站了起来，说：“咦，这大主意不错，确实是个‘大主意’！好好，好，我完全赞同！”

一切如美美所愿。年底接新兵的解放军同志来了，二儿子存存个人也十分乐意报名参军。一路政审体检，十分顺利，并很快拿到了入伍通知书！

二儿子存存当兵走了，而且是去了首都北京的一个部队。不长时间，大儿子妮妮那边也传来了大学毕业分配的喜讯，尽管在参加工作前，要到部队的农场先锻炼一段时间，但不管怎么说，也像部队战士那样开始发津贴了，家庭重负一下卸掉了不说，两个孩子还隔三岔五地给寄回五元十元钱来！那段时间里，张淮和美美从内心里有说不出来的高兴！

家里就剩下两个小的孩子了，也都进入了初中，即将面临着推荐选拔进高中的问题。所谓“推荐选拔”，就是各村各户已上初中的贫下中农的子女，只要想上高中，给大队说说，基本上都能满足。试想，去掉许多家庭不愿再让孩子浪费劳动力去上学的，再除掉家庭出身不好的子女，几乎是各初中班“连班端”，公社联办中学的高中班都不太能满足。

美美清楚，对于公社联办中学的高中班，许多人瞧不起，不稀罕让孩子“去浪费时间”，也知道学校根本谈不上有什么教学质量，其高中文凭纯属是一个摆设。更重要的是，大家都明白，孩子即便上完高中，也是回家种地。所谓“推荐上工农兵大学”，对一般农民的孩子来说，那纯是癞蛤蟆想吃天鹅肉——痴心妄想！即便如此，美美不管别人怎么说、怎么看、怎么做，让两个小的孩子上完初中继续上高中的信念丝毫不动摇！

有一件事，不但让张淮和美美夫妻俩找了难看，更是深深刺痛了最小儿子成成幼小的心灵！

那是发生在1970年的事，张淮美美家的北房由于年久失修，已经变成危房，没法再住，只好拆掉再盖。拆旧屋好办，生产队无偿地帮助拆除，还用新土换旧墙；但在用泥巴一铲一铲往上筑的时候，这全靠张淮一人，有时让还未长成人的小儿子成成当帮手。对此，许多人躲着走，或用异样目光瞥上几眼就快步走开了，包括个别近亲属。一次，墙筑高了，小儿子在下边和泥，张淮一会儿从下边把泥巴挑到墙上，一会儿又要爬上墙把泥巴一铲一铲摊筑在墙上，非常辛苦。这时，突然间走过一位远房的兄弟，对着张淮阴阳怪气大声喊道：“嗨哟，几天没见，墙筑那么高了，没想到张淮大哥还那么大的心劲啊！屋盖好后给谁住啊？你们不是有大学生儿子了嘛，再培养几个出来，那将来肯定要住大城市了！”

张淮直起身来，毫不客气地反击道：“屋盖好后放这儿，到时你可以租用啊！”

那位说风凉话的人咂咂嘴，没再说话，灰溜溜悻悻而去。

最让张淮和美美尴尬的是，在新房快盖成的关键时刻，张淮请人帮忙时，竟然遭到公开拒绝：“你那两位壮劳力的儿子放在城里不用，怎么好让我们去为你们家出大力啊！”

这事对张淮和美美夫妻俩刺激很大，对在家经历此事的小儿子刺激更大！

当晚，小儿子向母亲美美提出了不想继续读书的想法。晚饭时分，小儿子成成没去吃饭，而是阴沉着脸，嗫嚅着对娘说：“娘，我我，我想给你和我爹说个事，读完初中，高中我不想上了，上了也没啥用！看看，谁家还稀罕让孩子上学呢？！村里好多人都在讥笑我们家，讥笑你呢！……不如我回家帮着你们干活，多挣点工分，一是减轻你和我爹的负担；二是不再让他们讥笑我们！”

美美听着，一开始惊得瞪大了双眼，非常生气地想对儿子发火，但还是忍住了，在耐心听孩子说完后，反而非常冷静地看着小儿子，沉默了一会儿，她把儿子成成拉到身边坐下，轻轻地问道：“你告诉娘，你是真心不想上学读书吗？”

儿子成成思谋了一会儿，摇摇头，回答道：“想。就是……”

母亲美美摆了摆手，制止道：“好了，娘知道你要说什么。为什么要读书上学？娘平时给你们讲了不少这方面的道理了，娘也知道，这些道理现在已讲不通，被批判了，‘上学读书无用论’比较吃香，占了上风，但娘要告诉你们的是，这‘倒燃灯’（意思是不重视读书上学、不重视文化知识的现象）的时代不会多持久的！”美美缓了缓，长出了一口气，继续说道，“娘也知道，在学校上课，也学不了什么东西。娘不是给你们说了吗，不管学校发什么书、老师讲什么课，在学好以外，你们呀，还要悄悄把两个哥哥的同年级的书带上，一定想法子把哥哥同年级的书也学懂弄会，不懂的不好问别人，就集中起来写信问哥哥们。”母亲最后轻描淡写地说了句，“至于外人说闲话，遭讥讽，全当没听到！他们爱怎么说就怎么说，我们也管不了他们的嘴，他们也管不了我们做事，娘都不在意这些，你们小孩子更不要在意！”美美说到这儿，突然想起一件事来，有些兴奋地说道，“对了，儿啊，你还记得吗？在大哥哥考上大学那年春节，我们邻居孙先生，大门上贴了一副什么对联来着？”

儿子成成听到母亲的问话，脱口而出：“记得，‘门对烟囱革命化，地接房临大学生’！”

母亲美美笑嘻嘻地说：“嗯，那副对联，引来村里多少人来看啊！‘门对烟囱’，是说他家大门对着生产队炕烟炕小鸡（炕烟，即生烟叶炕烤成熟烟叶；炕小鸡，即孵化小鸡）的厂房，那‘地接房临大学生’不就是说我们家吗？孙先生是用对联表明以与我们家为邻感到自豪呢！儿啊，这说明不光有人讥讽我们，也有人夸赞我们呢！”

儿子成成有些自豪地点了点头，期待地望着母亲。母亲沉思了一会儿，非常深沉地接着说："儿啊，你知道吗，前几年我听你大哥哥说，他们的老师讲历史课时，还讲到我们滕县有了不起的历史文化和历史名人呢……"母亲整理了一下头绪，慢慢讲道，"咱们滕县啊，在很久很久以前，什么什么'战国'时期，比诸葛亮的'三国'时期还久远呢，叫'滕小国'，是'善'文化的发祥地。说，那时候有位叫滕文公的当国王，滕文公还把孟子孟老先生请来问政呢，孟老先生让他对老百姓好，要行仁政，做善事，他呀照着去做了，所以'滕小国'不大，可是呀，发展很好，老百姓都拥护，周边其他国呀对'滕小国'也特别好，周边各国打来打去就是不打'滕小国'，存活的时间可长呢！据说呀，1958 年 8 月，敬爱的毛泽东主席来我们这里视察时，还问到这里的领导，熟悉不熟悉'滕小国'啊？孟子在'滕小国'的古迹还有没有啊等等。"

儿子成成插话说："娘，你知道的真多！"

母亲美美笑了笑，叹了口气接着说："娘知道的这点事，还不是你哥哥给我讲的，还有从其他地方听来的啊，所以你们要好好上学学习呀！"母亲缓了缓口气，接着说，"听你哥哥说，滕县的历史名人可了不起呢！……嗯，有什么科学圣人墨子、木工匠祖师爷鲁班，还有什么造车鼻祖奚仲……哎呀，可多呢，娘记不住了！……儿啊，娘给你说这些，是为什么，你能明白吗？"

不等母亲话音落地，儿子成成就急忙抢话道："娘，我明白，我明白的！你放心吧，我会继续把学上好，把学习成绩搞好的！"

……

光阴荏苒，时间老人已把岁月推到 20 世纪 70 年代中期。张淮美美家两个最小的孩子也相继高中毕业了。小儿子成成毕业后，在母亲的鼓励和哥哥的引导下，也光荣参军入伍了！因为这也是农村男孩子唯一能“跳出农门”的“独木桥”！

……

历史是最无情的，历史也是最讲情的！历史是最不公正的，历史又是最公正的！知识无用论最终将被抛弃！如美美对儿子所说的，那个“倒燃灯”的时代果然没能持久！社会发展很快恢复了正常状态！美美坚定不移地培养儿女们上学读书，最终得到了美好回报：孩子们因为有知识有文化，都成为对国家和社会有用的人才！

第十篇

求仁得仁因果报 耄耋故我悬念添

有诗为证：

一生意念坚如磐，
山崩地裂勇向前。
虽苦心甜不言苦，
向善向美向明天。
目不识丁脑聪慧，
历史经典铭心间。
黑白分明心更明，
敢作敢为敢为先。
虽为巾帼须眉胆，
凛然正气魑魅寒。
相夫教子情暖家，
扶弱助贫佳话传。
求仁得仁因果报，

　　耄耋故我悬念添！

　　……

时间如白驹过隙，转眼间，时空已经来到了21世纪。张淮和美美两位老人也已迈入耄耋之年。

一直在部队工作的小儿子成成，在北京有了一定的生活基础之后，首先想到的是，要把两位吃尽苦受尽累操碎心的年迈父母，接到身边享享清福！

2001年的春夏之交，古老的北京，这个蕴含和见证了五千多年中华民族波澜壮阔发展史的现代化的特大都市，在跨入新的世纪后，更显现出了它巨大的活力和魅力。

那是一个阳光灿烂、暖风习习、春意盎然的日子，下午四点多钟，奔波了一天的张淮和美美两位老人，从火车站又坐上了儿子成成安排的小轿车。车子开出不久，美美老人突然对司机说："小师傅，把车窗帮着打开，车慢着开。"

坐在前边的儿子成成一惊，忙问道："老娘，你是不是晕车？"

美美老人忙回答道："不是的，不是的。我让司机小师傅开慢些，是想多看看咱这大首都的繁华风景啊！"

"哦，原来是这样。"儿子成成释然地说，"老娘不急，繁华地儿还没到呢，车前面一拐，就到长安街了，我们还要路过天安门广场和人民大会堂呢！"

美美老人一听到这儿，马上有些兴奋地问儿子："那些地方兴许能停车让我们下来，走走看看？"

儿子成成笑了笑说："不行的。"紧接着，儿子又说，"娘啊，这次你和我爹爹来北京，是长住，以后有的是时间到这些地方参观的。”

张淮老人附和着儿子道：“就是的，就是的，以后有的是时间转着看呢！”

美美老人像是解释又像是自言自语地说：“这不是坐了一天火车了，想走走，顺道看看呗！”

儿子成成心领神会地点了点头。

说话间，车子已到北京饭店附近，儿子成成安排司机找了处安全方便的地方停下车，招呼老爹老娘道：“爹娘，前面就是天安门城楼和广场了，如果你们两位老人不累的话，就下来走走吧。”

张淮和美美两位老人在儿子的搀扶和引导下，慢慢地走着看着，并不时地停下来四处张望着，其兴奋和喜悦的心情溢于言表。走着走着，美美老人打开了话匣子，她忍不住心中的喜悦，对老伴张淮念叨道：“成成他爹，你看看北京多漂亮啊，那街道多宽多干净啊！”没等张淮老人答话，美美老人突然间像发现了什么新奇事似的，连连说道，“哎，你们看看、听听，街上跑了那么多车，一点喇叭声都没有？要是放到我们小县城里，那么多车，光喇叭声就能把人给吵死。”

儿子成成听了之后，马上笑着对老娘解释道：“娘，北京不允许过多地鸣喇叭，那是噪声，是环境污染。”

“嗯，大城市就是文明！”张淮老人跟着附和了一句。

美美老人依然抑制不住兴奋的心情，又对老伴张淮说：“老啦老啦，谁能想到，我们能来北京过晚年享清福啊！……想想过去，为供给孩子上学，吃苦受累，值了！孩子他爹，你说是吗？”

老伴张淮故意笑而不答。美美老人见老伴张淮不搭话，不高兴地责怪道："哎，你咋不搭话呀？我说的在理不在理吧？"

张淮见老伴美美着急了，故意带嗔怪意味地说："你啊，就是明知故问，就是要讨我表扬你两句呗！"

儿子成成怕两位老人又要拌嘴，马上笑着打了个圆场："不是的，我娘不是这个意思。是说你们两位老人晚年来到北京享清福，高兴哩！"

美美老人白了老伴张淮一眼，说："又想歪了不是！"

那是张淮和美美老人来北京的第一个周末。儿子儿媳很重视，想陪伴两位老人去北京的名胜转转，并精心做了两套方案，包括北京的一些名吃如北京烤鸭等。谁知一听报告，母亲就提出了早已与父亲商定好的想法："这第一次外出参观，我和你父亲早有个打算，想请你们夫妻俩陪我们到毛主席纪念堂，去瞻仰一下毛主席他老人家的遗容！"说到这儿，美美老人还十分动情地补充道，"没有毛主席，就没有我们家的今天！更别说我和你爹爹晚年能跟着你们来北京享清福了！所以，来京这第一次跟着你们外出，一定要先去毛主席纪念堂瞻仰他老人家的遗容啊！"

儿子和儿媳被母亲这一番话和两位老人对毛主席的深厚感情深深打动着。

周日上午，美美和张淮两位老人的心愿得以实现，在儿子和儿媳的陪同下，他们早早来到毛主席纪念堂排队等候瞻仰。当他们随队伍慢慢走到毛主席的水晶棺前时，美美老人突然间抽泣起来，并站在棺材前深深鞠了个躬后不再前行，后面的瞻仰者都停了下来，没有一位催促责怨的，而是惊异地望着美美和张淮两位老人，他们以为这两位白发苍苍的老人，肯定与毛主席有什么“特殊的关系”，否则不会动那么大的感情。这突然的一幕也让陪伴他的儿子和儿媳惊住了，一直扶着母亲美美的儿子成成，连着小声劝说道：“娘，走吧，看把后面的人都给挡住了。你看，那边执勤的解放军战士也过来了……娘，咱们走吧！”

旁边执勤的解放军战士走到美美老人身边，十分有礼貌地敬了个礼，弯下身来悄悄问道：“奶奶，有需要我帮助的吗？”然后转向成成和他爱人扶着的张淮老人，说道，“要不请你们往前面边上靠些，把路让出来，好让后边的同志往前走。”

成成不好意思地回答道：“谢谢你，不用了。”而后转向母亲，依然小声劝说道，“娘，走吧，下次你想什么时间来，我们再陪你过来！”

美美老人点点头，边擦拭着眼泪，边转身向前走去。

张淮和美美一家四口，默默走出毛主席纪念堂，好长时间谁都没说话。还是儿媳妇打破了沉默，向丈夫成成建议说：“要不在前面找个地儿，让老爹老娘休息会儿？”

儿媳妇的话音刚落，美美老人便接话道：“不休息了，今天哪里都不去了！我有些累，回家吧。”

又是一阵子沉寂。

儿子成成马上圆场道：“对对，我们回家休息去，老爹老娘今天太累了，我们改天再来人民大会堂、故宫等地参观。”

回到家里，母亲美美把儿子成成和儿媳妇拉到身边坐下来，神情庄重地说道：“你们知道我今天见到毛主席的遗容，为什么会那么激动吗？为什么来到北京后给你们提的第一个要求，就是到毛主席纪念堂瞻仰毛主席的遗容吗？……今天呀，我要把藏在心底多年的一个故事讲给你们听听。”于是，美美老人神情庄重地娓娓道来。

那是滕县即将解放的一天傍晚，眼泪已哭干的美美，趴在病重多天已近奄奄一息的老母亲床前，一边不停地呼唤着母亲，一边十分焦急地不断向门口张望着，等待着去请医生的丈夫张淮归来。美美知道，丈夫张淮去外村请的那位老中医，未必能请来，一是，那位老中医来看过母亲的病情，吃过他几服药，病情没见多少好转，老中医说“老人是肺上的痨病，身体又弱，是难以医治好的”；二是，现在周边还在打仗，人家老中医哪儿还有这个心思跑来给看病啊！尽管如此，美美和张淮夫妻俩，仍抱着一线希望，张淮晚饭没吃就急急忙忙请那位老中医去了。

天黑了下来，仍然不见丈夫张淮回来，美美心里既为母亲的病情着急，又担心起丈夫来：“天哪，真让人着急死了，怎么回事呀！四处还在打仗，张淮他千万别出事啊？”美美心急如焚！

就在这时，忽然听到院里一阵急促的脚步声，没等美美缓过神来，就听到张淮急冲冲的叫喊声：“孩儿他娘，快快，家里来客人了！”

随着丈夫张淮的喊话声和急促的脚步声，屋门“吱呀”被推开，随即就进来了几位穿着军装的军人。美美一下惊住了，刚要开口说话，就听其中一位问：“病人在哪里？老人在哪里？”

“啊，这儿。”美美下意识地答了一句，并往旁边让了让。油灯微弱的光亮下，只见一位瘦瘦的中年男军人走到床前，从衣兜里麻利地拿出一个张淮美美都没见过的白晃晃圆圆的小东西，把连接的两个叉叉放到耳朵里，而后把那个圆圆的小东西，在手里暖了一下，俯下身去，放在老人身上十分认真地移动着、倾听着。约莫过了几分钟，他直起身来，又端起油灯对着老人的脸照了照，翻起眼皮看了看眼睛，然后对身后的另外两位军人也是对着张淮和美美说道："主要是缺乏营养，另外，肺炎时间较长了点，但问题不大！"说完，把一位背着个硬包的军人拉到一边，两人悄悄说了几句话，只见那位背包的军人，把一个草绿色的硬包放到桌上打开，仔细看了看包里的药品，小声对那位男军医说："主任，可以的，可以给他们留下一周的药。"

一旁的美美突然间忍不住轻轻"啊"了一声并脱口而出："是位女军人、女医生啊！"

军人们没有答美美的话。只是那位男军医转过身来对着张淮和美美叮嘱道："我们给你们留下一周的药，每天早中晚三次按时给老人服下，这药很珍贵，消炎的，我们这里也不多了。另外给老人多熬点米汤喝，最好能给她熬点鸡汤或者鱼汤喝，让她增加些营养和热量，还要注意保暖。如果调养好了，估计半个月或一个月就会好起来。"

男军医话音刚落，那位女军医就把包好的药递给了美美。

整个事件是那么突然，来的人又那么让人惊奇，整个过程衔接得又是那么有序，以至于美美感觉像在做梦一样。等她听完男军医叮嘱的话，接过女军医递过来的药，才如梦初醒，激动地连连说："谢谢你们，太谢谢你们了！……哦哦，你们坐下来，我给你们倒点水喝。"

"不客气了，我们急着赶回部队去。你们照顾好老人就行了。"那位男医生边回答，边带着两位同事向外走去。

一直没有找到机会搭言的张淮，此时有些不知所措，激动地连连说道：“啊啊，你们就走了！这，这让我们怎么感谢你们好啊！”

美美更是激动得不知说什么好，急急地问道：“你们、你们是哪个部队的呀？我们将来怎么去找你们感谢呀！”

那位男军医停下脚步，转过身来，回答美美道：“我们是毛主席的队伍，是专门为穷苦老百姓服务的！”说完，三位“毛主席的队伍”的医生，就急匆匆消失在夜幕中……

“毛主席的队伍”，美美望着消失在茫茫黑夜的三位军人医生，若有所思地，嘴里不停地念叨着“毛主席的队伍”。突然间，像明白了过来什么似的，马上转向丈夫张淮问道：“哎，对了，快说说，你是怎么认识毛主席队伍的？”

“我我，我也是半路上遇到的啊！”张淮一脸茫然地回答道。

“什么？半路上遇到的？半路上遇到，人家就跟你来家帮娘看病啦？这，怎么会呢？”美美愈发不明白了。

“哦，是这样的——”张淮开始回忆。

张淮去老中医家请老中医，一开始，老中医家人挡着，说什么也不见。后来，张淮好说歹说苦苦求情，老中医终于肯见面了，可一见面，老中医就不客气地说：“我不是跟你们说过吗？你们家老太太我诊断过了，已无能为力！你怎么又来了？说什么我都不会去的！”

无奈，张淮走出老中医家，很是伤感，更不知道怎么办才好……正闷闷不乐漫无目标地走着，突然见前边来了一支队伍，他吓得马上躲藏在树后边。谁知道，这时突然间从队伍里走出两位军人，直奔张淮来，这下可把他吓坏了，张淮也不敢动，不敢跑，直愣愣看着他们走了过来。一位像是军官的军人，走到张淮面前，很有礼貌但也很警觉地问他："老乡，你是干什么的？家住哪儿？有什么事吗？"张淮一一回答。等张淮回答完后，那位军官说，"老乡不要害怕，我们是共产党、毛主席的队伍，是专打国民党反动派、地主恶霸、土豪劣绅的，是解放穷苦老百姓，让你们翻身做主人的。"说完，两位军人转身向自己的队伍赶去。

张淮看着两位军人跑向队伍，又见队伍停下来休息，才转过神来，想往家走。继而又想到过去听说邻村里有位老医生也很厉害，就想去打听打听。正在张淮犹豫不决，慢慢往前走的时候，突然间听身后有人叫："老乡，老乡，你站住。"张淮回转过身来，一看是三位军人奔走过来，这下可把张淮吓坏了，慌忙站住并惊疑地愣愣地问："你们是叫我吗？"其中的一位，就是后来给美美娘诊断的那位军医，赶上来回答道："是的，就是叫你！老乡，听说你家有位老婆婆病了，走，带我们到你们家去看看！"不容分说，他们拉着张淮就走……

美美还在聚精会神听丈夫讲述，可张淮戛然而止了。仍沉醉在张淮讲述中的美美愣了好一会儿，才缓过神来，问："就这么多？讲完了？路上你们也没再聊别的？"

"就这么多，没聊别的，就是详细问了下咱娘的病情。"张淮回答道。

"天呐，想象不到，天底下还有这么好的队伍！……是毛主席的队伍！毛主席的队伍！……"美美若有所思地感叹着，并牢牢地永远地记住这件事、这句话！

……

讲到这儿，依然沉浸在往事之中的美美老人，自言自语地小声念叨着：“从此之后，我就记住了‘毛主席的队伍’，记住毛主席了呀！毛主席逝世后，不瞒你们说，我偷偷掉了一夜泪！后来听说有了毛主席的纪念堂，可以瞻仰毛主席的遗容，我就想，将来有机会一定到毛主席纪念堂看看毛主席去！”美美老人说到这儿，长长地出口气，说，“想不到，这个愿望终于在今天实现了！孩子们，毛主席是咱们穷苦老百姓的救命恩人，是全国人民的大救星，我们什么时候都不能忘了毛主席啊！”

一直默不作声的张淮老人，突然对着美美老人说道：“一说到这些啊，你就动情，话就打不住。好了，跑了一上午了，你该休息休息了，也让孩子们休息休息吧。”

一旁的儿媳赶忙把泡好的两杯茶递给两位老人，并打圆场地说：“爹爹，我娘高兴，她自己不累，就让她多说说吧，我们过去没听过，喜欢听呢！”

美美老人对着张淮老人嗔怪地说：“别听你爹说硬气话，有时候他比我还要动感情呢！刚才在毛主席纪念堂，你偷偷地抹泪，孩子们没看到，你以为我也没看到啊？”

张淮老人默认地微微点了点头，并意味深长地对儿子和儿媳妇说：“你们这一代年轻人啊，不会理解我们这一代老人对毛主席那份感情的！……就说今天吧，我呀，专门打量了排队瞻仰毛主席遗容的队伍，一个就是人多，排了那么长的队伍，拐了几道弯，看不到尽头，这是我没想到的；再者就是，来的人大多数都是中老年人，特别是像我们这样年龄的老年人不少呢。从这两点就看出，毛主席在人民群众特别是在中老年人群心中的威望有多高啊！”

儿子马上迎合道："是的，你们这一代老人，是毛主席、共产党直接从旧社会苦海里解放出来的，对毛主席、共产党感情最直接、最深厚！但我也告诉你们二老，你们可能有所不知，我们这一代以及下一代人，对毛主席、共产党的感情也是很真挚深厚的！"儿子成成缓了口气，笑着说，"这不，我也成'毛主席队伍'的接班人了嘛！"

"是啊，所以我和你爹爹心里特别满足，特别高兴！"美美老人又高兴起来，"就是要这样，听毛主席的话，跟党走，一代一代接好毛主席共产党的班！"

儿媳听后由衷地称赞道："娘说得真好，比有文化的人说得还好！"

儿子成成也连连称赞道："那是的，别看老娘没有文化，说起这些大道理来，是一套一套的，是由衷的，听起来很真实，很感人呢。"儿子成成马上又转换话题说，"娘，你刚才讲的那个往事太精彩了，也太感动人了！娘，我想问问，你心里还藏了多少这样感人的老故事啊？"

美美老人听到儿子的问话，缓了缓神，不置可否地回答道："嗯，是还有一些你们没听过的旧事，有的在娘心中藏了一辈子了，找机会是需要讲给你们听听了，不然的话哪天我一撒手，带到火葬场，你们就再也听不到了。"

儿媳妇马上插话道："呸呸！娘，你这是说的啥呢？你和我爹都会长命百岁的！"

"就是的，就是的，你和我爹都会长命百岁的！"儿子成成也应和道。

……

这次陪伴着老爹老娘瞻仰毛主席遗容，儿子成成怎么也没想到在母亲那里得到了那么大的收获！

在后来的日子里，儿子成成和儿媳只要有时间，就尽可能多地安排时间陪伴老爹老娘到北京重点景区参观。美美老人对旅游点还很“挑剔”，不喜欢参观游览那些人造的景观和热闹景区。

那是一个深秋的周末，儿子成成专门托人给父母弄到了两张稀有的大型演出票，可美美母亲坚持不去看，提出要去圆明园看看。儿子成成惊异地提醒母亲：“娘，你是说去圆明园吗？那里很少有人去呀，关键是没什么看头，全都是被外国人破坏了的废墟遗址，去那儿参观的，大都是考古人员和有关的专家学者呢。”美美直盯盯地看着儿子，问道：“你去过吗？”

儿子成成一愣，不假思索地回答道：“去过一次，是集体组织的爱国主义教育活动。”

美美老人很平静地回答儿子：“是啊，爱国主义教育活动，老娘也要去受一次教育啊！……这样吧，你好不容易托人弄的票，也别浪费了，让媳妇陪着你爹去看演出。你呀，就陪着我去圆明园转转。”

儿子成成似乎明白了些什么，没有再说别的，毅然陪着老娘去了圆明园。

来到圆明园，美美老人在儿子成成的搀扶下，迈动着小脚慢慢地往公园里走去。公园里几乎看不到人，偶尔看到一两个行人，也是在那些废墟上指指画画，并拍照记录着什么，无疑，他们是做某些研究的人员，而不是参观游览的普通游客。

深秋，公园里枯黄的树叶在带有寒意的秋风中簌簌作响，也吹拂着美美老人和儿子成成的脸颊。远处一棵苍老的银杏树树枝上的几只乌鸦被风吹得不时奓起翅膀啼鸣哀叫着，树树秋声，座座废墟寒色，这声这色这景，都深藏和诉说着无尽的历史悲壮和凄苦。

美美和儿子成成神情庄严，慢慢往前走着，一阵寒风吹来，儿子成成忙把老母亲脖子上那条黑黑的长围巾往上提了提，并打破沉默说："娘，这圆明园是1709年，也就是康熙四十八年开始建，到嘉庆十四年，也就是1809年建成的。经历了雍正、乾隆、嘉庆、道光、咸丰五位皇帝，一百五十多年的经营，集中了国内大批物力，役使了无数能工巧匠，倾注了千百万劳动人民的血汗，把它精心营造成一座规模宏伟景色秀丽的离宫……令人愤怒和国人不可忘记的是，1860年被英法联军焚毁，里面的宝物也被洗劫一空！"

美美老人听儿子成成讲着并不时点点头，这时她指了指一旁不远处的一段断壁残垣，说："走，咱们到那儿坐一会儿去。"美美老人在儿子成成的搀扶下，在一块较大的石门框样的残石上坐下来，不由得抬起脸，深邃的眼睛望着天际，若有所思地说道，"儿呀，你说得很对，中国人永远不能忘记圆明园被焚毁的耻辱！"美美老人说着还不由自主地拍了拍坐着的残石壁，说："永远不能忘记，国家贫穷落后就要挨打，就要受人家欺辱的理！"

儿子成成惊异地望着母亲，他想不到母亲怎么会说出如此文绉绉的大道理来，忍不住问道："娘，这是谁教给你的呀？说得那么好！"

美美老人望着满脸惊异的儿子，不慌不忙地说道："儿啊，你问的这个，就是今天老娘坚持要来圆明园的缘故！"

没等儿子搭话，美美老人像是自言自语又像是若有所思地说道：“……你这个大字不识又常年生活在农村的老娘，怎么会知道那么多大道理，又怎么会说出刚才那样一段你们有文化的年轻人才会说出的大套话？农村一个老太太，怎么会知道有个‘圆明园’，还知道它的故事呢？……这个‘秘密’，在老娘心里已埋藏了七十多年了！也该给你们解开这个谜了！”

儿子成成打开随身带来的保温杯，递给母亲，小声说道：“娘，你喝两口水，慢慢说。”

美美老人喝了两口水，把杯子交给儿子，边沉思着边说：“你还记得吗，是我曾跟你说过的、在你姥姥家躲藏过的那位‘神秘的女客人’，这一切都是她当年讲给我听的。她把圆明园如何被毁，清朝政府如何无能，国家落后贫穷就会挨打、就会亡国，等等，讲给我听，那时我还不太懂，但她讲的这些事和大道理我牢牢记在了心里，后来慢慢也就明白她讲的这些了！……”

听得入神的儿子成成，不由得念叨了一句：“哦，原来如此，我说老娘为何对圆明园那么有兴趣呢！”紧接着又补充说，“娘，找个时间，你再把那位‘神秘的女客人’的故事细细讲给我听听吧！”

成成话音刚落，就听背后传来一男一女嘻嘻哈哈的笑声，美美老人和儿子成成回头一看，原来是两位打扮时髦的欧洲血统中年人。没等成成和母亲回过神来，就听那位留着鬈发背着相机的外国女游客笑眯眯地搭话道：“Hello，老大娘你们好！”

说着，两位老外就急匆匆走了过来，那位主动搭话的外国女游客，向成成点了点头。在成成礼貌地回敬点头之时，外国男游客望着美美老人的小脚，像是发现新大陆似的，突然间惊叫道：“啊，看，老人家的小脚！天哪，过去我只是听说或在书本上看到，旧中国的妇女被摧残缠裹小脚的事，我来中国十多次了，从来没看到过呢，这是我第一次看到！”

那位外国女游客，望着美美老人的小脚，并用英语惊呼道：“啊，小脚小脚，中国封建女人的小脚！”说着，还拿出照相机就要照相。

“你们是干什么的？要尊重一些！”两位外国游客的言行举止，一下子惹怒了成成。

两位外国游客，先是一惊，而后马上像是意识到了什么，连声说抱歉，并鞠躬道：“误会误会，我们没有任何恶意，只是第一次见到老大娘的小脚感到新奇罢了。我们对中国人民是友好的。对不起，对不起！”

“儿啊，算了，原谅他们吧，他们没有恶意，确实对我的小脚感到新奇。不但他们，就连咱们中国的年轻娃娃，见到我的小脚也同样感到稀奇。”美美老人给儿子说完，转向两位外国游客，很友好地招呼了一声，“你们过来吧，是哪个国家来的？”

两位外国游客，十分感激地连声说道：“谢谢你，中国大娘！”其中那位女游客接着说道，“我们是法国人，我们对中国人很友好，喜欢在中国旅游。”

美美老人接话道：“哦，那好那好。你们的中国话说得很好啊！”说着，还示意那两位法国游客坐到身边来。

成成接着母亲的话说：“你们来圆明园是考察还是旅游？刚才看到你们两位，在小本子上写写画画，还拍照，一定对圆明园历史很感兴趣吧？”

那位法国女游客，首先挨着美美老人坐了下来，并握住美美老人的手，笑眯眯地对美美老人和成成回答道："你们好！你们说得很对，我们不是考察的，是来旅游的。但我们对圆明园的历史很感兴趣。我叫艾伦，他叫米斯特，我们两个人都爱中国。我爸爸过去是外交工作者，多次来过中国；妈妈是大学教授，是研究中国历史的，也多次来过中国。他爸爸是工程师也三次来过中国，对中国很有好感。我俩都是学医的，受父辈的影响，对中国的中医很有兴趣，多次来中国后，对中国的历史也产生了浓厚的兴趣，特别是对圆明园……"说到此处，艾伦突然脸色一沉，指着面前的废墟说，"不过，我们对圆明园的被毁很痛心，更对那时英法联军的行为感到自责！"

美美老人听着频频点头，成成也示意那位法国男游客坐下。艾伦神情严肃地接着说道："圆明园被焚毁的悲剧，一是听爸爸妈妈讲过，最主要的是在巴黎的卢浮宫博物馆、奥赛博物馆等，看到了许多中国圆明园的珍贵文物！……我们知道，那些珍贵文物，都是那次英法联军焚毁圆明园时掠夺过去的！"

说到此处，法国女游客艾伦的声音停止了，气氛一下子凝重起来。

成成打破沉默说："英法联军，趁着中国清王朝腐败无能，对中国大肆侵略，不单毁灭了圆明园，更重要的是对中国乃至整个中华民族都造成了沉重打击和伤害！我们中华儿女是不会忘记那段屈辱历史的！"成成缓了缓，接着说，"不过，不忘记历史，就是以史为鉴，面向未来。我们与法国等国家，不早就成为非常友好的国家了吗！"

“是的！”那位法国男游客连忙接话说，“英法联军，是欠下中国人民的血债的！”

美美老人接话道：“难得你们这两位法国朋友有那么好的态度！”而后站起身来，指着周边被焚毁的残墙破柱，对两位法国游客深沉地说，“原先看着这么好的园林被毁成这个样子，心很难受，很沉重。不过听了你们的话，看到你们这个态度，我们心里稍稍宽慰了一些！”

成成接过母亲话：“老人是在告诉我们，牢记历史，就是让我们更加珍惜和平，珍惜宝贵的人类文化遗产不再遭受破坏！”

那两位法国游客连连点头表示赞同，而后那位女游客艾伦上前紧紧握住美美老人的手，连声说道：“老大娘，你真了不起，没想到，你能讲出那么多我们爱听的话来，看不出来呀，中国的老大娘那么有水平！”紧接着提出，“大娘，我们想与你合个影，你不反对吧？”

这次陪伴美美老人游览，对儿子成成来说，又是一次对老母亲再认识再了解的过程。但越是这样，成成越感到对老母亲愈加不了解似的，甚至有一种难以言状的肃然敬重的陌生之感！

成成甚至对妻子说：“你说怪不怪，我总感觉老娘与过去印象当中的老娘不一样了呢？”

特别是在后来发生的一些事，更让成成有了这种感觉和认识！

那是2004年初春一个周末的晚上，成成处理完工作已是晚上八点多，周末了，他匆匆赶回家想多陪伴父母会儿。回到家后，父亲已经洗漱睡下，母亲还坐在客厅里等着他。见儿子成成回来，美美老人非常高兴，首先搭话道：“你今天回来得早啊。”没等儿子接话，美美老人又招呼道：“过来，老娘告诉你个喜事！”

成成见母亲那么高兴，也十分喜悦，疑惑不解地问：“是啥喜事啊？看老娘这么高兴。”

美美老人一把拉住走过来的儿子并让他坐到身边，而后神秘兮兮地从沙发坐垫后面抽出一个布包，递给了成成，并显得十分得意地跟儿子说：“你看看这里边是什么？”没等儿子打开布包，美美老人接着说，“这是今天下午我代你收的重礼呢！不要再打开看了，包里放了五万元钱！就是咱老家的那个做大生意的老乡，前些时候来过咱们家找过你，说托你帮人家孩子上学，人家先给你意思意思，还说，事成之后还要重谢呢！”

成成惊疑地一下子站了起来，像是不认识面前的老母亲似的，非常疑惑地望了老母亲半天，喃喃道：“老娘，你这，这是怎么了？”老母亲今天的行为让成成大感反常！过去，母亲总是叮嘱自己：为官一定要廉洁，绝不能手不干净，手脏心就黑，心黑人就变坏了！“老娘今天是怎么了呢？”成成十分疑惑地看着母亲，正要说什么，美美老人十分平静地开口道：“你今天是不是感觉老娘做的事有点反常啊？不反常，现在不就兴这样做吗？你帮人家孩子上学，帮那么大的忙，他又有钱，你这里经济也不宽裕，他给这么点儿钱不算啥！”

“娘，这可不行啊！”儿子成成有点急了，“你老一再叮嘱我们，绝不能做这种贪污的丑事，你今天怎么变了呢！我们家经济再不宽裕，也不能收这种钱啊！”成成缓了下情绪，接着说，“再说了，他儿子考学，成绩本来就远远超出了高考的录取线。我只是帮助问一下情况，什么忙也没帮，违纪违法的忙，我也不会去做！所以，这个钱我们绝不能收！”

美美老人听儿子成成说完，表情一下子变了，变得由衷地喜悦，她没有接儿子的话，而是一把抓住儿子的手，深情地望着儿子，动情地说：“儿啊，你过关了！没有让娘失望，你是娘的好儿子！这是娘在考验你呢，你刚才的表现才是给老娘送了个大喜礼呢！你说得对，这个钱咱们不能收！”美美老人缓了缓，意味深长地接着说，“上次老家来人讲和听外边的人说，现在干什么都要送礼，孩子们当兵、考学、分配工作等等，不送礼，就办不成事，真是风气变了啊！不过，儿啊，不论什么时候娘都要你记住：一定做一个堂堂正正的人，当一个清清白白的官！”

儿子成成也抑制不住自己的喜悦心情，一把搂住老母亲，动情地说：“我说呢……刚才把我都惊傻了，这才是我老娘呢！”

此时，儿子成成像是一下子想到什么事，突然站起身来，两手抚摸着老母亲的胳膊，非常激动地说：“老娘，我想起一件事，我那次送老兵借道回家定亲后，你送给我什么，还说什么来着？你还记得吗？”

美美老人惊异地盯了一会儿儿子成成，然后微笑着说道：“怎么会不记得呢？怎么，你又想起这档事来啦？”

“嗯，我记忆犹新！”儿子成成回答道。

美美老人叹了口气，说：“唉，时间过得真快呀，转眼也有二十年了啊，难得你还记得这些事儿！”

“娘，什么时候我也不会忘啊！”

于是，当年往事又浮现在成成眼前。

那是20世纪80年代初的一个深秋，参军入伍六年多，已成长为解放军某部排长的成成接到连队指令：护送山东籍退伍老兵回乡并得到特批，任务完成后，可转道邻近的家乡休假七天！成成很是高兴，他清楚，这是领导的特殊关照，因为入伍后，成成为让给战友休假时间，自己只休过一次假。连队领导也知道，成成家里亲朋好友给他介绍了几个对象，等着他相亲呢。

成成清楚地记得，在回到家中的第六天，介绍的女朋友也基本上定妥，返队的时间已到，晚上收拾收拾，第二天就要返回部队了。下午四点多钟，成成送走最后一批来家看望和庆贺的亲朋好友，自家人也各自忙自个儿的事去了，此时的成成正要帮助父亲去院中劈柴，母亲却把自己叫住了："儿啊，你别走，娘有事要对你说。"

成成收住脚步，转身一看，只见母亲从里屋间抱着一个大大的蓝布包走了出来，成成马上迎了过去，正要帮助母亲接过蓝布包时，母亲却说："不用了，你把桌子上面的东西收拾干净。"

成成急忙把桌面的东西收拾掉后，母亲慢慢把蓝布包放到桌上，很郑重地把它解开，露出的是自己小时候十分熟悉的姥姥遗留下来的非常破旧的老粗布黑棉袄！成成心里一惊，紧接着又是一沉，脱口而出："啊，是姥姥的老棉袄！"

母亲眼含热泪，默默点了点头，高兴地问："你还认得姥姥这棉袄？"

成成马上答道："认得，怎能不认得呢？"于是，眼前不由得闪现出小时候看到的那一幕幕：

母亲对姥姥感情特别深厚，以至于姥姥去世多年后，母亲依然念念不忘姥姥……姥姥穿了五十多年、直到临终还穿着的破旧粗布老棉袄，被母亲特意珍藏下来，成为母亲思念姥姥难以自拔时的寄托。每当母亲在家做针线活时，就常常把姥姥的旧棉袄竖立在面前，好像姥姥坐在一边看着母亲做针线活一样！“视物如视人”，那情那景煞是动人，所以深深印在了儿子成成的脑海里！

就在成成还沉浸在往事回想之中时，“哗啦啦”的一阵响声打断了他的沉思，抬头一看，母亲从姥姥那件老旧棉袄的夹层中倒出满桌大大小小的钢币和一卷一卷各种面值的纸币，纸币最大的面值是一元，而且薄薄的只有两三张，大多数是一角两角和五角。

就在成成惊讶地发愣发呆之时，传来了母亲平和的声音：“儿啊，这是娘这些年来给你积攒下来的钱，共有十九元七角三分，你收下吧！定亲了，该成家了，娘不再给你保存了。”

“娘！”成成一下子扑在母亲美美肩上，再也说不出话，忍不住哽咽起来！

母亲美美依然很平静，拍了拍趴在自己肩上抽噎着的儿子，有些故意逗哏地说：“你这是哭啥呢？都当军官了，快要娶媳妇了，还那么爱哭啊……好了，娘要给你说几句话呢！”

成成直起身来，拭去泪水，站在那儿静静注视着母亲聆听。

母亲示意他坐下后，深情地说道：“成儿啊，你明天就要离家回部队了。这次回来的时间虽然短，但定了亲，办成了自己的一桩终身大事，我和你爹爹很高兴！”成成见母亲抬起脸，望向前方，更加深情地说，“刚才你看到姥姥的老旧棉袄和桌上的那堆碎钱，动情了，娘能理解，娘也很动情和高兴哩！娘要说的是，这桌子上的钱虽然少和碎，那是娘多少年慢慢积攒下来的。知道吗，这里面，还有你小时候帮别人在村北边沙河推车时，挣到的那几角钱呢！……这是娘早就想好的，等你订婚或结婚时，要送给你的‘婚礼’！娘今天交给你，只想说，让你看看姥姥的老旧棉袄和这些碎钱，就是想要你记住：你是穷人家走出去的孩子，不管将来在部队发展到多大，干什么工作，生活在哪里，都不要忘记勤俭节约、勤劳朴实，绝不能脏了自己的手、黑了自己的心，做出什么贪污或接受别人的东西的丑事来！……”

儿子成成聆听着母亲的嘱咐，含着热泪频频点着头！从那刻起，成成就把母亲给予的那些碎钱，视作一枚枚金币，镶嵌在自己心中，时时警醒着自己；把母亲叮嘱的话，视作暮鼓晨钟，常常在自己耳畔响彻……所以，此情此景，怎能不让儿子成成想起当年那件终生难以忘怀的事啊！

……

发生在美美老人晚年的趣事、逸事、奇妙之事很多，但最让儿子成成和家人感到无比惊诧并带有神秘感的是她的一次病危……

那是2004年3月中旬的事，美美老人因肠梗阻而被医院错判成肿瘤，动了大手术。由于美美老人年迈再加上身体极度虚弱，手术后伤口难以愈合，高烧不止，一度陷入昏迷状态，报了病危！情急之下，转院到了另一军队大医院重疾监护室，在专家和医务人员全力抢救和治疗下，美美老人总算暂时脱离了高病危状态，但是仍处在深度的昏迷中……而就在此时，儿子成成突然接到了外出保障的重大政治任务！“这可怎么办啊？母亲的病情究竟能不能稳住，能不能跨过了这一道坎呢？万一在执行任务的途中母亲……”成成陷入了十分焦虑和“要不要去”的两难之中！他咨询并征求分管母亲治疗的专家的意见，专家毫不犹豫地告诉他：“根据美美老人的病情和状态，她随时都可能离开！……”

“怎么办啊？忠孝真是两难全啊！……”那天夜晚，成成陪在母亲的病床前，遇到了他人生中最难决断的一件事：“要不要请假？要不要留下来？”今晚必须定下来，明天一早就要给领导表明态度啊！成成抓着老母亲的手，望着老母亲那黄里透白、瘦削、无任何表情但依然慈祥的面孔，极端痛苦地思考着，自言自语着……

而就在这时，成成突然感到被握住的老母亲的那只手，狠狠地掐了自己一下，成成一惊，马上下意识地连声问道：“老娘，是你在掐我吗？你有意识了吗？你清醒了吗？老娘……”儿子成成的话音刚落，只见美美老人微微点了点头。儿子成成惊异地一下子站了起来并高声叫道，“护士同志，快来看看，我母亲有意识了！”

旁边的护士站里一位年轻的护士听到叫声快步走了过来，十分疑惑地问成成：“怎么了？老人有意识了？”

成成连连点头，回答道：“对，刚才我母亲用手掐了我一下，还向我点了点头呢！”

年轻护士半信半疑，接着转向了躺在病床上戴着氧气罩和各种仪器的美美老人，小声呼叫道：“大娘，大娘，大娘你听到了吗？”

躺在那里的美美老人对小护士的呼叫没有任何反应。年轻护士无奈地看了看惊疑且木讷的成成，又转过身轻轻地拍打着老人的脸，再次呼叫道：“大娘，你醒醒，你听到我叫你了吗？”美美老人依然如故，没有任何反应。年轻小护士转向成成，用一种茫然且明显不信任的目光望着他，说了一句一语双关的话：“首长，你是不是也太累了？”那意思明显是说：“首长，你因为太累了，可能出现了幻觉。”

成成听出了小护士话里的意思，一边无语地摇了摇头，一边又不甘心地走到病床前，伏下身子对着母亲的耳边连声叫道："老娘，老娘，你刚才不是有意识了吗？你如果有意识了，再向我们点点头！……"无论成成怎么叫，怎么轻轻抚摸和拍打，美美老人都没有任何反应。此时的成成面对年轻的护士也是一脸的茫然和尴尬。

就在年轻护士转身要走时，成成像是突然想起了什么，对护士说道："护士同志，你先别走。"成成边叫住护士，边转向美美老人，小声地耳语道，"老娘，我明天是外出执行重大任务，如果要我去执行重大任务，你就动下手；如果让我留下来陪护你呢，你就点点头。"

儿子成成话音刚落，奇迹出现了，只见美美老人的手连连动了几下，儿子成成和小护士都十分惊异和激动地同时叫了起来："看看，真的呀，老娘（老奶奶）的手动了！"小护士更为激动，连连叫道："天哪，真是奇迹，老人昏迷了那么长时间，还关心着你的工作呢！"

听着小护士的话，望着静静躺在那儿无任何知觉的老母亲，深深了解母亲的儿子成成，不由得两行热泪夺眶而出！

成成在外出执行重大保障任务的第三天，从北京母亲所在医院熟悉的领导和家人那里，同时传来了美美老人让人揪心的坏消息：病情越来越危重，估计很难熬过一二天……得到这一消息后，十分悲痛的成成默默念叨着："老娘，你难道真的撇开我们要走了吗？真的坚持不到我出差回去吗？这次外出可是你答应的啊！……"深夜，忙完工作的成成，满腹心事地躺在床上，不知不觉睡着了。就在成成似睡似醒之时，做了一个奇异的梦：梦见了母亲！慈祥的老母亲笑容可掬地来到他面前，握着他的手，轻轻地告诉他："儿呀，你放心工作吧，老娘不会离开你们的！"说完，老母亲转身离去……成成一下惊醒了，他起身坐了起来，疑惑地自言自语道："这……这难道是母亲在托梦给我，安抚我？……这么说来，这梦未必吉祥啊？这这……"成成胡乱琢磨着猜疑着，好久才又入睡。

谁知就在早晨五点的时刻，还没睡醒的成成，突然被一阵急促的手机铃声惊醒，匆忙按下接听键，那边就传来妻子十分惊恐悲伤和焦虑的声音："喂，是你吗？……哦，告诉你，娘从昨天晚上七点多钟到现在，血压和心脏都已基本上到了无生命体征状态，现在完全靠呼吸机维持着微弱的呼吸！……医生和几位专家都来看过了，告知老人已经失去了生命体征，实际上已经走了！建议尽快安排后事呢！……"

听着妻子的话，成成惊恐地坐在那儿像傻了一样，电话里已经没有妻子的声音，他依然没有把电话从耳边拿开……过了好大一会儿，成成才缓过神来，默默地念叨着："果然是个不吉祥的梦！老母亲临走托梦来安抚我……"成成正在六神无主之时，突然间手机的铃声再一次响起，他急忙接听："喂，你好……"那边传来的是熟悉的医院某领导的声音："十分不幸地告诉你，你老母亲从昨天下午已停止了一切生命的体征！我们建议，撤销一切抢救手段和措施……你看，是把老人家先安放到太平间，还是等你回来？"

此事来得太突然，成成此刻脑袋一片空白，半天没有回应，电话那边又传来催问声时才醒悟过来，马上语无伦次地回答道："啊，不不不，先不要安放到太平间！一定等我回去，等我回去！……"

陷入极端痛苦和迷茫的成成，深深知道，如此重大的保障任务，自己是主要组织协调者，根本不可能请假提前回去！他也清楚，根据计划安排，这两天内就要返回北京了！……他又分别给北京医院和家人打了电话，反复叮嘱：“对母亲后事的处理，无论如何，也要等我返回北京再做安排，绝不能放到太平间去！”

意想不到的奇迹真的发生了！

美美老人在昏迷一个多月、基本失去生命体征、被宣告死亡三天后，在儿子成成及家人不放弃的呼叫及其他辅助治疗下，又慢慢苏醒过来，并渐渐恢复了各种生命体征！医院的专家、医生和医护人员直呼：“太神奇了，不可思议！”而更令人惊奇的是，美美老人苏醒后，开口给家人说了第一句话：“我说了，我不会死，我还有些事没有安排完呢。……”更奇异的是，美美老人还莫名其妙地说了一句，“你们呀，这两年要多关心你爹爹，别看他身体比我好，他要比我早走好多年呢！……”成成和在场的家人听后，一脸的惊异和茫然，但谁也没把这当回事，因为大家认为，那是美美老人刚苏醒之后的呓语。再者，家人心里都很清楚，老父亲张淮身体非常好，怎么会……

美美老人走出医院，逐渐康复起来并一口气健健康康快快乐乐地又生活了八年……

八年间，美美老人留下了许多让人难以忘怀的和不可思议的趣事。这其中就包括她在医院苏醒后说到的张淮老人要比她早走好多年……

那是在 2007 年 3 月底的一天晚上，下班后的儿子成成和媳妇一块儿回到家。父亲张淮正十分开心地忙着家务事，母亲美美老人正坐在屋内像是沉思着什么。见儿子成成和儿媳回来，母亲偷偷瞧瞧老伴张淮正忙别的，就把儿子和儿媳悄悄招呼到屋内，关上房门，神情十分庄重地说："我今天给你们预告件大事，你们可能不爱听，也不会相信，但无论如何要有个思想准备，你爹爹可能这些天里就要走了！……"

"呸呸，什么呀？你说的是什么呀？"成成和媳妇都惊异和不高兴地同时反驳着老母亲，儿子接着说："老娘，你今天这是怎么了啊？……我爹好端端的，你怎么咒他？说那么难听的话啊！"

儿媳也应和道："是啊，看老爹身体那么好，活到百岁没问题！老娘，你再别多想了！"

美美老人见儿子和儿媳情绪那么大，只好"唉"了一声，小声嘀咕道："我也不知道怎么会有种感觉……"而后像是自言自语地说，"唉，谁都想长命百岁啊！可人的命是有定数的，谁也逃脱不了这一劫！"

走出母亲的房间，儿媳还十分疑惑地念叨了一句："母亲不会得了抑郁症了吧？"

让儿子成成和家人万没想到的是，就在一个星期后，美美老人说的话不幸真的应验了！

那是清明节的前两天，张淮老人吃过晚饭并与家人聊了会儿天便去屋内休息了，一切都很正常，万没想到，八十六岁的张淮老人竟然十分不幸地"昏睡了过去"！……送往医院抢救了两天，已无济于事，于清明节凌晨走了！

这件事后，儿子成成对老母亲这种令人惊异的"预感力"十分疑惑不解，有一次与老母亲闲谈时有意识地问到了这个问题，谁知被美美老人给反问住了："你问得好，老娘一直就想问问你个事呢。"美美老人一本正经地说，"不过，儿啊，老娘不是宣传封建迷信，更不是让你相信这些，我知道你们都是讲科学的。不过呢，有些事我老是在心里这儿转悠，想不透啊！特别是到了晚年，一些事更是放不下。所以今儿呀，你也给娘解答解答。"美美老人略沉吟了一会儿，有些带有神秘色彩地问道："儿啊，娘就想问问，你说人死后会有灵魂吗？这世上真有神灵吗？你过去当过新闻记者、现在工作又在上层，娘让你说实话，你听说过和见过上面有单位和人员偷偷研究过这些事吗？"

儿子成成被老娘的这个突然抛来的莫名其妙的问题，一下问得瞠目结舌，一时不知怎么回答好了。怔了一会儿，刚要回答什么，却在看到老娘那种严肃期待的表情后马上笑了笑说："老娘，这么大的事，我还真不知道如何回答你好。嗯，这么说吧，共产党人是无神论者，是不信什么神呀魂呀的，也没听说过有什么组织专门研究这些。"成成见了母亲失望的表情后马上又说："不过呢，随着科学技术的发展，也许将来会破解这个千古之谜的。"

美美老人听完儿子成成的话，两眼茫然，"哦"了一声，没再说话。

儿子成成像是猜到老母亲有什么心事或有什么话要说似的，就又问道："老娘，你是不是有什么心事或有什么话要对我说啊？"

美美老人茫然地点点头，又摇了摇头，说："也没什么。"略一沉思，又说，"不过你既然问了，老娘今儿个，就把埋在心里七八十年的事，说给你听听！"美美老人长嘘了一口气，接着说："我原本想把这些事儿全烂在肚子里，带到火葬场去呢……就连你那已去世的和我生活了一辈子的老爹，我都一个字没给他透露过，当时是情况特殊，怕惹出事来，不敢给他说。后来想了想再说出来也没啥意思了，反而让他知道隐瞒他，会惹他生气，所以，到死都没有告诉他！”美美老人长叹了一口气，说，“唉，想来，这也是我亏欠你老爹的一桩大事呢！”

儿子成成轻拍着老娘并安慰着说：“娘，不要想那么多了，你慢慢说。”

美美老人点点头，忍不住一股脑儿把那些埋在心底多年的神秘往事，以及缠绕在心中的疑惑全讲给了儿子成成……

儿子成成听得目瞪口呆，对母亲不凡的经历以及勇敢睿智，特别是那么多年来的沉默坚守，从内心里感到由衷的敬佩。同时对那些无法理解，甚至不敢相信的“诡谲奇特”事件，也感到一头雾水和茫然！

成成清晰地记得，老母亲在讲到当年那晚帮她引路的那位中年妇女的身影时，是那么动情认真，娘说：“儿啊，我琢磨了那么久，那个身影，就是当年那位住在我们家的女客人啊！”老母亲说到这儿，声音突然悲伤低沉下来：“她那时可能不在世了，或在作战中牺牲了，也可能被土匪发现抓去杀害了，是她的‘魂灵’在暗中保佑着我，引导着我！”老母亲说到此处时，甚至有些哽咽，“她那时如果没去世，那是谁在护佑着我呢？……一定是她，她在这之前去世了！……要不，为何我暗中打听和找了她一辈子，一点儿她的音信也没有啊？！”

儿子成成见老母亲动了真感情，且有些悲伤，只好轻声地字斟句酌地慢慢安慰道：“老娘，你你，你讲的这些太神奇了，你老人家也太了不起了！嗯，那位女客人，可以肯定地说，是位了不起的无名英雄！我会通过各种途径再帮你查找查找……你，你讲的那些‘神奇的故事’，我，我感觉……会不会是你老人家当时的一种幻觉什么的？……”成成确实感觉词穷，不知道再说些啥好，只好说，“老娘，天晚了，你老人家休息吧！”

当儿子成成说到这儿时，美美老人两眼无神地望着儿子，木然地下意识地念叨着：“哦，幻觉，是幻觉……对对，现在都不信这些，不信这些……”

从此，美美老人再未提到过那些“诡谲离奇”事儿，甚至当家人或外人谈到这方面的话题时，美美老人会神情暗淡地走开。

若干年后，儿子成成每想到此事时，心里就有一种对老母亲莫名的负疚感，一种不可原谅的自责感！是啊，本来老母亲向自己说出来的那些压在心底的神秘奇异的事儿，是在她耄耋之年，生命之火即将燃尽之时想讨一个希望和安慰的，哪怕是一句欺骗她的“谎言”也好啊！因为那是她近一生的幻想、希冀和精神寄托啊！可自己却没有给，把老人一生的“希冀、梦想”给击碎了！

“哦，母亲的在天之灵，你能原谅儿子吗？或许，用不了太久，随着量子力学等科学技术的发展，你的这些疑惑真的会有一个让你满意的答案！”儿子成成每每想起母亲，便不由得仰望着苍天喃喃自语着……

（完）